U0536597

一个人的旅程

yi ge ren
de
lücheng

陈必武 著

中国书籍出版社
China Book Press

图书在版编目（CIP）数据

一个人的旅程/陈必武著.—北京：中国书籍出版社，2017.6
ISBN 978-7-5068-6211-0

Ⅰ.①一… Ⅱ.①陈… Ⅲ.①散文集—中国—当代 Ⅳ.①I267

中国版本图书馆 CIP 数据核字（2017）第 128701 号

一个人的旅程

陈必武　著

图书策划	牛　超　崔付建
责任编辑	王　淼
责任印制	孙马飞　马　芝
出版发行	中国书籍出版社
地　　址	北京市丰台区三路居路 97 号（邮编：100073）
电　　话	（010）52257143（总编室）（010）52257140（发行部）
电子邮箱	eo@chinabp.com.cn
经　　销	全国新华书店
印　　刷	三河市华东印刷有限公司
开　　本	650 毫米 ×940 毫米　1/16
字　　数	320 千字
印　　张	19
版　　次	2017 年 9 月第 1 版　2017 年 9 月第 1 次印刷
书　　号	ISBN 978-7-5068-6211-0
定　　价	48.00 元

版权所有　翻印必究

目 录

第一编　英伦印记

追寻湖畔诗人的足印 / 002
泛舟温德米尔湖 / 007
彼得兔诞生的小镇 / 011
和上帝同住的城市 / 016
在神圣的敏斯特教堂前 / 021
神秘的温莎城堡 / 025
把爱情留下来的地方 / 030
一座城堡的传奇 / 036
"北方雅典"爱丁堡 / 042
王子大街上的悠悠风笛 / 047
流连于曼彻斯特 / 051
是城市还是乡村 / 058
曼城的冬天 / 061
老特拉福德看球记 / 064

寻找莎士比亚 / 069
揽胜默西河畔 / 073
康河的微波里 / 078
参观剑桥大学国王学院 / 084
牛津印象 / 088
科学巨人与经典童话的聚首 / 091
天空的彩虹 / 094
讲究的西餐与随意的酒吧 / 097

第二编　履痕处处

阅尽西湖书千卷 / 102
晚风拂柳笛声残 / 105
最忆杭城河坊街 / 109
淡妆浓抹话西湖 / 113
南屏晚钟出净慈 / 117
又闻杭城桂花香 / 121
烟花三月下扬州 / 124
竹西佳处一何园 / 129
百年维港情深深 / 133
梵音袅袅伴烟霞 / 137
嘉业堂里闻书香 / 143
凤城河畔记泰州 / 148
茅山归来九里满 / 152

小家碧玉山塘街 / 157
高台日暮园林碧 / 161
红叶黄花自一川 / 165
天涯海角南国风 / 169
寻访鲁迅的足迹 / 176
淹城从远古走来 / 180
一湾海水抱远山 / 184
幽深不让武陵溪 / 188
运河岸边古镇行 / 196
芝罘横前临渤海 / 202
至今犹听宫墙水 / 205
子期难觅瑶琴绝 / 210
从未名湖到清华园 / 214
在北京中轴线的北端 / 218

第三编　海上云台

在花香中穿行 / 224
山海相拥凤窝情 / 229
北固山上三奇石 / 233
丹霞一片落枫香 / 237
北固海滨十里行 / 244
大竹园里寻古庵 / 249
东西连岛连东西 / 254

风送涛声拍枕听 / 259
曲径穿溪万寿涧 / 263
连岛胜迹天下奇 / 267
宿城幽幽桃花源 / 272
平顶山上莲花开 / 278
蟹脐沟上黄和洞 / 281
云山一线尽风光 / 285
高公岛纪行 / 290

第一编
英伦印记

追寻湖畔诗人的足印

　　我怀着朝圣的心情来到湖区。因为这里有"湖畔派",因为这里有沃兹华斯,因为这里有诗人的足迹。湖区位于英格兰西北海岸,靠近苏格兰边界,方圆 2300 平方公里。1951 年被划归为国家公园,是英格兰和威尔士 11 个国家公园中最大的一个。湖区是旅游胜地,冬无严寒,夏无酷暑。夏季平均气温为 16 摄氏度,冬季平均气温为 4 摄氏度。湖区拥有英格兰最高峰斯科菲峰(Scafell Pike)和英格兰最大的湖温德米尔湖。坎伯里山脉横贯湖区,把湖区分为南、北、西三个区。湖区居住人口为 4 万人,但每年来此旅游的游客人数高达 140 多万。

　　湖区一带,留下了诗人透纳、济慈、康斯泰布尔、托马斯·格雷的足迹,使这里的湖光山色充满诗情画意。

　　去湖区那一天,早晨天气很好,但是,当车上了高速,就淅淅沥沥下起了小雨,并且越下越大。我很庆幸早晨带了雨伞。

　　下了车,湖光山色立即映入眼帘。这里是英国人心目中最美丽的国家公园。事实上也是这样,造物主在这里布下了一切自然界能有的美丽风景：湖泊、河谷、山峰、瀑布。当然最美的还是这里的一汪汪奇异曼妙的湖泊。

温德米尔湖是湖区最大的湖泊，也是全英格兰最大的湖泊。湖面狭长，全长17公里，最宽处2公里，这里是泛舟的好地方，亦是扬帆竞技的美妙场所。湖中有无数个小岛，均是绿意盎然，鸟语花香。有名的温德米尔镇和波尼斯镇就在这个湖边。

葛拉斯米尔湖位于温德米尔湖北边，小巧优美，除了怡人的风景外，这里也以沃兹华斯的故居"鸽舍"（Dave Cottage）和他散步的故道而闻名，在诗人眼中，这里是"痛苦世界里安宁的中心。"由于我们只有一天的时间，我们只能选择在温德米尔湖游览，没能去"鸽舍"瞻仰。

湖区周围的小旅馆星罗棋布，价格也很实惠，是英国普通人徒步度假的首选。他们走累了，就到这里来休息。这些小旅馆大都掩映在树林中，或是建在湖边。夜晚，在这个远离尘嚣的湖区度过，实在是无比惬意的事情。

我们在温德米尔湖边宁静的湖边漫步，在葱茏的树林中，不时遇见徒步的英国旅人。在一座小码头边，看到一个美丽的英格兰少女正和鸽子嬉戏。一只鸽子飞在少女的臂膀上，久久不愿意离去。而少女只是微笑着看着那只鸽子，丝毫没有赶鸽子走的意思。

水是湖区的灵气之源。满目翠绿的山坡，山间天鹅绒般的草坪，空中不时飞过的水鸟，湖面绸缎般宁静的湖水，好像一幅未干透的水彩画。我们来的时候，还在下雨。雨不大，雨点并没有破坏这里平静的水面，好像雨点在空中消失了一般，依然是那一汪平静的水。

因为水，孕育出了"湖畔派"诗人以及他们那不朽的诗歌。著名的英国浪漫主义诗歌奠基人沃兹华斯（Wordsworth）和妹妹多萝西（Dorothy）长期便居住在湖区。沃兹华斯和另外两名诗人柯勒律治（Coleridge）以及骚塞（Southy）合称为"湖畔诗人"。他们主张浪漫主义的诗歌风格，开创了英国诗歌创作的新局面。现在葛拉斯米尔湖边沃兹华斯的故居和他经常散步的小径都成了人们去湖区必定要拜访的地方。英格兰的这片美丽湖区，已经不可改变地与浪漫诗歌联系在一起了。

很遗憾，因为时间的原因，我们没能去葛拉斯米尔湖。但是我觉得，只要你能来湖区一次，哪怕只是从湖区穿过，或者只是站在任意一个湖边远望一会儿，我想，这就足够了，就能足以领略湖区的灵魂了。

沃兹华斯说过："我不知道还有什么别的地方能在如此狭窄的范围内，在光影的幻化之中，展示出如此壮观优美的景致。"漫步在温德米尔湖边，这句话再次跃入我的脑海，这样美的画卷，只能属于湖区，只能属于诗人。

我漫步在温德米尔湖边的林荫小道上，追寻着诗人的足迹，我不知道除了格拉斯米尔之外，他们是否来过温德米尔。我想看到沃兹华斯笔下的水仙花。"忽然间我看见一群／金色的水仙花迎春开放，在树荫下，在湖水边，迎着微风起舞翩翩。连绵不绝，如繁星灿烂，在银河里闪闪发光，它们沿着湖湾的边缘／延伸成无穷无尽的一行；我一眼看见了一万朵，在欢舞之中起伏颠簸。"（沃兹华斯《我孤独地漫游，像一朵云》）我没有看到水仙花，但是它却在心灵中闪现。看到这碧波万顷的湖水，我也想"和水仙花一同翩翩起舞"。

1770年4月7日，湖区的考克茅思镇上一个律师家庭里，诞生了一个小男孩，取名威廉。1787年，威廉·沃兹华斯18岁，就读于剑桥圣约翰学院。1795年，威廉结识了柯尔律治，后来他们在湖区比邻而居，思想日渐统一，终于在日后合作出版了诗集《抒情歌谣集》。他与柯尔律治在《抒情歌谣集》中提出了革命性的诗歌理念，认为好的诗歌都是强烈情感的自然流露而非文字游戏，诗歌内容应当是普遍生活里的事件和情景而非上流社会所钟爱的那些奇思妙想。

他们特别强调诗人在"选择普通生活里的事件和情境"时,要"给它们以想象力的色泽,使得平常的东西能以不寻常的方式出现于心灵之前。"这样的理论成为开启浪漫主义的标志。

当然要感谢威廉的妹妹多萝西,她终身未嫁,始终陪伴着兄长。他们常常结伴而行,她给了威廉和柯尔律治莫大的帮助,助他们成就了"湖畔派"。

在沃兹华斯之前,英国诗歌领域的创作,爱情题材是属于古老的十四行诗,莎士比亚独领风骚;宗教与世俗抗争的主题是属于弥尔顿的,他把这个主题发展到了极致;哲理思辨是玄学派大师约翰·多恩与安诸·马伏尔的专长。沃兹华斯关于改革诗歌语言的主张以及他的创作实践结束了英国古典主义诗学的统治,有力地推动了英国诗歌的革新和浪漫主义运动的发展。而沃兹华斯、柯尔律治、骚塞以"湖畔派"的集体声名成为浪漫主义的先驱,让自然界的美好景象在诗歌中充满着旺盛的生命力,他们的集体涌现标志着古典主义的终结。

湖边,一群一群的水鸟不时起飞降落,白天鹅在我们身边自在地觅食,不住地唱歌给我们听,一栋栋乡间别墅掩映在绿荫之中。我仿佛又看到了沃兹华斯描绘的美景。"我又一次/看到树篱,或许那并非树篱,而是一行行/顽皮的树精在野跑:这些田园风光,一直绿到家门;袅绕的炊烟/静静地升起在树林顶端!它飘忽不定,仿佛是一些/漂泊者在无家的林中走动,或许是有高人逸士的洞穴,孤独地/坐在火焰旁。"(沃兹华斯《丁登寺》,下同)

湖边的小路是属于诗人的,他们在这些小路上漫步,呼吸着湖上的氤氲雾气,诗句就在这灵光一现的刹那间诞生,不用带上纸和笔,一句句诗行就记录在那碧蓝的湖水中。走累了,他们就会坐在湖边的石块上或者是草地上沉思。海什力特说:"给我头上一片晴朗的天,脚下一片青草地,面前一条弯曲的路,三小时的步行旅程,接着是晚餐——然后是沉思的片刻。"

我听到了水声，原来是一眼清泉。"这些水声，从山泉中滚流出来，在内陆的溪流中柔声低语"。我顺着水流的方向走，"一种恬静而幸福的心绪，听从着柔情引导我们前进。"走累了，我也在湖边小憩，仿佛"我们的身体进入安眠状态，并且变成一个鲜活的灵魂，这时，和谐的力量，欣悦而深沉的力量，让我们的眼睛逐渐变得安宁"。在湖边漫步，沃兹华斯的诗句总会在陪伴着我。"我知道大自然从来没有背弃过／爱她的心灵；这是她特殊的恩典，贯穿我们一生的岁月。从欢乐／引向欢乐；因为她能够赋予／我们深藏的心智以活力，留给／我们宁静而优美的印象，以崇高的／思想滋养我们"。

湖面深处升起了淡淡的烟雾，那是沃兹华斯的诗句。美丽的湖区风景诞生了"湖畔派"，"湖畔派"让湖区更具有了诗意。在湖区漫步，同时也是让心灵漫步。

泛舟温德米尔湖

到了湖区，乘船游览，才能领略温德米尔湖的风韵。

游艇码头上，停泊着很多艘漂亮的游艇。中午12点三刻，我们在2号码头登上游艇，欣赏温德米尔湖旖旎的风光。

今天天气不太好，空中飘着小雨，但是这并没有影响我们泛舟的兴致。游艇在平静的温德米尔湖上航行。湖中有很多小岛，岛上树木葱茏，枝头上停留着无数的小鸟，湖面上，休憩的水鸟随波荡漾。一艘艘小游艇从我们的船边飞快地驶去。

英国人居于海岛，又是曾经的海上霸王，所以英国人崇尚水上运动，从停泊在岸边的密密麻麻的游艇就可以看出英国人对水上运动的钟爱。在世界赛场上，英国也是赛艇、帆板等水上运动的强国。

雨小了很多，游客们纷纷来到甲板上。远山如黛，灰蒙蒙的天空与远处褐色的湖水融为一体。对面的山坡上树木茂密，林间的空地上绿草茵茵，一直延伸到水边。草地上点点移动的是羊群，只有羊群才是那草地的真正主人。有的草地上还落了很多红叶，红绿搭配自然，那种美丽浑然天成，如地毯一般。

岸边的小路上，爱好远足的英国夫妇背着旅行包，结伴而行。身后往往还会跟着一两只小狗，这是他们忠实的伴侣。让人感觉有趣味的是那跟随的小狗，它们不皮不闹，低着脑袋走路，好像也在沉思。

游艇再往前行，帆船多起来，帆的颜色也多起来，除了常见的白色以外，还有黄色、棕色、红色、橙色，百舸争流，千帆竞发，湖面上一下子热闹起来。

岸边的树林中不时闪过一幢幢别墅，这些房子与湖水相邻，这里的主人亲水而居，他们喜欢与水为邻，喜欢与野鸭、天鹅为邻。在这天堂一般的湖光山色中，他们和谐相处，人与自然亲密交融。

雨又大了起来，游客们纷纷进入舱内，只有我，立于船头，任由雨水打在身上。远处的湖面起雾了，那淡淡的雾气给山腰披上了白色的腰带。一抹淡淡的云烟，一缕轻轻的思绪。湖面依然沉寂，如忧郁的少女，美丽的脸庞上带着若隐若现的惆怅，但却听不到她的叹息声。我希望她能飘起一点点浪花，哪怕是一点点水汽。我想闻一闻她的气息，听一听她的歌声，但是她依然那样沉寂。在湖面上，我仿佛与世隔绝，时间在我的身边静止。眼前的这一汪碧水，静静地在那里，似乎亘古未变。除了船上的马达声，四周安静。我害怕有人说话，害怕扯坏了这一汪湖水，生怕破坏了这山水间寂静的美。我希望时间就这样停止，时针就这样静止不动，能让我再多一点享受温德米尔的温柔与静谧。圣女般纯洁的温德米尔，美丽得让我心醉，美丽得让我落泪。温德米尔湖，我的图腾，我的恋人，我的圣地。

在这样的美景中，脑海里忽然闪过沃兹华斯的诗句。

大地再没有比这儿更美的风貌：
若有谁，对如此壮丽动人的景物

竟无动于衷，那才是灵魂麻木。

(《威斯敏斯特桥上》)

著名英国浪漫主义诗人济慈曾说，温德米尔湖能"让人忘掉生活中的区别：年龄、财富"。当我泛舟在温德米尔湖面上，我的眼里只有你，这一片沉寂的湖水。

威廉·沃兹华斯在1799年发表的著名组诗《露茜》中有这样几句诗：

> 她住在人迹罕至的乡间，
> 就在那鸽溪旁边，
> 既无人为她唱赞美的歌，
> 也甚少受人爱怜。
> 她好比一朵空谷幽兰，
> 苔石斑驳半露半掩；
> 又好比一颗孤独的星，
> 在夜空中闪着光焰。

诗写的是一个无助少女的悲伤离去。但我从诗中，读到了湖区飘荡的浪漫主义的灵魂。

温德米尔湖，每一滴雨点、每一滴湖水、每一片树叶、每一棵小草都是诗，每一处房子、每一片草地、每一群小鸟都是画。

温德米尔是每个游客的心灵之乡，人们钟情于这片土地，蓝蓝的天空，洁白的云朵，茂密的森林，浩淼的湖面。我在这里睁大了眼睛，尽力去捕捉她的灵光，却感到自己正漂浮在湖面上空，和绿树、青草、湖泊一起向天空深处飞去。因而，在温德米尔，我很轻易地迷失在美景中，忘却了时间，忘却了自己。

沃兹华斯《〈抒情歌谣集〉序言》中说:"诗是一切知识的精华,它是整个科学面部的强烈表情。"柯勒律治说:"诗是最佳词语的最佳排列。"

温德米尔湖,就是大自然中最美好的诗。

彼得兔诞生的小镇

温德米尔湖边，有一个叫波尼斯的小镇。

走进波尼斯小镇，宛如进入童话般的世界。不仅是因为这里有彼得兔的博物馆，更重要的是这里有童话般的石头小屋，一直通往湖边的窄窄的街道，还有那琳琅满目、色彩缤纷的饰品屋。漫步在波尼斯小镇，时光仿佛倒流。我回到了童年，回到了那阅读童话和小人书的年代。

难忘的是那石头小屋。在波尼斯小镇上，用小石块垒成的房子比比皆是。那些石块扁扁的，稍长一些，不是很规则的那一种。石缝间好像没有什么黏合物。房顶上瓦片也很特别，颜色是青色的，但是没有明显的棱。房子有的是一层，有的是两层，还有三层的，都是用碎石块砌成。我很担心，这样的房子是否坚固，是否抵抗得了风雨的袭击。但是，数百年来，这房子就岿然不动，静立于湖边。让我印象最深刻的是那大教堂，那哥特式的高高的尖顶约有五六层楼高，从下到上，都是由小石块垒成的，让人叹为观止。到处都是小石块垒起的房子，就好像是孩子们堆起的积木。褐色的石块，青色的瓦，再加上灰蒙蒙的天空，这小镇的色彩如此的和谐一致。如果不是童话里的世界，哪里能找到这样的地方？

小镇的街道很窄，但是每一条街道都能走到湖边，都能望见美丽的温德米尔湖。小镇建在山坡上，家家都是邻湖而居。他们随时面对温德米尔那温柔的脸庞，随时都能嗅到温德米尔那轻柔的呼吸，随时感受到温德米尔那轻轻跳动的脉搏。街道上没有多少行人，汽车也很少。即使有几个人，可能也像我一样，是匆匆的过客。在窄窄的街道上散步，两边是碎石块砌成的房子，房子上有高高的烟囱。不时会有水鸟从我们的头上飞过，从烟囱边飞过。我很担心水鸟是否会撞到烟囱，因为她是来自温德米尔的客人。有时也会好奇地想，这小鸟，这来自温德米尔湖深处的小鸟是否会像圣诞老人一样，会飞入烟囱里去，带给这户人家的孩子一些什么样的新奇的礼物。

小镇上有很多饰品屋。屋里的小饰品琳琅满目，色彩缤纷。各种头饰、手饰、挂件是小女孩的最爱。那些毛绒小动物、彩色的小水杯、造型各异的小手表、小型的乐器、五颜六色的小人以及色彩斑斓的小画片吸引的不仅是儿童，就是我们看了也不愿意走开，真是让人爱不释手。有一家小饰品屋吸引了我，我被它的童话般的装饰所吸引。屋顶上有几个漂亮的梅花鹿，发出蓝蓝的光，亮丽可爱。屋檐下挂着一盏盏蓝色的小灯，闪闪发光。进入屋内，映入眼帘的还是各种蓝色小灯，以及那蓝蓝的、亮亮的光。光幕下的各种小饰品似乎伴着那蓝色的光影在跳动。那蓝蓝的光好像牵引着我真的走进了童话世界。

对于购物我不感兴趣，我想去比阿特丽克斯·波特世界（The World of Beatrix Potter）。当然，也称彼得兔博物馆，就在这个小镇上。

在由一块块小石块砌成的一座座石头房子中间，我找到了彼得兔博物馆。说起找这个博物馆的经历，非常有意思。与领队老师走散了，我只得自己去找这个博物馆，而其他的人好像逛对商店比去博物馆更有兴趣。我虽然还记得小猪、小狗的英语单词发音，却独独忘了兔子这个单词。没有办法只得用彼得发音加上兔子动作向路过的人询问。一个带着孩子的英国妇女听懂了我的意思，或者更准确地说是看懂了我要表达的意思，把我一直带到博物馆的台阶前。耽误了她的行程我既是"Sorry"，又是"Thank you"，感谢得不得了。

上了台阶，来到了博物馆的院子里。整座房子都是由石块砌成，栏杆漆成了天蓝色。院子中间，有一组雕塑。雕塑由三个小朋友、一只小鸟和一些小动物组成。三个孩子活泼可爱，手臂舒展，特别是最上面的一个女孩，脸上带着欢快的笑容，像一只轻盈的小鸟。而在她的伸开的右手里，一只小鸟正展翅飞翔，飞向童话王国。房子的窗户上，贴着《彼得兔》中的几个角色的图片。台阶边，摆放着大幅彼得兔的画像，穿着小围裙，高高的耳朵，咪咪的笑脸，臂膀上还挎着一只小篮子，正欢迎我这个东方客人到来呢。动画片《彼得兔》里的音乐缓缓传来，吸引我进入这个童话世界。

在博物馆内，所有"彼得兔"系列里的动物，以及一些著名的场景都以立体的形象被还原，是真正的彼得兔的世界。这里是小朋友们的天堂，有几个小朋友也来参观，他们瞪大了眼睛，寻找他们熟悉的人物。隔壁是彼得兔纪念品商店，卖的所有商品都与彼得兔有关，每一件商品上都印有彼得兔的经典的画像。商店的入口设计得也如童话世界一般，美丽的波特小姐蜡像端坐在圣诞树边上，腿边就是她的可爱的兔子、鸭子等小动物。有两只兔子扎上了红围巾，一脸憨态，让人忍俊不禁。小松鼠趴在树桩上笑眯眯地看着主人，一只小兔子推着小推车，车上装了满满的礼物。旁边的橱窗里，摆放了很多与彼得兔有关的书籍、图画、玩具、小衣服。商店里顾客熙熙攘攘，小朋友不少，纷纷在选购自己喜爱的纪念品。

波特在湖区美丽的湖光熏陶下，创作出了23本"彼得兔"系列丛书。这些故事被翻译成数种语言，从 1902 年第一个故事的发表到今天，每年都在印刷，版本无数，销售量以千万计。在英语国家里，几乎每个孩子都有过一两本《彼得兔》，连大人都爱不释手。

那么，彼得兔是怎么诞生的呢？这里还有一个故事。波特出身英国贵族，生活在上流社会，没有上过学，从小由家庭教师教育。她喜欢小动物，收养了兔子、青蛙、蛇、松鼠、狗、刺猬等许多小动物，每个小动物她都给取了一个名字，她经常为它们画画、写故事。有一年家庭教师的孩子生病，为了安慰这个 5 岁的小姑娘，波特给她写了一封带图画的信，信里讲了一只调皮的兔子彼得的故事。由此，顽皮的彼得兔诞生了。后来，波特定居湖区，在这醉人的山水间，她跟兔子一起徜徉在湖光山色中。她的创作灵感也如坎伯里山脉间的泉水，蓬勃而出。

不仅是她创作的童话故事，连波特自己的经历都充满童话色彩。她打破英国女性以嫁有钱人为人生目标的传统思想，努力创造自己的成功事业，最终成为英国文坛的一个神话。而她的故事，则是另一个传奇。她与她的先生相识于湖边，他们安安静静地居住在这儿，守着这片美丽的湖光山色过了半生。著名的《彼得兔的故事》的构思就产生于此。从那时起，一只名叫彼得的兔子悄然蹦进了儿童的世界。它和伙伴们一起，有时会不小心打翻花盆，有时会在院子里唧唧喳喳闹个不停。一百多年过去了，它依然纯真可爱，依然受到全世界孩子的喜爱。

在湖区，到处都留下了彼得兔的身影。在林德斯霍庄园，这里是波特女士童年时期和父母度假的地方。位于湖区南端，其主体建筑为白色的英式乡村别墅，充满家庭气氛的两层小楼被包围在绿意盎然的花园中。古老的石阶、随意摆放的白色座椅，一切就像自家的度假小屋。彼得兔系列中《小松鼠台明的故事》和《小猪勃朗》这两本绘本就是在这里诞生的。据说《彼得兔的故事》的所有灵感均来源于此。丘顶农庄是波特在湖区买下的第一处居所，临近温得米尔湖。"彼得兔"系列中很多故事的场景都是以这里为创作原型的，例如《三只小猫的故事》、《母鸭杰玛的故事》等。农庄里现在还保持着波特生前的布置，细心寻找，那些出现在书中的角落也许就在你转身之处。楼道里铺着红地毯，那就是想吃布丁的小老鼠冒死推过擀面杖的地方。碗橱下，就是它们的家。院子里，鸭子杰玛曾经在生菜下面藏过它的蛋。这里是彼得迷们的乐土，经常会有各国小朋友或年轻人捧着书在农庄内外穿行，好奇地寻找着他们的动物朋友。

湖区是彼得兔的世界，湖区是彼得迷们的世界。

和上帝同住的城市

约克是一座天堂般的城市,英国的朋友们这样向我们介绍。因此,对约克,我们充满期待。

说走就走,我们乘坐的大巴从 M602 高速公路往东北方向行驶,相继通过 M60 高速和 M1 高速。一路上,汽车行驶在奔宁山脉之间,天很蓝,感觉离地面很近。约 11 点左右,抵达约克。

约克位于英格兰北部的奥斯河畔,正好地处伦敦到爱丁堡的中点。从曼彻斯特出发,一个小时左右就能抵达约克。约克是英国屈指可数的几个古城之一,在英国史上扮演过重要角色。今天的约克只有十多万居民,但是古老的城池、富有特色的民居、浪漫的街巷,以及宏伟的大教堂和众多的博物馆,每年吸引着数万的游客。

约克的名字来源于 9 世纪的约维克(Jorvik)。美国的很多地名往往与英国有关,如 New York。17 世纪中叶,约克公爵派遣一支舰队夺取了荷兰在北美洲的殖民地新阿姆斯特丹,这座城镇被改名为新约克,这就是现在的大都会纽约市。美国的纽约(New York)与英国的约克(York)有千丝万缕的联系,只是前者已经成为世界财富之城，而它的"大哥"，位于英国的约克，依然是一个留有中世纪风味的小城。约克的居民都是纯种的白人，在这里看不到黑人，也没有印巴人居住。

中世纪的约克是英国的第二大城市，深受王室器重。从爱德华三世开始，英格兰国王一般都把自己的大儿子封为威尔士亲王，第二个儿子封为约克公爵，所以约克在英国人的心目中地位非常重要。

有人说约克是天堂般的城市，所以英国约克人总是笑称他们和上帝同住一地，这并不完全是一句笑话。在英国生活了多天，都是阴雨天气，但是，我们访问约克的这一天就是阳光高照，天气晴朗，天堂般的城市确实与众不同。

约克所在的北约克郡历史上曾经是一个国家。"约克的历史就是英格兰的历史。"正如乔治六世所言，约克有着 2000 年的历史文明，见证了英格兰与罗马、撒克逊、丹麦、日尔曼等民族之间的战争和交流。当地在 9 世纪曾在北欧海盗统治下实行丹麦法律。公元 71 年，罗马人在约克建造了一个城堡。306 年，康斯坦丁一世将这里划归为自己的疆土。罗马帝国灭亡后，约克又落入盎格鲁－撒克逊人的手中。

直到 1485 年，亨利·都铎的军队在博斯沃思（Bosworth Field）战役击败了理查的军队，亨利成了国王亨利七世，结束了玫瑰战争。然后亨利国王通过娶爱德华四世的女儿、约克家族最佳的继承人伊丽莎白为妻来巩固他的统治。这样，他重新统一了两个王族，把红玫瑰和白玫瑰这两个对立的符号合并到红白都铎玫瑰的徽章中。虽然约克家族与兰开斯特家族在玫瑰战争结束以后再也没有发生过战争，但是这两大家族的纷争并没有结束。争斗只是从战场转移到了足球场，代表约克的利兹联队和代表兰开斯特的曼彻斯特联队是英超联赛里的真正对头。只是现在是兰开斯特占了上风，曼联队不仅是英超的赢家，还是世界足球俱乐部中的豪门。在这场战争中，约克已经远远地落在了下风。

在约克，我们参观了国家铁路博物馆。国家铁路博物馆俗称火车博物馆，是世界上最大的铁路方面的博物馆，主要由两大展厅和很多附属设施组成。建于1925年，是在为庆祝火车发明100周年举办的铁路博览会的基础上逐步建成的。现在这里还保存着当时中国驻英公使赠送的一副对联，上面写着"庆洽百年盛典，欣逢万国推崇"。我们首先进入以保存车厢为主的展厅，当然也有一些火车头。车厢包括维多利亚女王和爱德华七世曾坐过的皇家列车的车厢，还有1829年世界上最早的SL火箭号的复原车厢。这里有皇家最早的御用火车，有维多利亚女王的专列。女王的包厢都是木料制作的，装潢考究，枣红色的油漆锃亮。王子的包厢里沙发还是按原样摆放，写字台、沙发、电话、床等生活设施一应俱全。

另一个展厅主要展示各种火车头。保存了不同时期的火车头，珍藏有世界上最大的蒸气动力机车、维多利亚皇后（Queen Victoria）搭乘过的小轿车、三等有轨电车、欧洲之星、日本新干线"HIKARI"号和史蒂芬逊（Stephenson）研制的火车的复制品等。还有很多铁路附属展品，包括经过复原的制造车间。有当时世界上速度最快（时速202公里）的SL马拉多号。据介绍，最早的史蒂文森号火车从约克开到伦敦用了5天时间，因为中途经常出故障。

在一个展览大厅里，工作人员正在向游客讲解火车的历史，并现场演示火车是怎样调头的，大转盘旁吸引了很多游客观看。英国的普通家庭家长都喜欢把孩子带到火车博物馆来参观，从小让孩子感受英国的工业文明。英国作为火车的发源地，发明了火车，英国人以此为自豪，他们认为英国火车的发明改变了世界。

二楼回廊展示车牌、火车票等物品及照片。另外，馆内还有无数的制服、纽扣、手表、时钟、地图、海报和一座仿古的旧式车站。

如果时间允许，游客还可以被邀请到修复店工作室观看修复古物过程，我们行程紧张，错过了这样的机会。

火车博物馆，是英国工业文明的缩影。

如果说，铁路博物馆是现代英国的象征，而约克罗马城墙，则是中世纪的记忆。

在罗马时代，为抗击凯尔特人、罗津人、苏格兰人、海盗等入侵者，以约克大教堂为中心，约克人修建了城墙，现在残留的城墙大部分是中世纪修建的。城墙周长约4.5公里。中间有3处断开，但是对环绕城墙旅行没有任何影响。

远看城墙，犹如中国的长城。高高的墙基，高高的城墙。墙基长有大片绿草。古城墙在约克人的悉心爱护下，保护得非常完好。

我们登上城墙。城墙全部由石头砌成。城墙不宽，约2米左右，外侧有耳墙。耳墙高的地方有2米，矮的地方也有一米五六。城墙内侧有护栏，看上去是为了保护游客后加上去的。每隔三四米有一缺口，作为瞭望和射击用，每隔40米左右有一弧形城垛，每个城垛有3个射箭孔。城墙拐弯处有大城垛，能容纳三四十人，城墙上的通道可供2队人员行走。

城墙下外侧，是静静的奥斯河。站在城墙上，各个角度都能看到敏斯特大教堂高高的尖顶，从不同角度领略大教堂壮观景象。城墙内侧，看上去有些荒凉，但是绿草依依。

我们沿着城墙继续往前，前方有一个城堡。进入城堡，里面有一个小小的展厅，是理查三世纪念馆。纪念馆内展示了"王子塔楼遇害案情"。几个世纪以来，英格兰国王理查德三世一直是争议人物。事实上，1483年理查德三世夺位引起内乱，于1485年战死，"玫瑰战争"就此结束。当年爱德华四世驾崩时，他年幼儿子短暂接替王位，却从未受到加冕。爱德华四世的两个儿子被后来成为理查德三世的叔叔理查德带往伦敦塔囚禁，名义上作为他们的王室保护者。基于含糊的理由，两个王子被宣布为私生子。其后不久，他们消失得无影无踪,据说在伦敦塔内遇害了。历史的谴责从此指向理查德三世,尽管没有确凿凭据来证实他的参与。这段历史饱受争议,版本众多,传说也非常多。如英国莱斯特大学历史学家戴维·巴德温经过大量历史研究,在其著作《失落的王子:约克王朝幸存者理查德》中披露,当年被囚伦敦塔的两位王子并没有被叔叔杀害,大王子爱德华死于自然原因,而小王子理查德后来流落民间,在艾塞克斯郡当起了一名砖瓦匠。如果真如戴维·巴德温所言,倒是为理查德三世洗去了很多冤屈。

罗马城墙,没有长城那样雄伟壮观,绵延万里。但是罗马城墙,同样是一段尘封的历史,一处历史的记忆。

走过约克的很多地方,每个人都很友善,果然是与上帝同住的地方。

在约克极具迷人风情的古老街道上漫步。那鹅卵石的街道,那千年不变的风霜,那宛若天堂里的城堡以及敏斯特大教堂的悠悠晚钟,深深地印入我们的脑海。

在神圣的敏斯特教堂前

在约克游览，不能忘了约克大教堂。

约克大教堂（York Minster）也称敏斯特教堂。约克敏斯特大教堂是大不列颠岛上最大的中世纪教堂，同样也是约克郡最有历史价值的建筑物。这个大教堂13世纪初开始兴建，1472年完工，历时250年，是英格兰北部最具代表性的大教堂。约克大主教同时也是英格兰主教长，地位仅次于坎特伯雷大主教，后者是全英格兰大主教。约克大教堂也是欧洲最美丽的哥特式教堂之一。

早在16世纪，亨利八世就与罗马天主教廷决裂，创设了英国国教。北英格兰14个主教区的任命及典礼均由约克大主教主持。它的座堂就是敏斯特大教堂。由此也可见这座大教堂非同凡响的地位。

远看敏斯特教堂，呈丁字形分布的三座塔楼高耸入云，在蓝天白云下气势恢宏。如果说约克是天堂里的城堡，那约克大教堂就是天堂之门。在教堂门口，矗立着康斯坦丁大帝的雕像，他是唯一在罗马以外登基的皇帝。康斯坦丁曾率罗马军队远征英伦，是约克的重要建设者，也是约克大教堂的主要奠基人。306年罗马内乱时，康斯坦丁在此称帝，然后在挥师击败马克森提后凯旋回到罗马并迁都君士坦丁堡。康斯坦丁是罗马第一位信基督教的皇帝，为基督教的发展起了巨大的推动作用，因而备受尊崇。康斯坦丁究竟何时开始信奉基督教我们不得而知，最通常的一种说法是在米尔维安大桥战役的前夕，康斯坦丁看到天空上闪耀着十字架样的火舌，有人对他说了这样的话："这是你克敌的迹象。"不管康斯坦丁怎样或何时成为基督信徒的，他总是非常热衷于基督教的发展。他最早期的行动之一就是颁布《米兰敕令》，根据这部敕令，基督教成为一种合法的、自由的宗教。敕令还要求归还先前迫害时期没收的基督教教会的财产，规定星期天为礼拜日。

我们从南耳堂进入大教堂，右边是建于15世纪的唱诗席屏风，上面展示着从威廉一世到亨利六世期间共15位国王的雕像。边上有格雷主教的棺匣。正面是壮观的五修女窗，窗户有5个尖顶，高达15米，这是教堂所有保存完好的窗户中年代最久远的，大部分玻璃的历史可以追溯到1250年。在中堂的两侧设有石盾，上面绘有在约克的议会上贵族们受到爱德华二世接见的场景。教堂的大东窗长23.7米，宽9.4米，差不多有一个网球场大，是世界上最大的中世纪彩色玻璃窗，也是这座天主教堂最珍贵的文物，彩色玻璃以开天辟地和世界末日为主题。南侧的彩色玻璃是为纪念玫瑰战争的胜利而建的，上面画的都是都铎王朝的玫瑰。北面回廊的彩色玻璃是大教堂中最古老的玻璃，建于13世纪。

教堂南侧彩色玻璃描绘的玫瑰战争（Wars of the Roses）发生在1455年–1487年之间，或称蔷薇战争，也有人认为玫瑰战争是到1485年结束。这场战争指英国兰开斯特王朝（House of Lancaster）和约克王朝（House of York）的支持者之间为了英格兰王位而进行的内战。两个家族都是金雀花王朝（House of Plantagenet）皇族的分支，是英格兰国王爱德华三世的后裔。玫瑰战争这个名称来源于两个皇族所选的家徽兰开斯特的红玫瑰和约克的白玫瑰。该战争大部分由马上骑士和他们的封建随从组成的军队所进行。兰开斯特家族的支持者主要在国家的北部和西部，而约克家族的支持者主要在南部和东部。玫瑰战争所导致贵族的大量伤亡，是贵族封建力量削弱的主要原因之一，导致了都铎王朝控制下的强大的中央集权君主制的发展。1485年，亨利·都铎的军队在博斯沃思战役击败了理查三世的军队，亨利成了国王亨利七世。然后亨利通过娶爱德华四世的女儿，约克家族最佳的继承人约克的伊丽莎白为妻来巩固他的统治。这样，他重新统一了两个王族，把红玫瑰和白玫瑰这两个对立的符号合并到红白都铎玫瑰的徽章中。玫瑰战争在这个教堂中留下了记忆，也为约克留下了记忆。

教堂的地下部分曾是军事要塞，但是现在作为展览厅。

我不是一个基督徒，但是，站在教堂的大厅中，看着那高大的穹顶，看着那些古老的印记和华贵的装饰，我感觉我是那样的渺小，心中敬意油然而生，对这教堂历史的敬意。在络绎不绝的参观者之中，我只是一个匆匆的过客，而我曾作为一个孤独的沉思者也在这里留下自己的足印。

从敏斯特教堂出来，去感受神秘的肉铺街（The Shambles）风情。据说以前肉铺街上几乎都是肉铺，为了怕日照让肉腐烂，屠夫们大多把肉放在一楼的窗台上，或者是挂在屋檐下的铁钩子上出售。时间长了，人们就把这里叫做肉铺街。

肉铺街是约克众多狭窄街道中的一条，也是最让人留恋的一条街道，被称为欧洲保存得最好的中世纪街道，古朴而富有魅力。走进肉铺街，就像走进了时间隧道，回到了约克那缤纷变幻的历史当中。街道很短，约有100多米；也很窄，窄的地方只能容下两三人并肩行走。宽的地方也就2米多一点。街道虽然不长，但是有拐弯，一眼还望不到头。街道路面两边铺着很多条形石板，很规则的那一种，中间铺着整齐的小石块。街两边的房子基本上还保持着当年的样子，只是店面经过了装修，色彩更丰富了。

这是一条建筑很有特色的街道。在一般地方，房子楼层越高，上面越会往里收，三楼的面积相对要比二楼小一些。在肉铺街，情况却不是那回事。在街道中间，两边是三层小楼。二楼比一楼突出，三楼比二楼更突出，房屋二层、三层都有向外突出的骑楼，房子不仅不往里收，反而向外扩展。两楼之间，底楼相距2米左右，而到了三楼，相对的邻居之间可以伸出手来握手。

这里的每间房子都有着几百年的历史，都有着说不完的故事。房子装饰以红色、白色为主色调，有的房子是砖石结构，一楼、二楼由整齐的方石砌就，三楼由红砖垒成，更多的建筑以砖木结构为主。窗户上都有白色的窗格，有的房子在二楼、三楼用细长木板漆上深色的颜色装饰成几何图案，虽然简单，但却古朴典雅，简单中凝聚着智慧，古朴中蕴藏着深厚的文化底蕴。很多房檐微微向外翘起，作为装饰的支撑房檐用的石块上大下小，雕刻成圆弧形，正面有一道一道的棱，虽然经历数百年的风雨，但是那份精美还鲜活地保存着。

街道上游人很多，商店里各种商品琳琅满目。离圣诞节还有一个多月，但是圣诞节的气氛已经开始营造了，商铺的店面前的圣诞树上闪烁着彩灯，到处洋溢着喜庆的气氛，原来肉铺街那充满血腥气的空气早已荡然。

神秘的温莎城堡

对于我们这些来自东方的人来讲,温莎城堡是个神秘的地方。越是神秘,越想一探究竟。

温莎城堡(Windsor Castle),位于英国英格兰东南部伯克郡温莎·梅登黑德皇家自治市镇温莎,目前是英国王室温莎王朝的家族城堡,也是现今世界上有人居住的城堡中最大的一个。

据介绍,温莎城堡是女王及皇室成员的重要住所,是150多人的家。女王大多数周末时光都是在这里度过的。

温莎城堡的始建者为征服者威廉一世。为防止英国人民的反抗,威廉一世在伦敦郊区,建造了9座相隔32公里左右的大型城堡,组成了一道可以互相支援的碉堡防线。温莎城堡是9座城堡中最大的一座,坐落在泰晤士河边一个山头上,建于1070年,迄今已有近千年的历史。

走过长廊,踏着石板路,很快来到城堡前。一群中学生也穿着统一的校服前来参观。

过了检票口,就看到坚固的城墙和高高的塔楼,塔楼上飘着米字旗。我们先来到圣乔治闸门,闸门里面是方庭,方庭里就是皇室的住所,这里也是官方活动的重要场所。温莎城堡总面积比268个网球场还要大。沿着城墙边的步行道前进,前往中区。城墙在中世纪是防御用的,上面每隔一段距离就有射箭口。中区是城堡非常古老的一部分,右边是塔楼,保护着皇室的入口。塔楼的四周原来是护城河,现在已经没有水了,变成了花园。

过了中区,进入第一个展览厅,是玛丽女王的玩偶室。乔治五世的妻子玛丽皇后(Queen Mary of Teck)是一位出色的艺术鉴赏家。玛丽皇后不仅找回与买回那些流散在外、原本属于城堡内的家具,而且购买了许多新的来装点房间。她也重新布置城堡的风格,而且在主要楼层的国家房间布置巴洛克风格的家具来接待重要的贵宾。更舒适且拥有现代化浴室的上层卧房,提供了下方的国家房间娱乐与集会的功能。国家房间现在仍然被保存着,不过更类似历史古迹。

玩偶室设计精巧,按室内居家摆设摆放,小沙发、小茶几、小酒杯等小物件玲珑剔透,非常可爱。1921年,维多利亚女王的孙女露易丝想出一个主意,要给玛丽皇后送一件礼物,以表达国民的心意,玛丽皇后喜欢微型物品,露易丝按照玛丽的心思送了很多微型玩具,现在都珍藏在这里。在另一个房间,还有很多小娃娃、小衣服,这些都是玛丽的珍爱。

离开玩偶室,就是画廊。画廊里展览着很多版画和油画,另外还展出图书和手稿。这里的展品经常更换,运气好的话,还能看到达·芬奇的作品展出。画廊前面是瓷器展厅,展厅里的瓷器也是皇室的珍品。有碟子,有碗,还有蛋糕架等东西。有的瓷器像菠萝一样,造型奇特,图案精美。

登上台阶,来到大门廊,这里是园厅的入口,展示很多兵器和盔甲。前方不远处右侧,是维多利亚女王的雕像,旁边是她最喜爱的牧羊犬西巴。雕像两侧摆放着很多兵器,这些兵器默默地伴着女王,似乎还在回忆着日不落帝国的辉煌。

进入大门,就是滑铁卢厅。滑铁卢厅是为庆贺滑铁卢战役胜利而建的,在宽敞高大的长方形大厅内,墙壁上挂满在滑铁卢战役中立下战功的英国战将的肖像,屋顶上悬挂着巨大的花形水银吊灯。大厅周围的墙壁上,展出了很多人物画,这些画作大多出自劳伦斯爵士之手。右拐,进入国王大客厅,精美的艺术品充实了四面,让人目不暇接。窗台边有一个个玻璃展示箱,大厅按原样摆放着国王的办公桌,整个房间金碧辉煌,精美的瓷器点缀着一座座雕像。

进入国王寝宫,但是当时的查理二世不在这里睡觉,倒是经常在这里举行早朝,拿破仑访问英国时曾在这个房间住过。在寝宫边上有一个小型画室,藏品以人物画为主,其中《无辜者的大屠杀》最为有名。

皇后的大客厅里挂满了油画,其中有爱德华六世的画像,有亨利八世的画像。在壁炉的右侧,还悬挂着伊丽莎白公主的画像。公主衣着华丽,端庄大方。走过皇后大客厅就是国王用餐室。顶上有一幅大型的壁画,内容是众神用餐图。墙壁上有巨大的木雕,雕刻细腻,美轮美奂。

不知不觉,来到第18展厅。这里有范迪克的作品,画着查理一世及其五个孩子。查理一世慈祥地看着孩子,从画上看,让人有家庭聚会的感觉。可惜的是,这幅画完成不久,范迪克就去世了。但是,范迪克去世不久,查理一世也被反对者送上了断头台。再往前参观就来到了皇后意见厅。这里是凯瑟琳皇后倾听他人意见的地方。天花板上也画着大幅的壁画,墙壁上也是壁画,色彩绚丽。意见厅旁是宾客等候间,这里绘画的主角是凯瑟琳皇后,作者是安东尼奥维利奥,画面色彩缤纷,题材多样。房间内还有作曲家亨德尔的半身雕像。

第 21 展厅是武器展厅，原来这里是侍卫室，现在展出了很多艺术武器。这里还有很多军事领袖的半身雕像，如纳尔逊海军上将，威灵顿将军，丘吉尔爵士等。

宏大的圣乔治礼拜堂给我们留下深刻的印象。这里有近三十米长，十余米宽，可以摆很长的餐桌，可以供女王宴请使用。天花板上有很多漂亮的小盾牌。礼堂尽头有一棵巨大的圣诞树，因为邻近圣诞了，女王也准备庆祝圣诞节。

1992 年 11 月 20 日温莎城堡发生了一次大火，最先从小礼堂开始，大火过后，重修成哥特式八角亭，摆放着亨利八世的盔甲。因为遭到火灾，维修需要大笔费用。因此开放了城堡的一部分，收取门票，补贴城堡的开支。

第 24 展厅是国宾厅。国宾厅第一个房间以红色、金色为主，庄重典雅。从窗户远眺窗外，绿草树木尽收眼底。这里视野开阔，是接待贵宾的重要场所。墙壁上装饰着油画，厅内摆放着沙发和茶几，还留有乔治四世的品味。墙壁上还有乔治六世及其妻子的肖像画。往前就是宴会厅。有雕刻精美的餐具柜，女王经常在这里招待贵宾。第 26 展厅是八角形的用餐室，位于塔楼内，顶上的大吊灯是大火中幸存的物品。经过走廊，就是 27 展厅。展厅内富丽堂皇，这里是大接待室，是女王接待的重要场所。

第 28 展厅与众不同，这里铺着蓝色的地毯，装饰红绒的椅子是女王的座椅。这里是嘉德勋章骑士室。每次册封嘉德勋章骑士的仪式就是在这里举行。墙壁上，所有君主的油画都穿着嘉德骑士的长袍。

"嘉德骑士"是英国骑士勋爵里最高的级别，由爱德华国王为鼓舞日渐没落的骑士精神而专门设立的，当今王储查尔斯王子就被授予"嘉德骑士"勋爵封号。

嘉德勋章（The Most Noble Order of the Garter）是授予英国骑士

的一种勋章，它起源于中世纪，是今天世界上历史最悠久的骑士勋章和英国荣誉制度最高的一级。只有极少数人能够获得这枚勋章。

温莎城堡是现存最古老的皇家寓所，同时也是一座巨大的艺术宝库。

把爱情留下来的地方

伦敦，是一座把爱情留下来的城市。

从白金汉宫，到泰晤士河，一路走来，历史、建筑、风景都和爱情紧密相连。

白金汉宫是女王的办公场所，也是女王在伦敦的主要住所。1703年由白金汉公爵建成，1762年被乔治三世买下送给他的妻子，直到维多利亚女王登基进驻以后，白金汉宫才真正成为皇室的象征。如果宫殿上方飘扬着国旗，说明伊丽莎白女王正住在宫中。白金汉宫皇家卫兵的交接仪式是当地的一大风景。

维多利亚女王的初恋情人是俄罗斯沙皇尼古拉一世的长子——亚历山大二世。他们一起看赛马，一起在白金汉宫跳舞，并曾有多次私人约会。维多利亚女王在她的日记中写到了和亚历山大一见钟情的情景："在6点40分左右，我见到了皇储，他在我的窗前行礼，我们在圣乔治大厅用餐，皇储挽着我进入大厅，我真的爱上了皇储，他是那么亲切友好的一位年轻人，我们一起跳舞，一起大笑，一起分享快乐时光，我以前从未如此快乐过，我于2点半上床睡着，但兴奋得直到5点才睡着。"他们的爱情最终在国家政治利益的考量下以失败告终。后来，她与来自德国的阿尔伯特亲王结婚。

我们到达白金汉宫的时候，只见大门紧闭，两扇门上镶有英国国徽。门内，两个卫兵一动不动地站立。卫兵身着鲜红制服，头戴黑熊皮高帽，这种装束成为一种传统，一种象征。没有我们想象中的戒备森严，游客自由地在门前参观，有人好奇地向门内观望，没有人呵斥，也没有人干涉。

白金汉宫正前方是一个广场，广场中央有一个巨大的雕像。雕像的正面为天使护卫维多利亚女王，天使手执权杖，目视远方。

广场右前方是圣詹姆斯公园。公园里有一瘦长的小湖。在微风中，一只只不知名的水鸟游弋在湖面上。让我们惊奇的是，湖面中间，还有两只白天鹅在嬉戏。湖边的草地上，鸽子旁若无人地漫步，好像边走边思考着什么，如一位高龄的绅士，紧锁眉头，踱着方步。松鼠拖着长长的尾巴在树林间玩耍，看到人一点都不害怕，还做着各种调皮的动作。有一只松鼠最调皮，在路上倒立着走，尾巴翘得高高的，引得游人纷纷拍照。湖面上空，几只水鸟在滑翔，不时发出欢快的鸣叫声。很多恋人手挽着手，在湖边漫步。

虽然游客众多，但是没有人去打搅这些可爱的小精灵。天鹅、鸽子、松鼠自由自在地生活在自己的领地上，人与自然和谐相处。在繁华的闹市中，这里是宁静的，安详的。

小湖的尽头是皇家近卫骑兵司令部，广场两侧各有一个骑兵的雕像。正门有两个骑兵，骑着高头大马，威风凛凛，煞是威武。

我们经过海军部拱门，前往特拉法加广场。

特拉法加是英国一个非常有名的广场，这个广场是为了纪念有名的特拉法加海战胜利而命名的。当年，英国海军在纳尔逊将军的率领下，以少胜多，战胜了拿破仑的舰队，取得了特拉法加海战的胜利，奠定了英国海上霸主的地位。广场上有一座高55米的纳尔逊纪念柱，是为了纪念纳尔逊将军而建造的。特拉法加广场还是有名的鸽子广场，广场上有大群的鸽子。平时，游客和鸽子嬉戏玩耍，非常热闹。但是，政府也年年为清扫鸽子粪而烦恼。

在广场边，有英国国家画廊，这里是世界最高水平的国家画廊之一，是绘画爱好者的圣地。这里收藏的绘画以意大利和荷兰派的作品为主。达·芬奇、伦布朗的作品都有珍藏。

经过一个不起眼的大门，人们说，这里就是首相官邸，有名的唐宁街10号。门边站着两个卫兵，人们纷纷前去合影照相。大门很简朴，看上去就是普通的镂空铁门。门面很小，门口也很窄。很难想象，日不落帝国的首相就在这里办公。

在怀特霍尔大街上，每隔一段就有一座雕塑或者纪念碑。在繁忙的大街上，这些雕塑显得非常庄严。沿着怀特大街向南，很快就来到议会大厦。这是世界上最大的哥特式建筑，在11世纪中叶由爱德华一世修建，作为皇宫，历时四百多年。至1574年，成为议会所在地。东北角的塔楼为钟楼，著名的大本钟（Big Ben）坐落其上。这座13吨重的大钟建于1859年，得名于他的设计者本杰明·霍尔。大厦周围的墙壁上，有很多雕像，古朴中显出壮观。

拐过议会大厦，就来到泰晤士河边。河对岸的"伦敦眼"在傍晚的天幕下发出淡淡的蓝光，在暮色中徐徐转动。"伦敦眼"是伦敦最吸引游人的观光点，是世界第二大摩天轮，也是伦敦的新地标。当初高135米的"伦敦眼"是为了庆祝2000年的到来而兴建的。登上"伦敦眼"可以鸟瞰伦敦半个城市，因而也是目前英国最受欢迎的付费观光点之一。

伦敦被称为爱情的温床。刚到伦敦，我感到怀疑，这么拥挤，这么现代，哪里会有什么浪漫？但是，当你漫步在那大面积的海德公园、圣詹姆斯公园、肯辛顿公园，当你见到那珍珠般的湖泊，当你沐浴着泰晤士河边凉爽的风，你就不会感到怀疑了。

著名的风景画家康斯泰布尔是在伦敦收获了爱情的硕果。他在成名前深爱一名叫玛丽亚的女孩，她小他12岁，父亲是牧师。他们的恋情一开始就遭到玛利亚家庭的反对。因为当时的人们认为，画风景画是没有出息的。后来，玛利亚一家迁居伦敦，康斯泰布尔也悄悄地跟到了伦敦。当她再次迁居布得里的时候，康斯泰布尔还是跟了去。他们历经磨难，终于在伦敦的圣马丁佛罗伦萨教堂结合。婚后的康斯泰布尔进入了创作的黄金时期。可怜的是，当他的艺术成就被大家认可、被选为皇家艺术学院院士的时候，玛利亚已经不幸辞世。

在伦敦汉普斯特圣约翰教堂旁边的小楼里，有过济慈的爱情。济慈生于伦敦一家客栈的马厩里，与耶稣的降生非常相似。大约在1818年前后，济慈结识了邻居芳妮·布劳恩。济慈被芳妮·布劳恩的纯洁美貌深深地吸引住了，他认为自己的笔描绘不出芳妮万分之一的美丽，最精妙的诗行也难以描述自己内心炽热的情感。每一次约会以后，济慈回忆起芳妮的脸颊，便会对自己的写作能力产生前所未有的不自信。那时候，济慈已经有了肺病的前兆。在被称为"济慈屋"的小楼里，济慈写下了大量给芳妮的书信，他的情书甚至比他的诗歌更有诗意。他在信中说："拥抱你的感觉，就像拥抱一整座天堂花园。你的美啊，粉碎了世间一切自以为是的艺术。"济慈是在为恋人写诗，他的传世之作《夜莺》、《希腊古瓮颂》都是在这个时候完成的。济慈后来病情急剧恶化，在离开人世前，为芳妮写下了生命中最后一首诗《明亮的星》。他写道："枕着我的爱人正在的胸膛，永远感到她柔和地一起一伏，永远在甜蜜地动荡中保持清醒，永远听她温柔地呼吸的声音。就这样永生，或者就这样死于昏晕。"可惜的是，这位天才的诗人25岁就离开人间，离开了他的珍爱芳妮。芳妮听到死讯后，陷入了极度的悲痛，她曾经让济慈痴迷的笑容不见了，直到12年后，芳妮才嫁了人。济慈之死也成为众多画家画中的主题，留下了很多经典之作。

诺贝尔文学奖得主威廉·巴特勒·叶芝在伦敦学习成长，爱上了爱尔兰革命家茉德·冈。多年后，叶芝还常常回忆他们在伦敦伊伯里大街共度的那段短暂的时光，"一切都已模糊不清，只有那一刻除外：她走过窗前，穿一身白衣，去修整花瓶里的花枝。"叶芝在《当你老了》这首诗中表达了对茉德·冈的深深爱恋："当你老了，头发花白，睡意沉沉，倦坐在炉边，取下这本书来，慢慢读着，追梦当年的眼神，那柔美的神采与深幽的晕影。多少人爱过你青春的身影，爱过你的美貌，以虚伪或是真情，唯独一人爱你那朝圣者的心，爱你哀戚的脸上岁月的留痕。在炉栅边，你弯下了腰，低语着，带着浅浅的伤感，爱情是怎样逝去，又怎样步上群山，怎样在繁星之间藏住了脸。"

"拉斐尔前派"画家但丁·罗塞蒂1850年结识模特丽姬，一下子被迷住了。日后成为罗塞蒂妻子的丽姬在回忆他们初识的日子里，觉得罗塞蒂"尤其是那颗滚烫的心与孩子般的天真，让我无力拒绝"。婚后，年轻的妻子却因为服食麻醉剂过量不幸早逝，痛失爱妻的罗塞蒂把自己早年写下的诗篇与妻子的遗体葬在了一起。

上述提到的这些诗人、作家、艺术家都在伦敦找到了爱情。而兰姆，这个散文大家，却是把伦敦城当作自己情人的第一个人。兰姆一生没有离开过伦敦。1800年，查尔斯·兰姆在给好友托马斯·曼宁的信中谈到了伦敦。他在信中写到，他有对伦敦一种近乎偏执的喜爱，无论是伦敦的各种建筑，还是伦敦的形形色色的人群，他都觉得这是一种乐趣。当时，沃兹华斯邀请他同游湖区，兰姆断然拒绝，认为伦敦城足以满足他一切心灵的奢望。卢卡斯说，伦敦是兰姆的情人。所以，兰姆要对她忠诚，一生一世都不肯离开伦敦，除了伦敦以外，世界再无天堂。

把爱情留在伦敦的艺术家还有很多。伦敦，不愧是一座弥漫着爱情空气的城市。

我们在泰晤士河边漫步，默默感悟着这条世界名河，在这条河边，不知发生过多少爱情故事？清清的泰晤士河水静静地流淌，成为这个古老城市的忠实守望者。

一座城堡的传奇

爱丁堡是苏格兰的首府，去苏格兰，必去爱丁堡。

天朦朦亮，我们的大巴就出发了。

当我们乘坐的大巴经过兰开夏郡，满山遍野的牧草映入我们的眼帘，间或有大片的森林，绵羊、奶牛在悠闲地吃草。远看，草原上白色的羊在绿色的草地上如星光点点。一路上，太阳偶尔会冒出来，一会儿又是小雨绵绵。虽然是冬季，草地依然绿得耀眼，依然充满生命力。有些羊被主人涂上了彩色，可能是便于辨认，那傻乎乎的小羊，屁股上一块红、一块绿，滑稽得很。

车进入苏格兰高地。雨停了，天空中浮云轻轻地飘荡。说是云，倒更像是淡淡的烟雾，在空中慢悠悠飘荡。透过云间的缝隙，我们看到了蓝蓝的天，那样的蓝，纯洁得很，如雨水洗过一般，晾在天空。

草地上的羊有的在吃草；有的卧在草地上，漠视远方；有的孤立地站着，像是在沉思。最有意思的是苏格兰黑脸羊，样子长得憨憨的，真是不知它们怎么会进化得那么卡通，头是黑的，而羊身却是洁白的，黑白对比很分明，配上绿色的草地，宛如三只画笔的涂鸦。

苏格兰的羊可谓声名远扬，世界上第一例克隆羊"多利"就是在爱丁堡诞生的，她的母亲就是一只黑脸羊。

在牧场里，还会发现打成捆的干草，并用塑料布包起来，这是为了给牛羊过冬准备的食物。

到处都是牧场，到处都是绿地。因而在600多年前，高尔夫球运动就诞生于苏格兰的圣安德鲁斯小镇。苏格兰地区山多，气候湿润、多雾，非常适合牧草生长。相传当时牧羊人喜欢用木板玩游戏，将石子击入兔子窝或洞中，久而久之形成了使用不同的球杆并按一定的规则击球的运动。苏格兰地区冬季寒冷，每次出去打球时苏格兰人总爱带一瓶威士忌放在口袋中，每次发球前先用瓶盖喝一瓶盖酒。一瓶酒18盎司，而一瓶盖正好是1盎司。打完18洞，酒也喝完了，所以时间长了，很多人便认为一场球必须打18洞。现代人对高尔夫的理解有了更深刻的含义，GOLF这个单词正好代表了绿色（Green）、氧气（Oxygen）、阳光（Light）、脚步（Foot），体现了现代人的健身理念，沐浴在阳光下，在绿色的草地上，呼吸着新鲜的空气，挥杆击打。这样的运动对人的吸引力有多大呀！

中午时分，抵达爱丁堡。

爱丁堡城堡位于北海福斯湾南岸，扼福斯湾进出之要冲。远看爱丁堡城堡，屹立于高高的城堡山的悬崖峭壁上，地势险峻，巍峨雄伟。

城堡门口有两座雕塑，分别是威廉·华莱士（William Wallace）和罗伯特·布鲁斯（Robert Bruce），他们都是苏格兰伟大的民族英雄，至今还在默默地守卫着城堡。1296年，威廉·华莱士（就是电影《勇敢的心》里的主人公）率领军队在斯特灵（Stirling）打败英格兰军队。1314年，罗伯特·布鲁斯在斯特灵再次击败英军，从此为苏格兰民族赢得了独立的地位。

城堡有上、中、下三层。我们站在城堡外的城墙边，远眺福斯湾，湛蓝的海水，灰暗的天空，犹如一幅淡雅而迷蒙的水墨画。城墙边，每隔五六米就有一门古炮，炮口从缺口向外，直对福斯湾。这些古炮让人们还记得这座城堡最初的建筑意义。

在圣玛格丽特礼拜堂，那罗马风格的大型拱门给我留下了深刻的印象。这座建筑也是城堡内现存的最古老的建筑，最早修建于1110年，已有千余年的历史。这座教堂是为了纪念玛格丽特女王而建，1093年玛格丽特女王就逝于此地。

城堡内地面铺着青色方砖，因为参观的人多，被磨得很光亮。墙面上经常看到人物浮雕。很多展览室都有精美的壁画，五彩缤纷。壁画大多与王室的兴衰有关。有一幅壁画上画着手握权杖、头戴皇冠的国王。有一个展室演示了国王加冕、佩戴皇冠的过程。还有一个展室是一个锻造兵器的展室，模拟古代制造宝剑的过程。

城堡内展室很多。在一间展室内，展示了国王权杖、王冠、宝剑的仿制品，全部是铜制的。再往前一间展室，展示的是三件宝物的原件。皇冠高约20厘米，底端是白色的类似于羊毛的饰品。宝剑长约1.5米，在微弱的光线下依然散发出逼人的寒光。宝剑的手柄头有近4厘米的缺口，不知是在哪一次战争中留下的痕迹。旁边还有剑鞘和皮带，剑鞘上装饰精美，历经多年依然清晰可见。权杖的设计最为经典，顶端镶嵌着一个鸡蛋大小的圆形宝石，熠熠生辉，光彩夺目。宝石下方围绕杖身有三道龙形（形似）饰物，象征着王权的至高无上。

皇冠边上就是著名的命运之石，与皇冠、宝剑、权杖相比，真是黯然失色，毫无珍贵可言，只是一块很普通的石头。但是就是它，因为其传奇的经历而与历史命运相连，充满神秘的色彩。

皇冠、宝剑、权杖、命运之石合称爱丁堡城堡的"镇堡四宝"，果然名不虚传。

在文艺复兴时期修建的大厅里，是琳琅满目的兵器世界。大厅现在作为众多兵器的展览厅，有将士们作战时穿的铠甲，有各种宝剑、标枪，摆满了大厅的四周。

爱丁堡城堡几度遭到战争的破坏，每次战后都要进行修复和改造，演变成了现在的规模和格局，成为人类宝贵的文化遗产。爱丁堡城堡同时也是苏格兰国家战争博物馆、苏格兰联合军队博物馆之所在地。

爱丁堡城堡曾是苏格兰的政治、文化的中心，这是哪个古城堡都不曾有过的地位。经历了多次战争的洗礼，包括政治和军事的斗争，使它始终处在权利漩涡的中心。在苏格兰和英格兰漫长的争斗历史中，爱丁堡人表现出来的强悍和不屈的精神，是整个苏格兰人不屈不挠精神风格的重要体现。

爱丁堡城堡，一座英雄的城堡。

从爱丁堡城堡出来，向东至圣十字架宫，就是著名的皇家一英里大道。因为从城堡到圣十字架宫正好一英里（约1.6公里），因而得名。

在皇家一英里大道两边，遍布着众多的历史古迹，博物馆、艺术馆、教堂星罗棋布。圣贾尔斯大教堂位于皇家一英里大道的中心，这里曾经是众多历史事件的舞台。教堂是典型的哥特式建筑，塔顶宛如镶嵌在教堂上的一顶皇冠，设计精巧，耐人回味。教堂前面是广场，广场上矗立着宗教改革的旗手约翰·诺克斯的雕像。他曾经在这个教堂内宣传新教的教义。

皇家一英里大道的尽头是有名的圣十字架宫。这里是英国王室在爱丁堡的行宫，至今仍然在使用。宫殿外有一处小巧玲珑的建筑，据说这里是传奇女王玛丽的浴室。

街道由石板铺就，游客很多。走在石板路上，看着两侧一栋栋古老的建筑，你仿佛能倾听到每一块石板都在诉说着古老的苏格兰故事，那凝固的音乐似乎都在传送着苏格兰不老的传奇。

苏格兰是威士忌的故乡，据说世界上80%的威士忌产自苏格兰。在皇家一英里大道街边有苏格兰威士忌酒业展览中心。在这里可以了解长达300年之久的苏格兰威士忌的历史，那琥珀色的绵绵的液体醉倒无数威士忌爱好者。正宗的苏格兰威士忌入口甘烈，刚喝很不适应，但是几口下肚，那悠远绵长的滋味深深地沁入心田，继而频频举杯，直至酩酊大醉。

我初尝威士忌是在曼彻斯特，那一次我们赴英国考察团一行聚会，很多同行的友人都喝了威士忌。我起初不了解威士忌的性格，开始两小杯感觉味道不太对劲，但是几杯喝下来就很适应了，仿佛我们是久别的朋友，很快就豪饮起来，半瓶下肚没什么感觉。没想到这家伙后劲奇大。到了第二天，开始头晕、想吐，难受得不得了，犹如坐在颠簸的船上。到第三天还是晕晕乎乎的，吃不下饭。知道了威士忌的厉害以后，下次再也不敢多饮，只是小酌两杯，慢慢品尝。

走在皇家一英里街道上，似乎走在中国的步行街，不时看到中国同胞，甚至还有同胞们开的商店。街道两侧，有很多出售旅游纪念品的商店，尤其是众多的羊毛制品店比较有名。这里的羊毛制品都是产自苏格兰那广袤的牧场上，所以物美价廉。我们信步进入一家羊毛制品商店，老板是一个高个子的苏格兰中年人，身上穿着大红的花格子裙子。见到我们，马上双手呈欢迎拥抱状，用中文大声喊道："您好，朋友。"让我们倍感亲切，纷纷解囊购买。

在皇家一英里大道漫步，处处都能感受到浓郁的苏格兰风情。在一个酒吧前，突然从酒吧里跑出两个年轻的苏格兰少女，穿着超短裙。我们大吃一惊，这么冷的天，她们穿着这么少的衣服，怎么能抵抗寒冷？其实，在苏格兰，当地的女孩无论多冷，到酒吧都是穿露腿短裙，真正的美丽"冻人"。这是我们来自东方的游客所不理解的。

　　总感觉在皇家一英里大道游览得意犹未尽，午餐以后，我和友人又去了一次皇家一英里大道，再一次感受一英里的古朴和久远。

"北方雅典"爱丁堡

在英国，在苏格兰，有一座城市，素有"北方雅典"之称，她就是爱丁堡。在爱丁堡旅行，处处感受这座美丽城市灿烂的文化底蕴。卡尔顿山、司各特纪念碑、爱丁堡城堡、大教堂、香醇的威士忌、众多的博物馆、穿着苏格兰格呢裙的风笛手，都是最佳的苏格兰风情缩影。

爱丁堡有新城和老城，以王子大街为界。历史遗留的痕迹随处可见。艺术长廊和音乐厅、苏格兰皇家博物馆、皇家植物园、苏格兰国家图书馆、荷里路德宫、议会大厦、圣吉尔斯大教堂等使众多游客流连忘返。这里到处是中世纪风格的建筑，用黑灰色火山石修建的带有尖塔的宫殿、教堂、城堡与浓密的芳草、盛开的鲜花和谐地交融在一起。高高的爱丁堡城堡威严地矗立在城市的中心，它是这座城市最忠实的守望者。

走在王子大街上，一边是18世纪后拔地而起的新城，新城的建筑保持了18世纪的风格。另一边是老城，至今还保持着鲜明的中世纪风貌。古迹包括建于12世纪的圣吉尔教堂、建于1583年的爱丁堡大学，还有苏格兰国立美术馆以及爱丁堡城堡等。城堡里的藏品和展品则是苏格兰历史的缩影，从它们身上可以追溯到爱丁堡千年的风情和血脉。新城和老城交相辉映，有机融为一体。

在爱丁堡，我们决定要去登卡尔顿山，从高处观赏美丽的爱丁堡。

天边刚露出一些鱼肚白，月亮高高地挂在空中，好像离我们很近。因为苏格兰所处的纬度高，感觉离天很近，月亮也是又大又圆。

卡尔顿山位于爱丁堡新城东部，是爱丁堡市的制高点，也是纵览爱丁堡风光的一处绝妙之处。

沿着王子街向东走到尽头，就来到郁郁葱葱的卡尔顿山。缓步登上卡尔顿山顶，美丽的福斯湾尽收眼底。站在卡尔顿山远眺，海面上朦朦胧胧，引人无数遐想。在山顶中央地带，是有名的苏格兰国家纪念碑（National Monument）。爱丁堡因为历史悠久，素有"北方的雅典"之称，但更重要的是得名于卡尔顿山上的国家纪念碑。它是模仿雅典帕特农神庙而建的建筑，为了纪念在与拿破仑战争中的牺牲者而修建。但是这座纪念碑因为经费不足，至今尚未完成，令人扼腕叹息。

这座纪念碑的墙基全部是巨大的方石砌成，上三级台阶，就是12根巨型石柱，石柱上是横梁。虽然工程没有完工，但仅从已建成的建筑上看，雕刻之精美、做工之细腻，令人惊叹。它已经足够让我们领略苏格兰人的高超技艺，留给我们足够多的想象空间。

在国家纪念碑左前方，卡尔顿山最高处，是纳尔逊纪念碑（Nelson Monument）。纪念碑高六层，底部略见方，中间四层呈圆形，最上一层略小，顶部是帆船的桅杆形。整个建筑呈单筒望远镜形状，为全石结构，周围有窗。这个纪念碑是为了纪念纳尔逊将军而建。纳尔逊将军是英国著名的海军将领，在战斗中多次负伤，先后失去右眼和右臂。在1805年10月19日著名的特拉法加海战中，纳尔逊率领的舰队英勇地击败了强大的法国、西班牙联合舰队。不幸的是，纳尔逊将军在指挥战斗的过程中，被法舰"敬畏"号上的狙击手击中，那颗罪恶的子弹击中他的左肺，射入了脊椎。纳尔逊血流满地，但依然坚持在自己的指挥岗位上。当纳尔逊得知自己赢得了这场伟大海战的胜利时，他终于闭上了双眼。临终前，他要求剪下自己的一缕头发，和订婚戒指一起送给未婚妻艾玛。当纳尔逊闭上眼睛以后，纳尔逊乘坐的旗舰"胜利"号上所有火炮随即齐射，以缅怀这位英国最伟大的海军将领。

当聆听了纳尔逊悲壮的故事后，我想到了苏格兰国家战争纪念馆里墙壁上镌刻的一句话："和平的精神掌握在神的手里。他们永远活在安宁中，不被侵扰。"但愿纳尔逊永远活在神的怀抱里，不被侵扰。我更相信，纳尔逊的精神永远活在英国人的心中。

在苏格兰，命运之石的故事也非常神奇，同样反映出苏格兰民族不折不挠的精神。

命运之石（Stone of Destiny），是苏格兰的一块神奇的石头，苏格兰历代国王加冕都要站在这块石头上以显示王权，其地位可想而知。命运之石的起源已无从考究，作为神圣之物，民间流传着有关它的各种各样的传说。有人认为命运之石来源于圣经，圣徒雅各布是耶稣的兄弟，枕着这块石头梦见了天使。命运之石早期的历史记载表明，它曾被用于庆祝达尔里阿迪克（Dalriadic）的一系列君主们登基。1292年，约翰·巴利奥尔（John Baliol）成为苏格兰最后一位使用命运之石的国王，1296年，英格兰的爱德华一世入侵苏格兰夺走了它，发生了一场血腥的战争，导致很多苏格兰贵族死亡。之后的700年里，它作为爱华德宝座的一部分供每位新君在加冕仪式上端坐。最近一次使用命运之石是在1953年伊丽莎白二世女王的加冕礼上。一直到1996年，才归还苏格兰，并被存放在爱丁堡城堡里，作为镇堡之宝。

人们视命运之石为神圣之物，对它的崇敬已有几个世纪之久，很多国家为它而争斗不休，苏格兰、英格兰和大不列颠王国的君主们相继将它列为登基典礼的重要圣物。别的地方的人很难理解为什么七百年中，在英伦三岛上人们始终对这样一块看似很普通、平常无奇的石块充满热情。然而，石头所能代表的权力和重要性远非石块的表面特征所能体现。在苏格兰人的心目中，它是苏格兰国家的伟大象征，并已成为一千多年来苏格兰最具代表性的标志。

　　我曾在爱丁堡城堡内，见到过这块命运之石。石头呈长方形，长约90厘米，宽约50厘米，高约35厘米，两头的中间有凹口，重180千克。如果仔细看，还能看到石头中间的裂痕。石头呈灰白色，上面没有什么精美的图案。就是这样一块不起眼的石头，却经历了那么多的腥风血雨，令人惊叹不已。

　　这块石头被爱德华一世夺走以后，一直放在伦敦威斯敏斯特教堂国王加冕的椅子下面，苏格兰人一直视此为民族的耻辱。1950年圣诞节，四位苏格兰热血青年把这块石头盗走，政府悬赏10万英镑追查。因为石头太重，这四位青年把这块石头分成两块，在肯特郡逗留3个月，后返回苏格兰，交到苏格兰一位老伯爵手里，老伯爵找能工巧匠把这块石头修复，送到命运之石的始发地，秘密举行了盛大的欢迎仪式，送回原陈放的教堂。英格兰想把这块石头请回英格兰，以挽回颜面，苏格兰人坚决不同意。后来，苏格兰人请愿，并写信给女王要求归还命运之石，伊丽莎白二世顺应民意，把这块石头赠送给苏格兰。1996年11月30日，圣·安德鲁斯日（圣安德鲁一直是苏格兰的守护神）那天，命运之石重返苏格兰边境北部，伴着隆重的庆典，人们将它安置于爱丁堡城堡内。命运之石再次成为苏格兰的荣耀。当时，约有一万人来到爱丁堡城堡前的皇家一英里大道（Royal Mile）大街上争相一睹王石的风采。命运之石在一些重要人物和军人的护送下被从荷里路德宫一直护送到城堡。在苏格兰教会主持者的教堂——圣吉尔斯大教堂，神圣的牧师约翰·麦金杜（John MacIndoe）正式接过王石，并称它将"为苏格兰人民增添引以为豪的独特精神力量"。就此命运之石的风波才告一段落。

　　国家纪念碑正前方，有一座废弃的天文台。从远处看，天文台的建筑犹如一个巨型的十字架。

　　在卡尔顿山上漫步，看到的除去青草，就是悠远绵长的历史。在这历史中，民族的精神、国家的荣誉高高飘扬在卡尔顿山上，使每一个身临其境的人都受到一次人格的洗礼。

　　当我们一行离开了卡尔顿山，我还是不住地回首，遥望那高高的、单筒望远镜形的纪念碑。

王子大街上的悠悠风笛

　　风笛是苏格兰地区最具有代表性的民间乐器。

　　苏格兰风笛发音嘹亮、优美，并能持续不断。古代它曾是苏格兰人打仗时使用的一种特殊武器，并由苏格兰王室规定为军队专用。在苏格兰民间，风笛演奏的曲调一直作为一种传奇事物而世代相传，在某种程度上已成为苏格兰的民族传统音乐。

　　王子大街是爱丁堡的一条主要街道。以王子大街为界，北面是新城，南面是老城。新城遵循18世纪时的城市规划而建设，道路笔直而宽阔，建筑井然有序，与老城混乱的街道形成鲜明的对比。爱丁堡就是一座与众不同的城市，历史建筑云集的老城与18世纪以后有规划兴建的新城交相辉映，和谐地融为一体。因而新城与老城共同被联合国教科文组织列为世界遗产。

　　在这条街道上，经常看到演奏风笛的苏格兰人。在司各特纪念碑前，我看到了一位慈祥的苏格兰老人身着苏格兰民族服装在演奏风笛。那个老人穿着蓝色的长衫，脖子上围着一条长长的围巾，头上戴着一顶咖啡色的苏格兰小帽，帽顶上还有一个红色的软球。他微微眯着眼睛，抱着风笛旁若无人地演奏。那委婉的笛声如长长的丝带飘在空中，让人久久地回味。

司各特纪念碑是王子大街上最醒目的高塔，高60米，呈圆形，周围有8根花岗岩石柱。在中间的基座上，端坐着有"苏格兰英雄"之称的司各特。它是为了纪念苏格兰历史上最知名的文学家沃尔特·司各特而修建的，也是世界上最大的一座作家纪念碑。苏格兰人尊重文化传统，敬仰文学家，他们还在皇家一英里大道上史黛尔女士宅第专门建了作家博物馆，专门纪念沃尔斯·司各特、罗伯特·彭斯、罗伯特·史蒂文森三名苏格兰有代表性的作家，收藏了这三人的作品、生前使用过的器具等。

司各特1771年8月15日生于爱丁堡一个古老家族，1832年9月21日卒于阿伯茨福德。曾在爱丁堡大学攻读法律，他终生辛勤笔耕，写作了大量诗歌、小说、历史、评论等。代表作《中洛辛郡的心脏》以爱丁堡市民反对英国统治者的一次历史暴乱为背景，着重创造了具有高尚品质的普通苏格兰姑娘珍妮·迪恩斯令人难忘的形象，被认为是司各特最优秀的作品。司各特是英国历史小说的创始人，他的小说创造了许多栩栩如生的历史人物和普通劳动者的形象，充满浪漫激情，引人入胜。司各特的历史小说对19世纪欧美的许多作家都产生过重要的影响。至今，我们还能从他留下的作品中领略旧时英国的骑士风范。

这位苏格兰老艺术家在忘情地演奏着，他是在演奏给司各特听吗？他是在陪伴着司各特吗？

在王子大街南侧，有王子花园，花园内绿草如茵，有众多的游乐设施。给人印象最深的是意大利赠送给爱丁堡的喷泉雕塑，全身金黄色，四周雕刻着智慧女神的雕像，庄重典雅。

苏格兰民族艺术画廊离王子大街很近。说实在的，在参观画廊之前，我对油画的认识只停留在表面印象上，只能从照片上、教科书上见到。而这一次近距离地欣赏以及后来游历英伦参观艺术馆欣赏油画给我带来的都是心灵的震颤。每一幅油画都是那样的逼真和传奇，无论是人物画还是风景画，都给人不可磨灭的印象。以前这里还收藏了大师梵·高的真迹。有一幅三折版画可以折叠起来，用金粉作画，古老而又珍贵。

我看不懂油画，却久久徜徉于其中，不愿离去。想去触摸它，想去靠近它，甚至想去亲吻它，这是大师的灵魂，大师还活在这里，我喃喃自语。

漫步在王子大街上，处处建筑精美，设计精心。到处是历史建筑，到处有历史遗迹，到处都有著名人物的雕像。

是民族的，就是世界的。当见到这些独具匠心的建筑，沐浴着厚重的历史文化，我的内心不仅仅是敬佩，更多的是崇敬和崇拜。

不知哪位大师说过，"建筑是凝固的音乐，音乐是流动的建筑。"在这些精美的建筑中，我仿佛听到苏格兰美妙的风笛声。

在爱丁堡郊外的一个乡村小酒馆中，我又听到了美妙的风笛声。那天晚上，我们回到酒店，相约去乡村酒馆小聚。那是一个非常迷人的乡村酒馆，进了门，暖暖的空气扑面而来。大厅内有小桥，有流水。壁炉内，炭火烧得红红的，使房间内温暖如春。以前只是听说过壁炉，当然在安徒生的童话里也看过。现在亲眼在小酒馆中见到，那种温馨布满全身。我们在一个角落坐下来要了几杯啤酒，酒馆内很安静，只有那熟悉的风笛声在酒馆内轻轻地回荡，不时撞击我们的心灵。

苏格兰人爱好艺术，在苏格兰处处都能感受到。在王子大街旁，不仅有人在演奏风笛，也常常看到有乐队在演出，虽然观众很少，但是他们在忘我地演奏，好像不是在演奏给别人听，而是自己在欣赏。在苏格兰，每个城市都遍布着艺术馆、画廊、歌剧院等艺术场所。仅在爱丁堡，我们知道的画廊就有苏格兰国家画廊、苏格兰国家肖像画廊、女王画廊、苏格兰现代艺术画廊、迪恩艺术长廊等。剧院也是星罗棋布，如爱丁堡节日剧院、爱丁堡剧院、皇家莱西厄姆剧院、国王剧院、厄谢尔音乐厅等。

每年8月的爱丁堡国际艺术节是苏格兰最有人气的节庆活动。据领队介绍，他有一次到爱丁堡恰逢爱丁堡国际艺术节。当时的王子大街成了欢乐的海洋，人们穿上漂亮的方格裙，披上斗篷，头戴黑毛高冠，左边插一支洁白的羽毛，腰前配一支黑白相间的饰袋，奏起欢快的风笛，跳起辛特鲁勃哈斯舞，一股浓郁的苏格兰民族风情扑面而来。可惜我们来的时候是冬季，没能赶上节庆活动。

离开苏格兰已经很多日子了，却常常在梦中忆起苏格兰，那广袤的牧场，静谧的原野，起伏的山峦，甘醇的美酒，悠悠的风笛，多姿的风情一直印在脑海中。

早年看《泰坦尼克号》，被片中感人肺腑的故事情节所吸引，Rose和Jack，那凄婉的爱情故事催人泪下。特别当如泣如诉的主题曲《我心依旧》响起来时，这样的爱情在瞬间成为了经典，成了永恒。《我心依旧》成为爱情的号角，成为年轻人的追求。至今，在我的电脑里还有这首曲子存在。后来看到介绍，演奏这首曲子的乐器中有风笛，原来这是一首带有浓郁的苏格兰民族风情的乐曲。当我再一次沉醉在《我心依旧》那忧伤的音调中时，我仿佛窥见了苏格兰音乐的灵魂。那悠远的乐音不时缠绵心间，挥之难去。多少情，多少爱，多少不朽的灵魂随着风笛的旋律在情天恨海中飘逸。Jack深情地在冰海中望着Rose，而Rose只能眼睁睁地看着恋人的生命在微光中逝去。

虽然在苏格兰只是走马观花，但是却忘不了美丽的苏格兰，忘不了那悠悠的风笛声。

流连于曼彻斯特

在曼彻斯特的日子里，走过很多市政公共建筑。如图书馆、市政厅、广场、博物馆等，这些公共建筑以人为本，不收取游客任何费用，真正为市民服务。

曼彻斯特图书馆位于市中心。

图书馆内看书的人不多，有很多人在查阅报刊资料。图书馆把历年的报刊拷贝在胶片上，查阅资料的人借出胶片，把胶片放在手摇装置上轻轻摇动就可以翻阅资料。参观时，我们看到1851年的报纸还保存着。

图书馆的走道上，正在举办图片展览。展出的是一些反映非洲风土人情的照片，从普通人的生活到埃及的金字塔都可以看到。据介绍，前一阶段展览了以中国为主题的一些图片，长城的照片给他们留下深刻的印象。在这个图书馆，图片展览一年四季都进行，每一次主题都不同。

二楼有一间中文图书馆。中文馆面积不大，约有四五十平方的面积，图书资料很多，显得很拥挤。图书馆里有一位女性工作人员，是一个华人，看上去 40 多岁。看到我们这么多同胞进来，非常热情。有一位老华侨正在里面看报纸，连忙站起来和我们攀谈起来。他是从香港移民过来的，喜欢到这里看中文报纸。他向我们介绍，说曼城的华侨一般都是香港、广东移民过来，讲粤语，老华侨一般听不懂普通话。在曼城的中文学校都使用繁体字。

中文图书馆内有一些工具书，但大部分是一些武侠小说，还有一些风水类的书籍。金庸的小说在这里摆放了很多，如《天龙八部》、《神雕侠侣》、《鹿鼎记》等。看样子这个图书馆与中国交流很少，藏书少有中国经典的古籍，也少有中国当代的一些优秀作品。我觉得中国的文化是需要在世界各地推广的。国家应该设立这方面的专用经费，比如向这些图书馆赠书赠期刊等，以利于中国文化的传播。

馆内还有不少中文 VCD 碟片，很多是港台歌星的唱片。在一个书柜上，我们还看到《大决战》、《大转折》等碟片，看样子，这里也应该跟上国内的潮流，摆上一些最新的中文大片。

馆内华文报刊也不少，主流的如《中国新闻周刊》也有。

曼城有很多华人。据中国驻曼彻斯特总领馆教育处张老师介绍，光在曼彻斯特领区的留学生就有 3 万人。曼彻斯特市中心有中国城，有很多中餐馆和中国人开的店铺。这个中文图书馆就是为华人服务的一处很好的场所。

离开曼彻斯特中心图书馆，前往曼彻斯特市政厅。

曼彻斯特市政厅分为新旧两部分，办公场所在新市政厅。旧市政厅现在作为各种宴会和展览的场所。旧市政厅有 4 层，为哥特式建筑，新市政厅有 9 层。新旧市政厅连在一起，建筑颜色一致，风格也一致。

旧市政厅前是一个广场。由于临近圣诞节，广场上正在举办类似于中国庙会那样性质的集贸市场，卖的东西以吃的为主，还有工艺品、花卉、围巾及皮革制品，热闹非凡，游人如织。一家正在现场烤制面包和烤肠的店面吸引了很多顾客驻足，空中吊着一张很大的圆形铁丝网，下面是红红的木炭火，铁丝网上面烤着各种肉类食物，香气四溢。顾客可以随意点用，把烤肉或烤肠夹在面包里吃。边上的柜台上还有奶酪、黄油等顾客可以自由添加。

广场正中央有一塔形建筑，顶尖中空，上面端坐着维多利亚女王的丈夫爱伯特公爵的雕像。维多利亚女王是一位伟大的君主，自从击败西班牙无敌舰队以后，夺取西班牙海外九成以上的殖民地，造就了"日不落"帝国，使英国成为第二次世界大战之前世界上最强大的国家。维多利亚女王，也成为英国的象征。女王当政初期，很多政策均出自爱伯特之手。可惜的是爱伯特英年早逝，留下了让后世小说家争相诉说的惆怅故事。这个雕像也表达了曼城人对爱伯特公爵的纪念。

1900年12月，维多利亚女王身体不好，但仍坚持去了怀特岛（Isle of Wight）——她和已去世的丈夫爱伯特喜爱的地方。许多年以前，在这个岛上，他们身边围绕着可爱的年幼儿女。在这个幽静的地方，女王写下了遗嘱，写下了自己葬礼的细节，她吩咐死后给她穿上白色的衣裙。1901年1月22日，维多利亚女王在怀特岛去世，终年82岁。

在市政厅门楣上方，安放着一个充气的圣诞老人，穿着大红的衣裳，笑眯眯地望着远方，他与人们一样，在焦急地等待圣诞节的到来。在市政厅街边的路灯上，也挂满了很多圣诞小礼品，是的，圣诞节已经不远了。

进入旧市政厅，门厅两边各有一座白色的大理石人物雕像，这是两位出自曼彻斯特的伟大科学家，一位是道尔顿（John Dalton），一位是焦耳（James Joule）。

道尔顿（1766-1844），世界著名的化学家。1766年9月6日生于坎伯雷，1844年卒于曼彻斯特。父亲是一位农民兼手工业者。幼年时家贫，无钱上学，但他以惊人的毅力，自学成才。1778年在乡村小学任教。1793年任曼彻斯特新学院数学和自然哲学教授。1826年，英国政府将英国皇家学会的第一枚金质奖章授予了道尔顿。1807年，发现倍比定律，即甲、乙二种元素化合成为多种化合物时，与一定质量甲元素化合的乙元素的质量互成简单整数比，并用氢作为比较标准，提出原子论。道尔顿还发现混合气体中各气体的分压定律。道尔顿是一位伟大的人，他从未为自己想过。为了把自己毕生精力献给科学事业，道尔顿终生未婚，而且在生活穷困条件下，从事科学研究。英国政府只是在欧洲著名科学家的呼吁下，才给予其养老金，但是道尔顿仍把它积蓄起来，奉献给曼彻斯特大学用作学生的奖学金。正如恩格斯所说的：化学新时代是从原子论开始的，道尔顿被称为"近代化学之父"当之无愧。另外，道尔顿在物理学、气象学等方面贡献也很大。

焦耳（1818-1889）相当于道尔顿的学生，1818年12月24日生于英国曼彻斯特，他的父亲是一个酿酒厂主。焦耳自幼跟随父亲参加酿酒劳动，没有受过正规的教育。青年时期，在别人的介绍下，焦耳认识了著名的化学家道尔顿。道尔顿给予了焦耳热情的教导。1840年，焦耳把环形线圈放入装水的试管内，测量不同电流强度和电阻时的水温。通过这一实验，他发现：导体在一定时间内放出的热量与导体的电阻及电流强度的平方之积成正比。四年之后，俄国物理学家楞次公布了他的大量实验结果，从而进一步验证了焦耳关于电流热效应之结论的正确性。因此，该定律称为焦耳－楞次定律。无论是在实验方面，还是在理论上，焦耳都是从分子动力学的立场出发并进行深入研究的先驱者之一。1850年，焦耳凭借他在物理学上做出的重要贡献成为英国皇家学会会员。当时他三十二岁。两年后他接受了皇家勋章。1889年10月11日，焦耳在索福特逝世。后人为了纪念焦耳，把功和能量的单位定为焦耳。

曼彻斯特人民没有忘记这两位本土科学家，在市政厅里竖立了他们的雕像。我想，不只是曼彻斯特人，英国人、全世界人都不会忘记他们在科学上的贡献。

曼彻斯特市政厅，没有戒备森严的警察，人们可以信步参观游览。

曼彻斯特科学与工业博物馆也是我们访问的重要一站。曼彻斯特科学和工业博物馆前身为世界上第一个火车站。博物馆坐落于曼彻斯特市城堡区（Castlefield）的中心，该区由于拥有运河、仓库、火车站等优越条件，在历史上是英国工商业活动中心。1982 年该区披指定为英国首座都市遗址公园。

博物馆拥有 5 栋具有历史意义的建筑物，见证了世界第一工业城市的沧桑历史。建于 1830 年的大仓库是世界最古老的铁路建筑；车站大楼仅比大仓库晚几个月开放，是世界上第一个客运火车站；1855 年的动力大楼和 1881 年的主楼都是当时铁路货运仓储基础设施；1877 年的航太大楼是栋宏伟的钢铁玻璃大楼，曾是曼彻斯特大市场。这个世界最古老的火车站运作了 145 年，于 1975 年关闭并成为博物馆。

博物馆占地 2.8 公顷，展厅里展示了英国特别是曼彻斯特工业革命的源头，从收藏的蒸汽机、火车头、工业机械中，我们能感受到英国工业乃至世界工业的发展历史。

有很多学校把这里当作教育基地。在我们参观的时候有多所学校的师生在这里参观学习。

英国的工业革命从纺织业兴起，因此纺织厅是我们必须要去的地方。在这里，我们看到了非常古老陈旧的纺织机械。令人惊奇的是，这些机械保存得非常完好，保养得也很好，能够正常运转。我们进入展厅的时候，一群小学生正在一边聚精会神地听工作人员讲解纺织的流程，一边观看纺织机械的运转，他们能亲眼见到棉花是如何一步一步变成棉布的。

出了纺织机械展厅，我们来到了世界上第一个火车站。火车站还保留着原来的样子，站台和以前一样，古老的机车停留在站台上。信号设施也没有变。在售票厅，用蜡像复制了原来人们买票乘火车的场景。

这里有些展览比较少见。例如，有一个展厅专门展览了马桶的发展历史。这个展厅位于地下隧道中。这里有最原始的马桶，有罗马浴室的介绍。这里还展示了现代抽水马桶的雏形装置。水自动流到木桶中，当水快满的时候，就自动冲下去。就从这一个生活小物件我感受到了这个博物馆的展品设置的全面。

没来这里参观之前，我们从教科书上知道，世界上第一台计算机是美国人发明的。但是，曼彻斯特人却不这么认为，他们认为世界上第一台计算机诞生于曼彻斯特大学。这里有一个展厅，还展出了世界第一台计算机的模型。展厅里讲解的是一位白发苍苍的老人，据翻译介绍，他也曾是这个研究团队的一员，他很热情地向我们介绍这个庞大的原始的计算机。最后，他说，中国人最聪明，在计算机出现之前就会使用算盘。

在环境展厅，我们看到100年前的土壤与现代土壤的比较。以前的土壤很纯，都是泥土。而现在的土壤里含有大量的塑料袋等垃圾。这样的直观比较，让我们感受到保护环境是多么的重要。在这个展厅，我们还看到了关于循环水使用的展览和说明，也很直观。在动力大楼内以传统分类方式陈列了陆地交通工具和工厂动力设施，包括最早的蒸汽火车头、汽车、机车等；航太大楼内还展示了航空科学领域内的杰出科技成果，皇家空军曾使用的飞机和飞行器等。

该博物馆以工业革命的历史为主题，拥有大量独特和广受大众喜爱的展品。除了历史传统，博物馆也非常注重创新，展厅中有丰富的互动按钮,满足各个年龄段参观者的需要。

想了解工业革命的历史,曼彻斯特科学与工业博物馆是不错的选择。

在曼彻斯特,很多公共建筑非常有看头。历史的东西保存得很完好,也反映出英国人尊重传统的良好习惯。

是城市还是乡村

曼彻斯特是一个大都市，在这里生活，有时感觉是生活在乡村。有时常常分不清是城市还是乡村。

曼彻斯特是英国的第三大城市，是英国工业革命的发祥地，是近代工业的摇篮和故乡。有人说，没有曼彻斯特，就没有现代化的英国。

但是，就是这样一个工业城市，漫步在这个城市的街道上，没有见到高高的烟囱，也没有见到机声隆隆的工厂。绿树、草坪、公园随处可见。街道两旁的建筑都不高，一般是两三层的楼房，很少见到四层以上的高楼。街道上，没有大幅的广告牌，也没有花花绿绿的过街横幅。商店的店面都很小，也没什么像样的招牌。如果你从一个店面的门口经过，不仔细去看很难发现这是一个商店。

居民的住房不安装防盗网，即使是一楼也看不到任何防盗的装置，并不是居民疏于防范，而是这里的治安确实比较好。

据介绍，我们培训中心所在地是曼彻斯特治安环境较差的地方。但是，街道两侧的排房都没有安装防盗窗。路两边停满了奔驰、宝马等高档轿车。我们在这儿生活了近20天，没有看到打架斗殴的现象。我们到培训中心边上的小商店购物，是亚洲移民开的商店，我们进去以后，他们会热情地和我们打招呼。

只有到了市中心，才会看到一些四层以上的写字楼，十层以上的也很少。像国内动辄几十层高的大厦在这里很少见到，远处的那个带有玻璃幕墙的希尔顿大酒店好像也只有有二十多层高。

英国人比较保守，尊重传统，在街道上很少看到拆旧建新的现象。据介绍，修一幢旧房子要比新建一幢房子要多花很多钱。各个时期的建筑在街头都能见到，一些房子长满了青苔，看上去很破旧，但是里面却还有人居住。

曼彻斯特是森林中的城市，街道旁绿树成荫，楼房掩映在绿树之中，让人感觉到像是乡村，而不是城市。其实，这样的感觉在英国的其他城市都有。

市中心有一处面积非常大的草坪。约有二十几个足球场那么大。草坪上有足球门等设施，很多人踢足球。这是一个街边足球练习场。难怪曼彻斯特被称为足球之城，拥有曼联、曼城两支英超球队，与城市足球基础设施好是分不开的。想一想国内的很多孩子也喜欢踢足球，但是没有地方给他们踢。所以我们的足球水平上不去，跟足球基础设施差也有直接的关系。

有一次，从曼彻斯特前往切斯特，使我深深体会到城市就是乡村、乡村就是城市的美好。

切斯特有古罗马在公元70年前后修建的城墙遗址，有大教堂等景点。但是给游客留下深刻印象的是 Chesfer Rows，俗称购物村，这里有100多家店面，早期的中国人叫它"百家店"。就是沿中心十字路口放射出的四条大街修起来的两层街边长廊，维多利亚和都铎风格的建筑相映成趣，长廊内都是一家家的直销店。对于购物村的起源，很多人说不清楚。据说，罗马城墙坍塌后，中世纪的商人沿着坍塌的城墙修起了店铺，而后来的人又在这些店铺上加了一层。逐渐发展成为英格兰西北部著名的购物中心，以价廉物美吸引了来自四面八方的顾客。

购物村为一不规则的圆形，非常壮观，四面环绕，店铺林立，有各种品牌的直销店。因为是圣诞节前，各个商家纷纷打折，有的折扣甚至达到50%以上。购物村的停车场非常大，停满了密密麻麻的车，想找到空的车位真是很难。因为这里的商品价格相对便宜，加上购物环境非常好，所以人们都喜欢到这儿购物。

沿着这些店铺轻松漫步，走下来一圈少说也要个把小时。如果你每个店铺驻足一下，就会感到半天的时间实在短暂。因此，在这里观光，最好安排一天的时间比较合适。

离开切斯特，我们前往克鲁。大巴穿行在柴郡美妙的平原公路上，路两旁树木参天，绿草依依。一路欣赏着牧歌式的美丽的英格兰田园风光。清澈的运河上，停泊着很多艘色彩鲜艳的"狭船"。这些船在运河上行驶，因为比较狭长，所以成为"狭船"。18世纪英国开始了工业革命，在曼彻斯特、切斯特、利物浦等城市附近，开凿了很多条运河用来运输煤炭。运河网现在发挥了它新的功能，为个人旅行提供了很多方便。运河的水面上，各种各样的水鸟在嬉戏游耍。两岸成群结队的牛羊在悠闲地吃草，一派美丽的乡村景象。

克鲁是很幽静的，有着迷人般的田园风味。曼彻斯特大学克鲁分校就座落在这里。这里是农业发达和都铎王朝遗产丰厚的乡村。在当地，经常看到黑白相间的农舍，与其他地方红砖黑瓦的建筑有着明显的区别，这就是柴郡典型的乡村建筑"喜鹊楼"，这是一种半木结构的房子，黑木为柱，白土为墙，是一种很有个性的建筑。

很多社会名流不愿意住在大城市，而是愿意享受克鲁这样的田园风光。

田园中的都市，绿树中的乡村，这是英国城市给我的印象。

曼城的冬天

我们访问曼城的时候恰是冬天。曼城的冬天给我的印象很特别。

曼城的冬天白天短，夜晚长。每天，不知不觉中黄昏就到来了，悄无声息的。当你感觉到的时候，阳光也不知跑到哪里去了。而白天来得却很晚，早晨七点多了，太阳似乎还在沉睡，有时候懒洋洋地从云中露出脸的时候，已经八九点钟了。每一个白天在一转眼中过去，而每一个夜晚，却让人感觉到是那样的漫长。

曼城的冬天很湿润。曼城很少见到阳光，每天总会落下一两场小雨。雨量不大，勉强能打湿地面。有时候，雨量也会大一些，但是看不到地上的水流。因为经常下雨，所以空气很湿润，很清新。我虽然也生活在海边，但是温带季风气候那又干又冷的冬天我深有体会。在曼城，冬天很少刮风。即使刮风，也不会听到那撕心裂肺的声音，没有刀刮一样的感觉。风吹来了，反而使空气更加宜人。

曼城的冬天不冷，虽然很少见到太阳。白天最高温度能达到 10~11 度，每天的最低气温也在 4~5 度左右。因为是冬季，因为天不是很冷，在街头上人们的着装也很有意思。有的穿着棉袄，有的穿着夹克，甚至有人穿着短袖衫、超短裙。如果仅从着装上看，真还看不出季节。

曼城的天空总是飘着几朵云彩。在不下雨的时候，那几朵云好像害怕曼城被晒到阳光，静止在曼城的上空，像几个乖孩子，依偎在蓝天的怀抱。有时候也会轻轻地飘一飘，但是他们不会离得很远，他们依恋这个城市，总是在呵护着这个城市。

在曼城的日子里，感觉曼城的天气就像小孩子的脸，说变就变。一天之内，时晴时阴，时阴时雨。刚才还是晴空万里，阳光高照，忽而就是小雨沥沥，细雨缠绵。有时候，飘来一片云彩就会下起雨来。

多变的天气也是人们经常谈论的话题。早晨见面，一句"Morning"问候以后，话题往往自然而然地就转到天气上来。如果有太阳，就会兴奋地说"今天天气真好，有太阳了"。如果是阴天，就会耸耸肩膀，说"今天又是一个差天气"。因为英国人不会去过问别人的隐私，也就不会像中国人那样问别人饭吃了没有，那是别人自己的事，与自己没有关系。而谈论天气，与个人隐私没有关系，加上英国的天气确实多变，所以人们喜爱谈论天气这个话题。

在曼城，如果看到阳光，是让人感到高兴的事情。但是，更多的时候，太阳只会偶尔露一下脸，你还没有尽情享受它，或者说，你还没有感觉到它，一转眼，就又隐没于云彩里去了。

在11月21日那天，我专门注意观察了一下那一天的天气变化。早晨开始下小雨，后来是阴天。到中午12:00，出太阳了。时间不长，太阳又不知道躲到哪里去了。到下午3:00，又下起了小雨。

曼城的冬天小草依旧绿得鲜艳，绿得光亮。他们可能还没有感觉到冬天的到来，生命力依然那样旺盛。一眼望不到边的草地上有几只鸟在上面慢悠悠地寻觅着。

在我居住的宾馆附近，处处都是绿草如茵。虽然是冬季，依然绿意盎然，生机勃勃。草坪上，经常看到孩子们在踢足球。那么任性，那么自由。

看到这么多平坦的草坪，看到这么多踢球的孩子，我就在想，为什么英国的足球世界闻名，为什么英国有那么多的足球队，有那么多的足球比赛，有那么多的球星。因为，他们有完备的足球基础设施，他们有积极的足球文化。

曼彻斯特有两个著名的足球会，曼彻斯特联队（Manchester United）和曼彻斯特城队（Manchester City），是英国最高水平足球联赛英超联赛的参赛球会。曼城主场是曼彻斯特城市球场（City of Manchester Stadium），曼联主场著名的老特拉福德球场（Old Trafford Stadium），是全英格兰座位数目第二多的足球场，仅次于拥有90000个座位的温布利球场。两支球会中以曼联全球知名，常是英超联赛的冠军，素有"红魔"的美誉。

我喜欢这两只球队，不仅是他们星光灿烂，更重要的是，这两支球队都曾经引进中国的球员。在曼联队效力的是董方卓，在曼城队效力的是孙继海。特别是孙继海，在曼城号称"中国太阳"，司职后卫，深受曼城球迷喜爱。最近，曼城队为了开发中国市场，再次聘请孙继海为俱乐部中国大使。孙继海从2002—2008年间效力曼城，一共为球队出战130场，成为第一个效力英超的中国球员，并先后为曼城打进4球，帮助曼城夺得2001—2002赛季英甲冠军。孙继海还以永不言败的斗志和不知疲倦的奔跑成为曼城球迷的宠儿。

我喜欢曼城的冬天，喜欢这里的足球文化。

老特拉福德看球记

仰慕曼联，仰慕老特拉福德。

到曼彻斯特，我迫不及待去访问这个世界足球的圣地。

老特拉福德足球场，是足球豪门曼联俱乐部的所在地。曼彻斯特这个城市的出名现在已经不仅是因为工业革命，当代人知道曼彻斯特，更多的是因为曼联，因为这个世界顶级的足球俱乐部。曼联俱乐部成立于1878年，曾经在1999年成就三冠王，2007赛季的成绩也非常理想，是英超冠军的有力争夺者。曼联在世界上拥有众多球迷，它也成为英格兰足球的标志之一。

老特拉福德足球场可以容纳75000名球迷观看足球。每当遇到曼联的主场比赛日，这里就成了足球的节日，足球的海洋，球迷的海洋。数万球迷涌进老特拉福德，来共同庆贺这个节日。

在老特拉福德，处处都能感受到足球的气息。球场外面的地砖上，刻着曼联球员的名字。凡是在曼联效力过的球员的名字都能在这里找到。我们找到了贝克汉姆的名字，找到了吉格斯的名字。在球场四周通道的墙壁上，张贴着曼联球员的照片。球场纪念品商店西侧，电子显示屏上不时展示曼联球员的风采以及曼联队比赛的信息。

进入纪念品商店，左右两侧张贴着曼联全体球员的大幅照片。照片上，我们能找到曼联主帅福格森爵士，能找到鲁尼、萨哈、克罗纳尔多等著名球员。在最后一排右侧，我们高兴地看到了中国球员董方卓。他以前被租借到比利时安德卫普队踢球，现在回到曼联效力。他多次参加预备队比赛，但很少代表一线队比赛。

曼联纪念品商店出售的纪念品真是五花八门。从吃的、穿的到用的应有尽有，所有商品都带有曼联的标记。吃的有巧克力、糖果；用的有文具、手表等；穿戴的有球衣、帽子、护腕、护膝、袜子、鞋子等，从成人到儿童的服装都可以买到。各式各样的球衣上印着曼联不同球员的号码。大门正面是足球专柜，里面堆了满满的足球。另外还有毛绒玩具、钥匙扣、首饰、旗帜、围巾、音像制品、图书、挂历等纪念品数不胜数。参观购买的人络绎不绝，人们纷纷选购自己喜爱的带有曼联标志或者是球员号码字样的纪念品，买单的地方排起了长龙。

纪念品商店的电视屏幕上，时刻在播放着曼联足球队征战的录像，满眼都是曼联的标志。置身其中，真的感受到足球就在身边。

2007年12月3日，曼联将与富勒姆队进行一场英超比赛。我们预订了这场球赛的球票。

晚饭后，我们乘车前往老特拉福德球场。在前往球场的路上，很多曼联的球迷都朝着球场的方向步行。路边平时不收费的停车场也开始收费了。平时看不到的警察这时候也多了起来。有些球迷聚在路边喝啤酒。据和我们同去的詹姆斯介绍，球迷一般买季票，因为季票便宜，看球时都是坐在同一个位置。有的一家人都是一个球队的球迷，而且每次看球都坐同一个位置。

前边开始交通管制了，车不让进，我们只好下车步行。

快到球场了，路边的球迷更多了。平时冷冷清清的大街，现在因为足球比赛而成了球迷的海洋。曼联主场比赛日，是球迷的节日，是曼彻斯特的节日。每到这一天，可谓是万人空巷。越往前走，路边卖曼联纪念品的摊点就越多，烧烤摊点多了起来，其他熟食摊点也多了起来。很多球迷边走边吃。有的球迷举着曼联的旗帜，还唱着曼联的队歌；有的球迷坐着轮椅来；有的一家三口球迷，手拉着手兴高采烈地走向球场。警察也多了起来，面容严肃地站在路边。但是当我们向他们打招呼时，他们也会高兴地露出笑容。

我们从 N3433 入口进入球场。我们的座位在第四层。一进入球场，气势雄伟的老特拉福德展现在我们的眼前，绿色的草坪映衬着红色的座椅，在灰色的夜空下，摄人心魄。

7 点 20 分，曼联球员开始进场热身，全场爆发出一阵欢呼声。主队身穿红色上衣，白色短裤，黑色袜子，开始与替补对练。替补队员身穿黑色背心。C·罗纳尔多、鲁尼等主力球员都在场上热身。客队是富勒姆队，也进入球场热身。接着我们看到三位裁判也在热身。

球场内到处都能看到警察。在看台上，每一层、每一侧都有十来个警察。我们刚才进入球场摸不着东西南北，有一个警察热情帮着我们找座位。我们的座位在西南侧的角上。虽然是角，但居高临下，看得很清楚。

球场广播里播放着主队的队歌，球迷们一起高声歌唱。音乐暂停了一会儿以后，开始介绍双方上场球员。先介绍客队，每介绍一个球员，球迷便发出一片嘘声。当介绍主队出场队员时，球迷们都鼓掌欢呼。场上工作人员开始撤走铺在球场中间的双方球队队徽。主队的队歌再次响起，球迷们又开始唱起来。几个工作人员在检查场地。主队的吉祥物身穿红魔队服在球场中间走来走去。

看台上空着的座位渐渐被球迷坐满。球场中间似乎在举行什么仪式，有12个儿童身着黑色球衣站在球门前。7点55分，双方球员入场，全场观众起立鼓掌。客队球员身着红色上衣，黑色短裤，白色袜子。我们右侧看台上的球迷非常激动，又喊又唱。当再次介绍主队出场球员时，球迷们的欢呼声此起彼伏。

新华社驻伦敦分社的何先生也和我们坐在一起看球，他是专门从伦敦赶过来的。显示屏上显示，今天进场的观众达到75055人。

8点，随着一声哨响，比赛开始了，球迷们的歌声一遍一遍响起。主队后卫的一次回传失误差点饮恨，惊出球迷一身冷汗。接着，主队发起了一轮攻势，差一点攻破对方球门。8点09分，主队领先了，曼联球星C·罗纳尔多一脚劲射，球进了。全场球迷起立欢呼。

我们虽然坐在四楼看台，但是球员的号码我们可以清晰地看到。当10号鲁尼争头球倒在对方禁区的时候，我们的心都提了起来。当鲁尼站起来重新投入比赛的时候，球迷们又爆发出一阵热烈的掌声。8点47分，上半场结束。

中场休息时，11个身着曼联球衣的小球迷进场，站到对方球门前，让每个球迷模拟发点球。先是吉祥物示范发球，接着小朋友一个一个上去发球。他们都身着7号球衣，看样子都是C·罗纳尔多的球迷。每罚进一球，观众们也毫不吝啬地给以掌声。曼联用这种方式熏陶儿童，从小培养学生对足球的兴趣，让他们从小就能接触到球星，培养他们热爱足球、热爱球队的热情。难怪曼联队多年来经久不衰，吸引了世界球迷的目光。11个小球迷有10个进了点球，然后是小球迷集体合影留念，他们最后也像那些球星一样手拉手向四周观众致意。

替补球员开始在场外热身。下半场开始了，球迷们的热情持续不减，歌声、欢呼声沸腾在一起。又是C·罗纳尔多，他又进球了。整个球场欢声雷动。

比赛结束了，C·罗纳尔多独中两元。曼联胜利了，曼联的球迷们胜利了。

　　我们终于零距离地体验了英超球赛，体验了英国足球场内炙热的氛围。

寻找莎士比亚

我们在细雨中离开曼城，前往斯坦福德，寻找莎士比亚的足迹。

威廉·莎士比亚的故居位于埃文河畔的斯坦福德小镇。斯坦福德是以莎士比亚的故居而闻名全球的城镇，是一个迷人的极具英格兰风味的小镇，位于英格兰中部沃里克郡的埃文河畔，这里有许多古老的半木造建筑物树立河畔。清幽的埃文河，静静流淌，呵护着这个乡间小镇。河面停泊着一艘艘彩色的狭船，河两岸绿树成荫，安详宁静。据介绍，这个只有两万多人口的小镇，因为莎士比亚，每年吸引了来自世界各地的数百万游客慕名而来。

参观故居前我们首先参观莎士比亚中心，在这里我们了解了莎士比亚的一生和他活跃于文坛的时代背景。莎士比亚中心紧临莎士比亚故居。中心陈列着玻璃面板雕刻的莎士比亚剧目中的各种人物、莎士比亚全集，并出售有关莎士比亚故乡和莎士比亚的各种书籍及纪念品。

出了莎士比亚中心，踏过整洁得如水洗过的石板路，来到一座带阁楼的二层楼房前，这就是莎翁的故居，他于1564年4月23日出生在这里。这是一栋都铎式的建筑，木结构的房屋框架，斜坡瓦顶，泥土原色的外墙，凸出墙外的窗户和门廊使这座 16 世纪的老房子在周围的建筑群中十分显眼。莎翁的童年和青少年时代都是在这里度过的。14 岁时，家道中落，他只得中断学业，外出谋生。18 岁时，他与比他大 8 岁的当地姑娘安妮结婚。1585 年前后，莎士比亚来到伦敦，开始了他作为演员、剧作家和诗人的生涯。自 1590 年起到 1612 年为止的二十多年中，他完成了叙事长诗两部，14 行诗 154 首、37 部剧本。由于他戏剧活动的成功，后来在家乡买地置业。1608 年前后，他回到故乡并定居在这里，直到 1616 年 4 月 23 日（即他 52 岁生日那天）逝世。

莎翁是欧洲文艺复兴时期英国最重要的作家、杰出的戏剧家和诗人。他创作了大量脍炙人口的文学作品，在欧洲文学史上占有特殊的地位，被喻为"人类文学奥林匹斯山上的宙斯"。

莎士比亚的父亲当年买下这座 2 层楼房，一半作住宅，一半作手工作坊。现在，故居底层是展室，展出羊皮手套等手工制品。因为当时莎士比亚的父亲就是靠羊皮手工制品发家的。

沿着窄窄的木楼梯登上二楼，我们走在楼梯上，楼梯发出咕吱咕吱的呻吟声。楼上是莎士比亚的卧室，地面上铺着木地板，床边一张小书桌，靠墙的几张长桌摆放着莎士比亚写作时的各种资料，展室里陈列着不少文物，如莎翁用过的梳子、勺子等物品，摆放着有关莎士比亚的书籍，另外还有莎翁早年肖像和一张莎士比亚幼年在语法学校念书时的"莎士比亚课桌"。故居出口处专设一间小屋，存放着一百多年来世界各地的游人用本国文字签名的层层叠叠的签名簿。我们静静地从每一个房间走过，唯恐一点声响搅扰了这里的宁静、和谐。

故居后边有一个花园，院落中灌木丛生，曲径幽幽。园子虽然不大，但是绿草如茵。草地边缘有几棵高大的树木，特别是那棵松树俊秀挺拔，郁郁葱葱。据说这棵树是莎翁亲手栽种的。花园中间有一条小石块铺就的小径，小径两侧是石块砌就的花墙，墙边有几把木制座椅，供游客小憩。花园一侧，有莎翁的半身铜像，神态安详地望着远方。

本·琼生在为莎士比亚戏剧集所写的序言中，有这么两句诗：

不是一个时代，
而是所有岁月。

本·琼生这个评价是非常客观的。莎士比亚是欧洲文艺复兴时期最杰出的代表，他的创作反映了当时英国的政治、经济、思想、文化、风俗、习惯等，是那个时代最形象化的百科全书式的历史。莎士比亚通过哈姆雷特之口谈到戏剧的目的："自有戏剧以来，它的目的始终是反映自然，显示善恶的本来面目，给它的时代看一看自己演变发展的模型。"莎士比亚在戏剧创作上达到了英国文学史的巅峰，塑造了许多耳熟能详的典型人物。

莎士比亚的戏剧大都取材于旧有剧本、小说、编年史或民间传说，但在改写中他注入了自己的思想，给旧题材赋予新颖、丰富、深刻的内容。在艺术表现上，他继承古希腊及古罗马、中世纪英国和文艺复兴时期欧洲戏剧的三大传统并加以发展，从内容到形式进行了创造性革新。他的戏剧不受三一律束缚，突破悲剧、喜剧界限，努力反映生活的本来面目，深入探索人物内心奥秘，从而能够塑造出众多性格复杂多样、形象真实生动的人物典型，描绘了广阔的、五光十色的社会生活图景，并以其博大、深刻、富于诗意和哲理著称。

在埃文河畔，有一座皇家莎士比亚剧院，这里经常演出莎士比亚的经典剧目，吸引了很多游客前来观赏。

在斯坦福德，还有不少与莎士比亚有关的景点，如莎士比亚引退后居住的纳什之屋，莎士比亚妻子的农庄海瑟威小屋，莎士比亚母亲的出生地亚顿农舍等，都是值得一去的地方。由于时间关系，我们没能前去参观。

莎士比亚故乡闻名于世是在他去世之后。斯坦福德镇虽然人口只有2万，但每年来此旅游观光人数甚众，有近200万之多。旅游业成了这个小镇的支柱产业，要感谢莎士比亚。因为莎士比亚，让斯坦福德这个默默无闻的小镇改变了命运。

"人的一生是短的，但如果卑劣地过这短暂一生，就太长了。""人生如痴人说梦，充满着喧哗与躁动，却没有任何意义。"品味着莎翁名言，恋恋不舍，离开莎翁的故乡。

揽胜默西河畔

利物浦给我最早留下的印象是足球。这个城市有两支英超球队，利物浦队和埃弗顿队。前者以城市命名，后者以利物浦的埃弗顿山命名。中国曾有两个知名的球员李玮峰、李铁都在埃弗顿队效力过。李铁在埃弗顿是一个很有名气的球员，2002–2003赛季李铁与李玮锋在赞助商帮助下前往埃弗顿效力。李铁在埃弗顿的租借期满后完成了永久转会，并在埃弗顿效力四个赛季，出战34场英超联赛、6场杯赛。他不知疲倦地奔跑给埃弗顿球迷留下深刻的印象。因为他的勤奋，所以，他现在还活跃在中国足球界。只是身份发生了变化，由球员转行做了教练。

利物浦是英格兰第二大港口城市，默西塞德郡（Merseyside）的首府，是一个迷人的港口城市。

我们来到利物浦的时候，是2007年年底。大街上到处都能看到"LIVERPOOL 08"的大幅宣传牌。原来，在2008年，利物浦将成为"欧洲文化之都"活动的主办地。利物浦正在积极筹备。进入市区，车速比较慢，因为很多道路都在维修，古老的房子正在修葺，新的建筑正在拔地而起。

到了利物浦，博物馆是我们的第一站。进门右侧有一巨蟹标本，大厅天花板下吊着一只爬行类动物的标本。大门边有一十余米高的石雕，上面雕刻着人面像。去二楼的台阶两侧各有一个石雕，造型古朴。

水族馆里展品丰富。墙壁上有很多图片展览。馆内有活体海葵，有各种鸟类、贝类，标本、化石很多。还有影像展示，供儿童观看，让他们在玩耍中接受科普教育。在蝴蝶馆，我们看到千姿百态的蝴蝶标本。这里还提供显微镜等设备，供参观的人免费观察使用。三楼展示了很多文物，有中国的陶器，有大理石雕塑，有精美的银器。还有很多中国的明清家具。

离开博物馆，我们去参观沃克画廊，该画廊被称为英格兰"北方的国家美术馆"，是利物浦最重要的美术馆。从14世纪到20世纪的艺术史在这里得到了详尽的介绍，特别是前拉斐尔时代的艺术、现代英国艺术以及非常出色的雕塑藏品吸引了来自各地的艺术爱好者。进门右拐是人物雕塑馆，有头像、半身像、全身像、组合雕像，有站立像、有卧像，形象各异，惟妙惟肖。雕塑馆边上，是一个小展览厅，里面展出各种器皿，特别是那七扇彩色的玻璃窗华丽大方，上面画着各种人物，色彩艳丽，庄重典雅。

二楼展览的都是绘画作品。绘画反映的内容有航海的、有聚会的、有风景、有宗教故事等，还有很多抽象派的画，当然最多的还是人物画。那么多的油画为生平第一次见到，精彩纷呈，让人目不暇接。

正是利物浦有着一流的博物馆、画廊以及众多的古迹，利物浦才有幸成为2008年"欧洲文化之都"的主办城市。

利物浦是英国的第二大港口城市，它的最初繁荣得益于罪恶的奴隶贸易。但是，作为港口，大量的移民和外来文化造就了这座城市，特别是凯尔特文化的影响至今还很明显。第二次世界大战使利物浦港再次繁荣起来，也带动了城市的发展。当年，在诺曼底登陆之前，近百万美国大兵从利物浦上岸，带来了美国最新的流行音乐，使利物浦成为接受美国新音乐最早的欧洲港口，摇滚乐就是在此基础上发展起来的。这也成为"默西披头族"诞生的沃土。后来，四个披头散发的利物浦男孩组成了乐队，这就是后来风靡世界的甲壳虫爵士乐队。至今，他们的唱片发行还经久不衰，流传世界。世界各地的"甲壳虫迷"们还会到利物浦他们曾经演奏过的酒吧朝圣。

在利物浦，很多地方都留下了甲壳虫乐队的足迹。如马修街的巨穴小酒馆，这里是他们初次亮相的地方，是甲壳虫乐队的发祥地。在街道右侧还有他们的雕像。草莓园因为披头士们演唱的《永远的草莓园》而出名。孟坡地是乐队成员列农生活过的地方，另外还有福斯林鲁20号，也与乐队成员的生活有关系。

因为时间的关系，我们直接前往位于爱伯特码头的甲壳虫乐队传奇博物馆参观，这个博物馆是利物浦最受欢迎的博物馆之一。博物馆位于地下，我们沿着台阶走下去，那熟悉的歌声一下子钻进我们的耳朵。大厅右侧是甲壳虫乐队纪念品商店，出售各种印有"The Beatles"字样的各式纪念品。我购买了一盒CD作为纪念，也是为了把甲壳虫乐队的音乐带回家。在商店最里边，有几个顾客排起了队。走进一看，原来他们把一枚50便士和一枚1便士的硬币放到一台机器里，转眼就吐出一个"The Beatles"字样的金黄色的纪念品。

在纪念品商店左侧，展览了许多与甲壳虫乐队有关的藏品，需要买票进入。这里是甲壳迷们喜欢的地方，大量藏品让甲壳迷们欣喜不已。

从1961年3月到1963年8月，甲壳虫乐队在马修街一家名为Cavern的俱乐部里作过275场爵士乐表演。这里本来有很多乐队同台献艺，但是只有甲壳虫乐队的4个披头士成为耀眼的明星，取得了无与伦比的成功和商业奇迹。

40多年过去了，当年的俱乐部已经消失了，乐队也早就解散了。但是乐队创造的奇迹依然是利物浦的一大财富。因为与乐队有关的地方都成了旅游热点。从这一点上来说，我相信"艺术的生命与美丽永存。"

离开甲壳虫乐队博物馆，我们参观爱伯特码头。

码头紧靠默西河边，一组巨大的红色五层楼建筑围在2.75公顷水域周围，这里原是码头的仓库，用作堆放货物之用。现在这里已经成为博物馆、美术馆、酒吧、饭店、专卖店的聚集地，是英国规模最大的一组保护建筑。中间宽阔的水面上，停泊着一艘艘造型各异的小型游艇和帆船，船身涂上了各种不同的颜色，在柔和的阳光下，非常亮丽。

沿着码头边的回廊漫步，利物浦足球俱乐部纪念品商店是游客不可不到的地方。喜欢红军利物浦足球队的球迷一定会购买一两件纪念品。利物浦是全英格兰较为成功的足球俱乐部之一，获得过无数的奖杯。

走过众多的旅游品商店，前方出现"TATE"标记，这里是泰特美术馆利物浦分馆，供游客免费参观。利物浦分馆被称为北方的现代艺术之家，收藏了很多20世纪艺术家的作品，抽象派、行为艺术的一些艺术品是展览的重要组成部分。

再往前就是有名的默西赛德海运博物馆。展馆有四层，一楼为纪念品商店和酒吧，二、三、四楼展馆各有侧重。主要讲述这个海港的一些故事。展览采用大量的图片和实物说话，引人入胜。博物馆的亮点之一是跨大西洋奴隶贸易展览，博物馆对于可耻的贸易并未遮掩，看后发人深省。博物馆的亮点之二是各种船只的模型，这些模型与实物一样，只是按比例缩小。特别是泰坦尼克号的模型吸引了我们驻足。当年，泰坦尼克号就是在利物浦建造下水的。电视里播放着《泰坦尼克号》的电影资料,大厅内回响着《泰坦尼克号》的主题曲《我心依旧》,把人们的思绪一下子拉回到那个悲惨的海难现场。博物馆的亮点之三是关于二战的一些介绍和展览。有很多军舰的模型,缴获的纳粹的战利品,另外还有鱼雷、水雷等武器样品展出。四楼展览的东西要少一些,但是展出了大量的瓷器,也是这个博物馆的亮点之一。

爱伯特码头的西边是利物浦生活史博物馆,这里离唐人街、利物浦大教堂、马修街、沃克画廊都不远。静静的默西河从爱伯特码头南侧缓缓地流过。

爱伯特码头,是迷人的利物浦的缩影。

康河的微波里

剑桥是我们英国旅途中的重要一站。我想去剑桥，看看康河，看看徐志摩笔下的康桥，看看康河的微波。

剑桥大学（University of Cambridge）创建于 1209 年，是世界十大学府之一，位于风景秀丽的小镇剑桥。一座小镇就是一座大学城。最早是由一批为躲避殴斗而从牛津大学逃离出来的学者建立的。

剑桥大学在自然科学领域中人才辈出。就一所大学来说，剑桥大学的诺贝尔奖获得者人数之多为世界第一，其中多数来自卡文迪许研究所的物理、化学领域的学者。也许，正是这种传统，才给剑桥营造出一层理性而乐观的气氛。这一点，从剑桥不宽的街道上漫步者的脸上就可以看出来，悠闲中的自信，漫步中的沉思。

剑桥大学最大的特点是学院制。大学由 35 个学院组成，上至行政财务，下至教学招生，学院都有很大的自主权，大学中央不过担当像一个联邦政府的角色，掌管一些宏观的事情。在毕业典礼上，学生要由学院院长牵手到校长面前跪下，接受祝福，象征他是由学院教导成才。历年来，剑桥有 70 多位诺贝尔奖获得者，可见剑桥之伟大。虽然各个学院高度自治，但都统一遵守剑桥大学的章程，剑桥大学只负责考试与学位颁发。剑桥大学的校长由剑桥大学参议院选举产生，一般由社会上受人尊敬、有名望的人担任，校长是象征性的，很少介入大学的事务。真正负责大学事务的是副校长，由大学会议（Council）提名，剑桥摄政投票任命。

剑桥大学是一所开放的大学，所有的学院均没有围墙。而更开放的是学术的开放，教学的开放。剑桥已经成为世界有志学子心目中的圣地，吸引了来自世界各地的求学者和研究者。

中国也有很多社会名流在剑桥求学过。作家有徐志摩、有萧乾、叶君健等。科学家有华罗庚、张文裕、蔡翘、陈立、王应睐、刘佛年、王鸿祯、朱既明、王竹溪、戴文赛、伍连德、丁文江、王选、李林等。

在剑桥，许多地方保留着中世纪以来的风貌，到处可见几百年前的建筑，到处可见不断按原样精心维修的古城建筑，许多校舍的门廊、墙壁上仍然装饰着古朴庄严的塑像和印章，高大的染色玻璃窗像一幅幅瑰丽的画面，古朴典雅。

在剑桥小镇，看不到什么高大的建筑，绿树、草地比比皆是。这就是剑桥，一个悠闲的乡村小镇，一个拥有 35 个独立学院的大学城。

剑桥的市中心有一个跳蚤市场，商业还算比较繁荣，但是，学院间那大片的草地，自在的牛羊，还不失为典型的英格兰乡村风光。

在剑桥市中心，路边有很多休闲的椅凳。城市道路不宽，一般都以石块、水泥块、鹅卵石铺就，很干净，没有什么杂物，有的只是树上的落叶。

我们在剑桥参观的时候，一队英国小学生在老师的带领下也到剑桥来参观，看样子，他们也是一次修学之旅。老师带他们到这所大学城来，让他们感受大学的氛围，领略这所名校的风采。

一座大学造就了一座城市，一座城市就是一座大学，到处是学院，到处弥漫着浓浓的学院气，这就是剑桥。

剑桥大学是开放的大学，我想有这样几个原因：一是从表象上看，大学没有围墙；二是从生源结构上看，学生来自世界各地；三是各学院的高度自治，办学的自主；第四我想应该是学术的开放，思想的开放，研究的开放，办学的开放，这是最重要的原因。

在剑桥街头，你不知道哪一位是学有专长的资深学者，也不知道哪一位是领先世界的学术精英。只是那街头漫步的人群好像都是低着头在思考，在思考某个领域的高深问题。

弯弯曲曲的小巷，布满苔藓的庭院，鹅卵石铺就的街道，古老的建筑，空气中飘扬着厚重的历史，每一块带有苔藓的红砖都能诉说一个科学家的故事。但是剑桥并没有因为古老而沉睡，也没有因为地处乡村而懈怠，从那些年轻人的脸上可以读出生机和活力，读出剑桥的希望和未来。

剑桥是安逸的。在剑桥，看不到匆匆忙忙的身影，更多的是漫步的老人，窃窃私语的情侣，骑着单车健身的年轻人，还有在街边长椅上读书的大学生。

广场上，街道边，散步的人与停留在路边觅食的鸽子和谐相处。在人群中，鸽子如入无人之境，或觅食，或飞翔。在草地上，还有更多的鸽子，在绿草的映衬下，那白色的身影如一个个可爱的小精灵。

剑桥是绅士的。街道上汽车川流不息，听不到汽车的喇叭声。以前在国内，听说外国的司机一般不鸣喇叭，还不相信。现在身临其境，才真切感悟到发达国家的汽车文化。连开车的司机都有绅士风度，让我们钦佩。

上电梯不拥挤，上下各走一边，人们彬彬有礼，互相谦让，绅士风度一览无余。

　　在公共场所，无论是宾馆，还是超市，没有人吸烟。街边，有专门丢弃烟头的垃圾箱，吸烟的人自觉站在垃圾箱旁吸烟。

　　午餐后我们到剑桥街头走一走。市中心有一个自由市场，里面出售各种商品，但是档次相对比较低，有服装、工艺品、纪念品等。市场里有不少水果摊和蔬菜摊，还有草莓卖，标价1.2镑，呵呵，比国内还便宜。土豆比较多，英国人爱吃土豆。他们自豪地说自己的国家是土豆王国，有100多个品种。

　　在市场的一角，有一位哈尔滨大姐开了一个卖饰品的小店。见到我们一大群的老乡，激动得话都说不出来。告别的时候，不住地挥手。

　　在剑桥参观不到一天的时间，遇到了好几批前来参观的国内同胞。看样子，剑桥对于中国人吸引力越来越大。

　　优雅、悠闲、幽静，这是剑桥留给我的深刻印象。

　　　　轻轻的我走了，
　　　　正如我轻轻地来；
　　　　我轻轻地招手，
　　　　作别西天的云彩。

　　心中轻轻吟诵徐志摩的诗，悄悄地来到剑河边。剑河，志摩诗中深情描写的康河，静静地在我的身边流淌着，没有一点声息。在河边的青草中漫步，沿着剑河在寻觅，"那河畔的金柳"以及"波光里的艳影"。金柳的叶子已经落尽了，落进了剑河的微波里。

　　河边，没有什么水草，或许他们在冬季到来之前就化作了河泥，只有几片叶子在河面上飘荡。"软泥上的青荇，油油的在水底招摇：

在康河的柔波里，我甘心做一条水草。"或许我来得不是季节，没有见到那软泥上的青荇。我只能把那柔柔的思绪寄托给那飘远的几片落叶，带去我冬日的遐想。在来年的夏日里，告诉他，我在这里吟诵过志摩的诗，陪伴过他曾经醉心过的康河。但愿来年的雨季，不要有疾风和暴雨，不然会"揉碎在浮藻间，沉淀着彩虹似的梦"。我想，每一个来自志摩故乡的人的心目中，都会有一个不落的彩虹的梦。

"寻梦？撑一支长篙，向青草更青处投溯，满载一船星辉，在星辉斑斓里放歌。"在静静的剑河边，我不能放歌，我想像志摩一样去寻梦，闻着剑河的水气，踏着剑河的微波。两边建筑的倒影在河中若隐若现，似也沉浸在剑河的静谧中，陶醉了。我倚在剑桥的栏杆上，望着弯弯的远去的剑河，几只水鸟在河面上轻轻游荡，似几片小舟，载着几片阳光，几片星辉，还有几个悠悠的夜梦……

徐志摩曾满怀深情地说："我的眼是康桥教我睁的，我的求知欲是康桥给我拨动的，我的自我意识是康桥给我胚胎的。"可见其浓浓的康桥情结。

因为徐志摩，因为剑桥，在来剑河之前的日子里，剑河常常在睡梦与遐思中纠缠着我，有几次心飞向了剑河。当我来到了剑河边，我也沉醉了。沉醉于绿树的荫蔽与两岸建筑的倒影之间，沉醉于那河水轻轻地荡漾中。那河水是如何地荡漾？一如婴儿般甜甜地呼吸，甚至还能听到那细微地呼吸声。我想亲一亲那河面，那婴儿的嫩嫩的脸。那么多人钟爱这条河水，无论是河面上的落叶还是河边的水草。不变的是那静静的河水，那是剑桥灵魂的载体。亦如我们这些朝圣者一样，也是我们灵魂的载体。

悄悄的我走了，
正如我悄悄的来；
我挥一挥衣袖，

不带走一片云彩。

　　我仰望天空，白云依旧飘在剑桥的天空。当离开了剑河，我还是禁不住地回首。那静静的微波，已经深深地印在心头。

参观剑桥大学国王学院

剑桥大学国王学院是剑桥大学内最有名的学院之一，由当时的英国国王亨利六世设立创建，因而得名"国王"学院。

最初创立时只有1名院长和70名学生，全部来自伊顿公学。当时国王学院是专门为亨利六世所创的伊顿公学的毕业生而建立的，不收其他学生。

现在这所学院招收来自世界各地的学生。

国王学院奠基于1441年耶稣受难日，从开始建筑到现在，已经有500多年的历史。当年，年轻的国王亨利六世一心要建造一所举世无双的学院，亲自起草了详细的计划。然而，1471年，亨利六世在伦敦塔遇害。学院礼拜堂完工时，已经是一个世纪以后了。

路过国王学院后面的剑河草地，牛群自由自在地在草地上吃草。草坪翠绿翠绿、油亮油亮的。在学院的边上就能见到自在的牛羊，这种情境或许让参观的人感到诧异，但是这就是剑桥大学。

福斯特的畅销小说《最长的旅行》开头，也是从国王学院写起。有几名国王学院的学生发表哲学议论："母牛活着……无论我是身在剑桥、冰岛或死去，母牛都将活下去。"

  我们从礼拜堂边的校门进入学院，礼拜堂是必须要瞻仰的地方。这个礼拜堂被称为英格兰歌特风格建筑中最精美的典范之一。礼拜堂长 88 米，支撑跨度 12 米，穹顶高 24 米。我们从北门进入，即刻便感受到礼拜堂的庄严和富丽堂皇。向上看去，高大的穹顶使礼拜堂更加宽敞和壮观，南北两侧彩色的大玻璃，使礼拜堂显得华丽而令人惊叹。据介绍，穹顶完成于 1515 年，是世界同类穹顶中最大的，因而让这一建筑傲视群雄，独树一帜。礼拜堂里有一安放管风琴的深色橡木屏，这是亨利八世送给国王学院的礼物，上面刻着亨利八世和王后安妮·博林名字的缩写。经过管风琴屏风就进入唱诗区。迎面是一座铜制的诵经台，台上安放亨利六世的小铜像，这是 1350—1528 年间任院长的罗伯特·汗寇本的礼物。亨利六世平静地面对唱诗区。或许，罗伯特·汗寇本院长的礼物是对亨利六世最好的纪念，纪念这个学院的创始人。在诵经台前方两侧，摆放着排列整齐的木制长椅，长椅前的木板上摆放着一本本发黄的经书，好像有人刚刚使用过。这里是人们诵经的主要场所。在学院学年期间（大约是十月初到十二月初；一月中旬到三月中旬；四月中旬到六月中旬；六月下旬到七月中旬）都可以参加礼拜堂合唱礼拜活动。这些活动周一至周五 17∶00 举行，周日 10∶30、15∶30、18∶00 举行。从诵经台往正前方看，映入眼帘的是大东窗。大东窗上描绘了耶稣的热情和苦难，在大东窗下圣坛上矗立着《东方三博士的崇拜》（The Adoration Of The Magi）。

  我们坐在长椅上，慢慢观赏着礼拜堂华贵的装饰。剑桥几百年来，历经多位贤人的努力，在一个偏僻的小镇上发展壮大为世界上数一数二、令无数学子倾心的一流大学，我们应该感谢亨利六世，应该感谢亨利八世，同时也不能忘了莎士比亚戏剧中臭名昭著的理查三世。理查三世在莎士比亚的《理查三世》中被塑造成一个暴君形象，他只问目的，不择手段，无论是骨肉还是亲信，只要阻碍他登上王位，都要铲除干净。然而就是他，也曾为建造国王学院做出过巨大努力。另外还有感谢许许多多为国王学院发展做出贡献的人们。

国王学院唱诗班（The Choir）历史悠久，在亨利六世建造礼拜堂同时设立。每年的圣诞节，都要举行弥撒音乐会，BBC会向全英国转播。因此，这里的圣诞音乐会是世界知名的圣诞音乐会之一。

从唱诗区左拐，进入礼拜堂的小展览厅，有各种收藏纪念品。这里还收藏着克雷克·阿齐生创作的获奖油画《磨难》（1994年）。

国王学院最引以为傲的历史是在1689年，学院的师生们成功抵制国王任命来自三一学院的牛顿作国王学院院长的命令。这显示了国王学院的尊严和独立自主的精神。

国王学院以敢于创新闻名于英国社会各界，据说在正式的晚宴上无须穿黑色学袍，也没有专为导师们设立的高桌，也无须在导师们入场时起立肃穆，因为人们认为，这些导师所值得人尊敬的是他们的学问，而不是他们的服饰和虚礼。这一点有悖于英国的传统，但是这是剑桥，这是国王学院。

绕过吉布斯大楼（Gibbs Building）来到前庭，这里也有大片的草坪。在草坪中央，有一个喷泉，旁边竖立着亨利六世的铜像。游客们纷纷在此拍照留影，留下对国王学院的美好纪念。

学院不是完全对外开放的，学生的学习区、宿舍等地方谢绝参观。

离开国王学院，漫步于国王大道。这里是小城风景如画的中心。1908年，弗朗西斯·康福德在他的《大学教育微观学》里写道，"办事的人是2—4点在国王大道走来走去的人，一生中天天如此。"街道旁，有议事堂、大圣玛丽教堂、国王学院礼拜堂等建筑，古典式和中世纪风格混合在一起。可是，如果没有国王学院礼拜堂，这里的建筑将会冷清很多。每天,这条大街上有很多人来来往往,不经意间,说不定会遇上大师级的人物。

我们不属于国王学院,只是一个匆匆而过的参观者。

牛津印象

牛津被称为学问之城,因为这里有牛津大学,有承载厚重历史的古老校舍,有来自世界各地的不同肤色的莘莘学子。

牛津的城市面积并不大,被各个学院包围着,因此,牛津也被称为大学中的城市。大学不仅没有校门和围墙,而且连正式招牌也没有。楼房的尖塔在细雨蒙蒙中若隐若现,高高的石墙上爬满经年的藤蔓,稀疏的绿叶中绽放着朵朵小花,小城显得朴素典雅。

因为牛津大学的古老,英国人把牛津当作一种传统,一种象征,一种怀恋和一种追寻。在这里可以回忆起过去的美好时光,可以重温昔日的辉煌。

市中心的卡法克斯塔是比较高的建筑,这座高塔与我们在英国常见的那种哥特式的尖尖塔楼不一样,塔呈四方形,顶层有窗,塔顶没有高高的尖顶。塔的东侧就是牛津大学的各个学院。从卡法克斯塔沿着哈伊大街向前,路北有林肯学院、万灵学院、女王学院、马格达伦学院等。这些学院都非常古老,大都创建于14、15世纪。如女王学院创建于1341年,万灵学院创建于1438年。创建于1264

年的默顿学院有英国最古老的图书馆。

牛津的很多学院都有着辉煌的历史,但是在这些古老的学院中漫步,有的地方杂草丛生,凌乱不堪,很容易让人联想到深山中破败的古寺。从这些学院沧桑的表象上看不出气派和辉煌,但是,他们的这种辉煌至今还在延续着。

在赫特福学院,我们参观了有名的叹息桥。这座桥的桥下不是河,而是一条小路。这座优美的牛津地标建于1914年,是威尼斯陡峭拱桥的复制品,桥连接路两边的建筑,桥呈拱形,古朴庄重。桥是密封的,有大小9个窗户,中间有一竖长方形窗,两侧各有一个小一些的竖长方形窗户,再两侧各有3个形状、大小都一样的上圆下方的窗户,具有古老的东方的对称美。因叹息桥不对外开放,我们只能在桥下观看,但是这样的欣赏已经足够,桥的内部留给我们更多的想象空间。

如果没有牛津大学,我无法想象出牛津这座城市是什么样子。
在这个热闹的小城中,还诞生了《爱丽丝漫游仙境》这部风靡世界的儿童文学作品。19世纪后半叶,基督教会学院的数学教师刘易斯·卡罗尔以牛津城为背景创作了这部作品。《爱丽丝漫游仙境》讲述了爱丽丝在神秘的兔子洞里经历的许许多多新奇、有趣的事情。她一会儿变得很大很大,一会儿又变得很小很小;她曾经被鸽子误认为是一条蛇,还在滑稽的扑克牌王国里打了一场闻所未闻的槌球比赛……总之,爱丽丝遇到了许多有趣的事情,也遇到了许多意想不到的困难,但是,她还是凭借自己的勇气、智慧和机智,一次次地化险为夷。最后,当爱丽丝猛然惊醒,才发现那些奇妙的幻境只是自己的一个美梦!或者说,这一切都源自于爱丽丝的想象力。只有纯洁的孩子才能进入那样五彩斑斓、天马行空的梦境世界,孩子们就是生活在美梦与想象中的天使,孩子们眼里的世界总是那么新奇、有趣。因此牛津也吸引了来自世界各地的爱丽丝迷。

牛津大学诞生了很多政治家、学者和诗人。我国著名学者钱锺书毕业于埃可塞特学院。英国国王爱德华七世、爱德华八世也是这所大学的毕业生。剑桥大学还出了很多首相，如克雷芒·艾德礼、安东尼·艾登、哈罗德·麦克米兰、哈罗德·威尔逊、爱德华·希斯、玛格利特·撒切尔、托尼·布莱尔等。

牛津是学术机构的天下。牛津共有104个图书馆。其中最大的博德利图书馆于1602年开放，比大英博物馆的图书馆早150年，现有藏书600多万册，拥有巨大的地下藏书库。牛津的书店几乎与图书馆一样多，大大小小也有100多个。

与剑桥相比，牛津市区太过繁华，街道上人很多，街道也很拥挤，公交车穿梭不息。没有剑桥的安详与宁静，没有剑桥城市上空的浓浓的学术空气。这是我对牛津的直观感受。

两所学校间的关系有些类似中国的清华与北大，它们之间的竞争很为人们关注，举世瞩目。一百多年来两校每年都要举行划船比赛，胜负次数基本相当。一般的看法是牛津的人文科学更强一些，剑桥的工程技术更有优势。在英国每年都有大学排名，两校通常是交替为第一、第二名。近年来高技术强势，剑桥在前的次数多一些。2002年泰晤士报的最新综合排名是牛津居冠。

在牛津只是走马观花，但是牛津大学执世界学术之牛耳，依然让我发自内心的景仰。

科学巨人与经典童话的聚首

剑桥大学三一学院紧邻国王学院，这是一所人才辈出的学院，也是科学巨人与经典童话聚首的学院。

亨利八世于1546年创建了三一学院。遗憾的是，亨利八世在学院建成六个星期就去世了。在三一学院砖砌的入口，有亨利的雕像。他左手握着大金球，而右手攥着个桌子腿。原来亨利八世雕像右手攥着的是象征王权的权杖。后来，好事的学生拿走了右手的权杖，没有办法，只好用桌子腿代替。

牛顿（Isaac Newton）年轻时曾在三一学院求学。入口右边有一棵小树，栽种于20世纪50年代，据说是牛顿亲手所植苹果树的后代。这棵苹果树不是很高大，枝干很瘦弱，看上去娇嫩得很，我想大概是没有遗传科学巨人基因的缘故吧。

牛顿是伟大的物理学家、天文学家和数学家，是经典力学体系的奠基人。牛顿生于一个不幸的家庭。1643年1月4日诞生于英格兰东部小镇乌尔斯李普一个自耕农的家庭，出生前父亲死于肺炎。牛顿自小瘦弱，孤僻而倔强。三岁时母亲改嫁，由外祖母抚养。11

岁时继父去世。但是少年时期的磨难没有压倒牛顿。1661年6月牛顿考入剑桥三一学院作为领取补助金的"减负生",他必须担负侍侯某些富家子弟的任务。就是在这样的条件下,牛顿潜心于学业和科学研究。三一学院的巴罗(Isaac Barrow)教授是当时第一任卢卡斯数学教授,他主持了自然科学新讲座,被称为欧洲最优秀的学者。他对牛顿非常欣赏,1664年牛顿成为巴罗的助手。

牛顿终身未娶,将毕生精力都献给科学。1727年牛顿临终时留下遗言:"我不知道世人对我是怎样的看法,但是在我看来,我不过像一个在海边玩耍的孩子,为时而发现一块美丽的石子而高兴。但那浩瀚的真理的海洋,却还在我的面前未曾发现呢。"这就是牛顿,一个谦虚的科学巨人。

三一学院还有一个有名的校友,那就是著名的作家米尔恩。米尔恩(Alan Alexander Milne,1882—1956)生于伦敦,大学读的是数学,参加过第一次世界大战,当过英国老牌幽默杂志《笨拙》的副主编。

米尔恩和他的儿子克里斯托弗·罗宾(Christopher Robin)都毕业于这所学院。米尔恩是英国著名童话作家和儿童诗人,也是世界上最著名的童话作家之一。他创作的经典童话形象小熊维尼广受世界儿童欢迎,他的作品也成为各大书店的畅销书。米尔恩写了两本关于维尼熊的故事,在许多国家先后出版。迪斯尼公司后来买下了《小熊维尼》的版权,先后推出三部卡通短片,命名为《小熊维尼历险记》,成为迪斯尼第22部经典动画。迄今为止,已经80多岁的小熊维尼魅力仍然不减,它的经典形象已经深入所有小朋友的心,它以自己单纯可爱的个性,肥胖娇憨的形象,永远活在童话的世界里。他的作品《小熊维尼》(Winnie The Pooh)的手稿现在就藏在三一学院图书馆。

维尼是一头可爱的小熊,全身毛茸茸的,憨态可掬。他的最爱是蜂蜜,最喜欢做的事就是在肚子饿得咕咕叫的时候舔上一口蜂蜜。

维尼有趣又善良，这头傻乎乎的小熊为了能在百亩森林里找到蜂蜜，总会使劲地想啊想，然后就解开了各式各样的奥秘。小熊维尼有很多贴心的好朋友，他通常会和他的好朋友小猪、屹耳、跳跳虎、猫头鹰、袋鼠妈妈、小豆、瑞比以及克里斯多弗·罗宾一起冒险，一起玩耍。

米尔恩最初创作小熊维尼的故事是个意外，或者跟天下父母一样，是为了哄孩子。小熊维尼的前身是一只玩具熊。在1921年从伦敦著名的哈罗德百货公司买入，作为送给他儿子克里斯托弗·罗宾（亦即故事中的罗宾）的生日礼物。

他只是将自己在床上讲给儿子克里斯托弗·罗宾的故事写出来。虽然这看起来只是一个小男孩和一只小熊的故事，但实际上，这是世界上所有的小朋友的故事，它讲的就是美好的童年。

小熊维尼是小男孩克里斯托弗·罗宾的玩具熊，是一只爱吃蜂蜜的小熊。罗宾和这只熊住在一个叫"百亩森林"的童话王国，这里还有许多动物邻居，小猪皮杰、野兔、毛驴屹耳、猫头鹰、袋鼠妈妈、袋鼠小豆……在这片森林里，充满了同情心，充满了爱。小熊维尼伴随无数孩子渡过了美好的童年。

遗憾的是，在中国的图书市场上，米尔恩的作品还很少见到。

离开三一学院前，我们在三一学院大门前右侧的那棵苹果树前纷纷留影，希望藉此来怀念牛顿先生，表达对这位先人的敬仰，同时也表达对这所伟大学院的崇敬之情。

科学让社会进步，童话让我们拥有童贞之心。我们需要科学巨人，但是我们也需要那些给我们带来无限梦幻的童话，需要那些伟大的童话作家。

天空的彩虹

英国是一个以畜牧业为主的国家。在英格兰中北部、苏格兰等地有广袤的牧场,养肥了无数的牛羊。在蔚蓝的天空下,在绿色的原野上,白色的羊群、黑白相间的奶牛是最美的风景。在高低起伏的丘陵之间,在茂密的森林之间,一群群的牛羊在自在地吃草。不论是朗朗晴空,还是细雨绵绵,都阻挡不了牛羊的自由。陪伴他们的是翱翔的小鸟和天空那朵朵的白云。无垠的原野上,见不到人影,偶尔只会听到吃饱的奶牛发出的哞哞的呼喊声。

牧场实行轮牧制。当一块草场的牧草长得非常茂盛的时候,牧场主就把牛羊赶到这块草场放牧。当另一块草场的草长高了,就会把牛羊赶过去,让原来的牧场自然生长。这样的轮牧制,保证了牧场的休养生息,使牧场不会遭受过度放牧而招致退化的危险,从而威胁到畜牧业的生存和发展。

在每块牧场之间,人们用各种材料或植物把牧场分隔开来。有的是用灌木分隔,有的用网状物分隔,有的用石砌的墙分隔。这样的分隔使牛羊不能自由走动,不会破坏整个草场的生态,牧场主能根据牧场的实际情况放牧。有的牧场之间有小路，用两排灌木分开，在连绵的草场之间，一直伸向远方。

乘车经过英格兰北部山地牧场，常常会看到牧场之间的小河，河水清澈，汩汩地流着，在演奏着欢快的草原牧歌。在牧场之间，也常常会看到一望无际的森林，与绿茵茵的草相映成画。有时在牧场中只有孤零零的一棵树，高大粗壮，孤独而又骄傲地挺立，让人肃然起敬。英国人尊重自然，他们不会轻易砍伐一棵树。

有时，我们会看到很有趣的现象。牧场主会给牛穿上合适的外套，那些穿衣服的牛，甩着尾巴在草地上吃草，看上去很滑稽。或许，这也是英国人的幽默，幽默中透着人性的温暖。

辽阔的牧场让人浮想联翩，我很想跨上一匹骏马，在原野上驰骋，去放飞心灵，追逐梦想。

在英国旅行，经常看到彩虹。

又一次，大巴在辽阔的牧场之间穿行。忽然，车上的人们惊呼起来。原来在东边的天空出现了彩虹。那斑斓的虹桥横架于空中，让少见彩虹的我们紧贴着车窗观看。开始人们只发现一道彩虹，后来有一位老师告诉大家，就在这道彩虹的上面还有一道彩虹。大家更是新奇得不得了，纷纷围到窗边看。上边的那道彩虹颜色浅一些，弧度大得多，不仔细看还真的看不出来。下面的彩虹弧度小，颜色深，赤橙黄绿青蓝紫，层次鲜明，亮丽夺目。

彩虹在我们这些东方人的心目中，是美好的象征，是吉祥的象征。见到彩虹，让我们遥远的旅途变得轻松起来，变得活跃起来。因为长时间旅行，加上时差还没有倒过来，所以大家感觉很疲惫，甚至有些昏昏欲睡。彩虹带来了愉快的空气，车上的人仿佛一下子睡醒了，高兴地小声攀谈起来。

天气很好，蓝蓝的天空，白云朵朵。窗外是一望无际的牧场，在蓝色的天空下，草原一碧如洗。偶尔会有一两幢农居掩映在绿树之中，出现在我们的视野里，美丽如一张舒展的油画。

　　车行驶在英格兰中部丘陵之间，远看是山，其实是岭。在岭地之间，常见到大大小小的湖泊，在阳光下，湖水闪着晶莹的亮光。湖泊像一颗颗珍珠，镶嵌在丘陵之间。湖面上鸟儿很多，有的在天空自由盘旋，有的在湖面上自由戏耍。

　　在乡村的河道上，停泊着很多小船，河两岸有茂密的树林。还有一些色彩鲜艳的游艇停泊着，在碧绿的河水中，雅致得很。

　　偶尔，路边会出现一两架大风车，在缓缓地转动。在风车边，很多牛羊在悠然地吃着青草。这优美的乡村风光，在蓝天白云之下，显得恬静和谐。

　　车正行驶，突然下起了小雨。令人称奇的是，西边太阳高照，东边却在下雨。天上又出现了一道彩虹。这真是"沐浴阳光听雨声，彩虹高挂映天边"。英国是温带海洋性气候，经常下雨，有时一天能下几场雨。有时，来了一片云彩就下雨。"不知道哪片云彩有雨"是英国一条有名的谚语。在英国居住多年的小王告诉我们，天空出现彩虹在英国是常有的事。每当雨后，经常会出现，有时甚至能同时见到几道彩虹。

　　在后来的旅途中，经常见到彩虹，大家也就习惯了，不再大呼小叫了。

讲究的西餐与随意的酒吧

一天晚上，培训中心安排我们去吃西餐。通知我们最好穿上西服。因为在西方人看来，晚餐是正餐，去西餐厅吃西餐是一件很讲究的事情，所以要求穿正装，男士一般穿西服，女士要穿套装。

进了酒店，经过一个曲折的走道，就到了餐厅。西餐厅光线很柔和，顾客不是很多。但是我们一行人到来以后，餐厅马上变得拥挤起来。放着各种美味的食物台前排起了长龙，我们依次持碟排队取食物。第一道取的是开胃之类的食物，有面包、蔬菜沙拉、汤等。食用完以后再取第二道食物。第二道是主食，有肉类、土豆等食物。肉类很丰盛，有牛肉、鸡肉等。那个高个子的英国大厨不厌其烦地为排队的人切大块的牛肉，每人两片牛肉，一片鸡肉，动作简单而利索。我要了一份牛肉，他又往我的盘子中夹了一道面食，油炸的，像碗状的东西，颜色金黄，类似于蛋挞，但是吃起来又香又脆。最后一道是甜点，有蛋糕、水果、牛奶。甜点以蛋糕为主，有水果味的、巧克力味的、奶油的。水果有青苹果、橙子和香蕉。大家可以根据自己的需要选用。

说句实在话，我没参加过类似的正式西餐聚会，比如在国内有些大酒店的早晨自助餐之类虽然常吃，但是与这种场合还是有很大的区别。客人们着装整齐，正襟危坐，女士们更是打扮得花枝招展，光彩照人。每个人的面前摆放着十多件刀子、叉子、勺子之类的餐具，让我们无所适从，不知使用什么工具，不知先吃什么，也不知要用什么调料。

经过了解，我知道，一般情况是左叉右刀，即左手拿叉，右手持刀。叉子按住食物，用刀子把食物切开，再用叉子送入口中。我们不是左撇子，用左手叉送食物，吃起来真是别扭得很。在餐厅的一角，我看到一个英国人左刀右叉，吃起来也很自如。看样子英国人也有右撇子。我马上调整左右手的工具，呵呵，这样吃起来还真是顺手。虽然不如使用筷子那样自如，但是要方便得多。

服务员为我们倒上红酒，我们有滋有味地吃起来。吃的过程中还闹了一个笑话，我们把牛肉端回来，发现一点味道也没有，皱着眉头吃了几口，实在是吃不下去。难道"老外"就是这样吃牛肉的吗？那不是活受罪吗？不行，得问一问。长期生活在英国的陈小姐告诉我们，食物台上有调料，把调料的汤汁浇在牛肉上，就很好吃了。我们连忙到食物台前，在肉上、水煮土豆上都浇了这种汤汁，这样吃起来味道确实好多了。

餐厅里很安静，但不断听到刀叉碰撞的声音。我不喜欢吃西餐，但是吃西餐的这种环境我很喜欢。

晚餐以后，大家相约去酒吧，去感受一下英国的酒吧文化。

夜幕下的曼城，街道两边灯光闪烁。闪着霓虹灯的地方大多数都是酒吧。有人说，在英国，酒吧应该是数量最多的店面了。在曼城，酒吧星罗棋布，随处可见。

我们随意进了一间酒吧，顾客不多，只有五六个顾客，一边喝酒，一边聊天。这间酒吧内外两间。外间有吧台，有三张高脚桌子，靠墙的一边有4张方桌。在吧台外侧墙边，有一台老虎机，供客人消遣用。里间全部是沙发，有两个成人带着一个孩子在里边喝酒边聊天。

我们几个人英语都不通。点酒怎么办？每张桌上都有点酒单。南通的吴校长拿着点酒单到吧台。指着点酒单上标有3镑的酒要求每人来一杯。服务生很快拿来一瓶威士忌，大家连忙摇头，说"NO"。看了一下边上的老外，正喝着啤酒。吴校长好像发现了新大陆，连忙指着啤酒，意思是说我们也想喝啤酒。服务生总算看懂了，很快给我们端来了5杯啤酒，共11镑，每杯2.2镑，价格还挺贵。

在酒吧里喝酒是没有菜的。英国人很实在，喝酒就是喝酒，酒吧就是酒吧。不像我们中国人没有菜不下酒，纯粹喝的是"菜酒"，说是"酒店"，酒和菜都卖。我们几个人一边喝着，一边聊着。有一位校长不住地说："如果有一碟花生米多好。"看看，他还以为在国内呢。

陆陆续续，进来喝酒的人多起来，酒吧里热闹起来。有青年人，也有老年人，还有恋人。大家都很自在地喝着酒，聊着天，声音也不大，窃窃私语，好像都是热恋中的情人。

酒吧门口常常看到吸烟的人，有男有女。英国立法规定公共场所不准吸烟。因此，他们在酒吧喝酒的时候，来了烟瘾，会自觉地到门口去抽烟。

在后来的日子里，我们还去过几间酒吧。有的酒吧营业面积也很大，客人可以一边喝酒，一边跳舞，甚至还可以唱歌。在足球比赛日，买不到票的球迷会聚在酒吧里看球。当然，多数的酒吧面积都很小。

英国人没有串门的习惯，人际交往的重要场所就是酒吧。因而，街头上遍布酒吧。

可以说，酒吧是英国人的第二个家，甚至比家更自由，更重要。他们可以没有家，但是不能没有酒吧。

在英国吃西餐，感觉非常讲究。但是，去酒吧就随意得多了。

第二编

屐痕处处

阅尽西湖书千卷

西湖是一本书。

在杭州的日子里,我总要执着地行走于西湖岸边。有人说,已经去过了,还有什么看头呢?他们怎么知道,我是去读书,读西湖这本书。虽然没有读透,但却深深地沉浸于其中而不能自拔。

美好的东西是永恒,永恒的东西怎么只能一看,必须零距离去接近,去感悟,去品位。西湖就是这样的美好。当看到了那一汪泛着亮光的静谧的湖水,心就融进了湖水中。虽然现代的西湖是喧嚣的,但是在喧嚣的西湖边我总能寻找到属于我自己的宁静。或许,楼外楼前拥堵的车流大煞风景,但是,这又算得了什么呢?因为路边是湖,湖里有船。雇一只小船,晃悠在三潭映月中,你看到的,就只有美丽而悠远的心情了。

每一滴西湖的水里都有中国人的影子,是爱、是恨、是忠、是奸,是美、是丑。因而,游西湖就是读书,读一本千年万载合不上的书。

西湖是一本文学书。白居易、苏东坡这些耳熟能详的名字在西湖留下了不朽。白公堤和苏堤是他们永远的丰碑。"江南忆，最忆是杭州；山寺月中寻桂子，郡亭枕上看潮头。何日更重游！"诗人浪漫的想象，表达了杭州的脱俗高贵。我们眼前出现了盛开的丹桂，闻到桂子浓郁的芬芳。芳香之外，还有钱江入海的壮观。所以，在诗人的笔下，足以使人想见杭州之多彩多姿。白居易写了两百多首有关西湖的诗词，《钱塘湖春行》是他众多写西湖诗词中最有名的一首："孤山寺北贾亭西，水面初平云脚低。几处早莺争暖树，谁家新燕啄春泥？乱花渐欲迷人眼，浅草才能没马蹄。最爱湖东行不足，绿杨荫里白沙堤。"

苏东坡也通过他美妙的诗句让西湖美名远播，"水光潋滟晴方好，山色空蒙雨亦奇。欲把西湖比西子，浓妆淡抹总相宜。"是诗、是人、是景、是情。无论是晴天还是雨后，西湖在苏轼的笔下却都是旖旎迷人。空灵多姿的西湖，晴天美，雨天媚。晴有晴的灿烂，雨有雨的柔情。西湖就是绝代佳人西施，这样的比喻让这首诗焕发出无尽的艺术魅力。

有多少骚人墨客在西湖留下了不朽的文字，实在难以计数。西湖是文学的圣地，是文人朝圣的地方。西湖是每一个中国文人的心灵之乡，然而，我们虽不能游尽天下，但必游杭州西湖。

西湖是一本爱情书。桥断情不断，堤长情更长。许仙、白娘子断桥一面，借伞生情，留下千古传奇。这样的奇缘只有在西湖才会发生。一首千古绝唱唱不尽西湖之爱。走在断桥，高胜美那荡气回肠的曲调依然萦绕在耳边："千年等一回，等一回啊，千年等一回，我无悔啊！是谁在耳边说，爱我永不变，只为这一句，断肠也无怨。雨心碎，风流泪，梦缠绵，情悠远。西湖的水，我的泪。我情愿和你化作一团火焰。千年等一回，千年等一回。"

塔中有白素贞，湖边有苏小小。"若解多情寻小小，绿杨深处是苏家"，白居易的两句诗让我们永远记住了苏小小。小小在西湖边遇到了落魄才子鲍仁，并与之相恋，鲍仁因盘缠不够而无法赶考。苏小小倾囊相助，鲍仁满怀抱负地奔赴考场。一举金榜题名，出任滑州刺史。赴任途中拜会苏小小，却赶上她的葬礼。鲍仁抚棺大哭，在她墓前立碑曰：钱塘苏小小之墓。"湖山此地曾埋玉，岁月其人可铸金"。小小墓位于杭州西泠桥畔，"灯火疏帘尽有佳人居北里，笙歌画舫独教芳冢占西泠。"每一位经过西泠桥头的人都会扶墓叹息，一代佳人长眠西子湖畔，留下绝代芳名供后人吟诵。

西湖是一本历史书。"山外青山楼外楼，西湖歌舞几时休。春风惹得游人醉，只把杭州作汴州。"南宋屈辱的建国史就写在西湖中。绍兴十一年（1141年），岳飞遭诬告"谋反"，被关进了临安大理寺。监察御史万俟卨亲自刑审、拷打，逼供岳飞。韩世忠当面质问秦桧，秦桧支吾其词"其事莫须有"。韩世忠当场驳斥："莫须有三字，何以服天下？"绍兴十一年农历除夕夜，高宗下令赐岳飞死于临安大理寺内，时年三十九岁。岳飞部将张宪、儿子岳云亦被腰斩于市门。临死前，岳飞在供状上写下"天日昭昭，天日昭昭"八个大字。千古奇冤，让西湖多了一份沉重。人们也只有把这份沉重化在栖霞岭下的岳王庙中，在参天古柏下追思远去的英雄。

国兴家兴旺，国败民众伤。国破家安在？匹夫当自强。

岳王庙里千年恨，雷峰塔下万古情。看山看水看风景，读湖读人读历史。从不同的方位去看西湖，西湖都是风景；从不同的角度看历史，历史仍旧是历史。

"阅尽西湖书千卷"，游西湖，就是在读书，读一本千年万载合不上的书。

晚风拂柳笛声残

去虎跑有多个理由。一是因为这里是一代大师弘一法师皈依佛门的地方；二是也想尝一尝虎跑泉的水，想用这水泡一壶茶。

进了虎跑公园的大门，迎面是一条上山的小径，曰虎跑径。小径两侧苍松参天，右侧泉水淙淙，树叶落满池塘之上。高高的水杉叶子所剩无几，却更显挺拔俊逸。

前行不远，看到路右侧一座大型的老虎雕塑。这是著名美术家韩美林先生的作品。

雕塑前上方，就是虎跑公园中专供当地市民取水的地方。取水的市民络绎不绝。他们都带着大小不一的塑料桶，有秩序地取水。取水地周围也有几处雕塑，描绘的就是以前杭城人来此地取水的情景。虎跑的水好，泡出的茶甘甜清香。人们都爱来此处取水。

夕阳中的含晖亭在落日的余晖中别有一番韵致。过含晖亭，就是泊云桥。桥两侧有日月二池，池边古木林立。在桥上小憩，观周遭风景无数，旅途劳顿一扫而光。

过桥，从右侧上山，直接去寻访虎跑泉。罗汉堂边就是虎跑泉。

虎跑泉的来历，有一个有意思的神话传说。相传，唐元和十四年（819年）高僧寰中（亦名性空）来此，喜欢这里风景灵秀，便住了下来。后来。因为附近没有水源，他准备迁往别处。一夜忽然梦见神人告诉他说："南岳有一童子泉，当遣二虎将其搬到这里来。"第二天，他果然看见二虎跑（刨）地作地穴，清澈的泉水随即涌出，故名为虎跑泉。

现在虎跑泉被木板严严地盖住，只在下面的池子边有一龙头样的出水口往外汩汩地流着泉水。泉口上方依稀可见"虎跑泉"三字。

沿虎跑泉左面山径拾级而上，不远处有一组梦虎石雕，性空和尚面目慈祥，闭目斜卧，边上有二虎，形象生动，粗犷有力。整座雕像布局得体，线条刚柔相间，很有意趣。

正面的山崖上有"滴翠崖"三字。崖前即是"叠翠轩"，是喝茶品泉的好地方。在这里，我要了一杯虎跑泉泡制的龙井茶。喝一口，悠远绵长，清香扑鼻，回味无穷。

杭州人把虎跑的泉、龙井的茶称为双绝。而这双绝融为一体就是天下无双，喝到这样的茶水也是三生有幸。

有多少诗人在吟诵虎跑甘冽的泉水。苏轼有《虎跑泉》诗：

亭亭石塔东峰上，此老初来百神仰。
虎移泉眼趋行脚，龙作浪花供抚掌。
至今游人灌濯罢，卧听空阶环玦响。
故知此老如此泉，莫作人间去来想。

袁宏道也有《虎跑泉》诗：

竹林松涧净无尘，僧老当知寺亦贫。
饥鸟共分香积米，枯枝常足道人薪。

碑头字识开山偈，炉里灰寒护法神。

汲取清泉三四盏，芽茶烹得与尝新。

虎跑泉南边是罗汉堂，罗汉堂边是茶舍。过了茶舍就是济公殿，是供奉济公法师的地方。济公一生向佛为民，在民间留下了很多济世的传说，是除暴安良的象征。济公殿边上是济公塔院，济公活佛就涅槃此处。

从济公塔院南侧拾级而上，我去瞻仰弘一法师的遗迹。山边有一亭，为"仰止亭"。源自《诗经·小雅》"高山仰止，景行行止"。以此赞誉李叔同先生的高风亮节。再往前行，就是大师的舍利塔。

1942年10月13日晚7时45分，弘一法师呼吸急促，8时安详西逝，圆寂于泉州不二祠温陵养老院晚晴室。并在泉州清源山建灵骨塔。1953年，在大师去世十周年之际，他的学生丰子恺因大师出家于虎跑寺，于是，自福建请灵骨来杭州，埋在虎跑后山中。后又约朋友叶圣陶等人集资修建"弘一法师舍利塔"，塔名为马一浮手书。于1954年1月正式落成，现在是杭州市的文物保护单位。

周围苍山远翠，寂寞无声，心中吟诵大师的《送别》，一时百感交集。

长亭外，
古道边，
芳草碧连天。
晚风拂柳笛声残，
夕阳山外山。
天之涯，
地之角，
知交半零落。

一瓢浊酒尽余欢，
今宵别梦寒。

下山，访问"弘一法师纪念馆"，馆中陈列着弘一法师的生平事迹。大师一生在佛教、教育、艺术上的造诣非常深，取得了很多卓越的成绩，为中国现代艺术的发展做出了不可磨灭的贡献。

弘一法师多才多艺，诗文、词曲、话剧、绘画、书法、篆刻无所不能。绘画上擅长木炭素描、油画、水彩画、中国画、广告、木刻等。他是中国油画、广告画、木刻、现代话剧的先驱和奠基人之一。他的绘画创作主要在出家以前，其后多作书法。由于战乱，作品大多散失。从留存的《自画像》、《素描头像》、《裸女》以及《水彩》、《佛画》等可见其高超的绘画技艺。《自画像》画风细腻缜密，表情描写细致入微，类似清末融合中西的宫廷肖像画，有较高的写实能力。《素描头像》是木炭画，手法简练而泼辣。他的书法作品有《游艺》、《勇猛精进》等。出家前的书体秀丽、挺健而潇洒；出家后则渐变为超逸、淡冶，晚年之作则愈加谨严、明净、平易、安详。李叔同的篆刻艺术，气息古厚，冲淡质朴，有《李庐印谱》、《晚清空印聚》存世。

纪念馆南侧，有几株枫树，枫叶火红，在晚霞中愈发夺目。

长亭古道，晚风拂柳，山外有山，闻不见悠悠笛音。弘一法师虽然远去，但是又何曾离去？

夕阳西下，山中越发寂静。在幽远的山道上，只有我在踟躇前行。

最忆杭城河坊街

　　江南忆，最忆杭城河坊街。去杭州，不能不去清河坊街。
　　清河坊就在西湖边，吴山脚下。自古是杭州繁华之地。史载，南宋时，清河坊商铺林立、酒楼茶肆鳞次栉比，是杭城的政治文化中心和商贾云集之地。据说，清河坊的得名还有一段历史故事。早年太师张俊在明州击退金兵，取得高桥大捷，晚年封为清河郡王，倍受宠遇。他在今河坊街太平巷建有清河郡王府，故这一带就被称为"清河坊"。清河坊街保存着相对完整的旧街区，是杭州悠久历史的缩影。
　　漫步在青砖铺就的路面上，厚重的历史扑面而来。街道两边布满明清风格的建筑，飞翘的屋檐、镂空的窗格、古色古香的招牌、身着古老服装的店员……走在这条街上，让人感觉穿过了时光隧道，回到了过去的岁月。众多的老字号是清河坊的一大特色。状元馆、荣宝斋、雅风堂、回春堂、张小泉、采芝斋、胡庆余堂等，很多老字号传统依旧，装潢古朴典雅，经营风格依然保持着过去的样式。各家老字号店内，售卖杭州的传统小吃、精致的雕刻、丝绸、手工制品、中药等，应有尽有。在太极茶道苑，门内正现炒现卖清新的龙井茶。品茶可以上二楼。门口，竖立着一个铜铸的茶博士雕像，带着一顶瓜皮小帽，手持一把茶壶，正准备给客人沏茶。店内，除了卖茶，还有藕粉、芝麻糊等小吃，如果客人需要，一碗热气腾腾的藕粉很快就会端上来。清香润滑，爽口得很。店内墙壁上有刻有"水丹青"、"魁龙珠"等图案的木质装饰，体现了店家对茶、对水的独到理解。大堂内摆的是八仙桌，凳子是长条凳，大茶壶的壶嘴犹如龙头探海，这些都融合了民族传统的文化元素。让每一个来这里的客人都感觉到，在这里，喝的不仅是茶、吃的不仅是小吃，而是一种文化，一种品位。

胡庆余堂是一组保留完好的古建筑，位于吴山北麓大井巷，由晚清"红顶商人"胡雪岩创建，现保存完整。这组建筑设计奇特，气氛凝重的大门，门楼像鹤首，长廊似鹤颈，大厅若鹤身，用材讲究，雕绘精巧，典型古朴。内有小憩观赏之方亭、"美人靠"曲桥、喷泉等。胡庆余堂占地3000平方米，内藏文物160余件，由陈列展厅、中药手工作坊、养生保健门诊、营业厅与药膳厅等五大部分组成。目前，这组建筑为国家文保单位。

在回春堂药店，我们看到前来寻医问药的人排成了长龙。在这里坐诊的医师的名字都挂在店内。令人惊奇的是，这里还保持着义诊的良好传统。我们看到，今天义诊的医师有三位，分别是郭勇、韩祖源、张承烈，均是当地著名的中医师。凡是义诊的医师免收挂号费。店内弥漫着药香，每一位药师都面带微笑，耐心接待每一个寻诊的顾客。

河坊街上最热闹的地方当属江南铜屋前的百子戏弥勒佛雕塑了。孩子们高兴地摸着弥勒佛圆圆的大肚子，游客们纷纷在佛像前照相。

"江南铜屋"是朱炳仁铜雕艺术博物馆，这里是清河坊街一个重要的文化艺术展示中心。江南铜屋，就是一个铜的世界。地板是铜的，天花板是铜的，店里的摆设是铜的。朱炳仁大师的很多铜雕艺术品就陈列在这里。朱炳仁，1944年11月生，是清同治绍兴"朱府铜艺"（后被国家商务部认定为"中华老字号"）的四代传人，被中国文联及中国民协命名为中国民间文化杰出传承人，是铜雕技艺国家级非物质文化遗产唯一传承人。他拥有60项国家专利，出版一批理论著作，建立了中国国内唯一一套铜建筑艺术标准和体系。朱先生用现代科技建造了杭州雷峰塔、桂林铜塔、常州天宁寺宝塔、灵隐铜殿、钱王祠铜献殿、绍兴步行铜桥、武汉琴台大剧院、四川峨眉山金顶铜殿、台湾金陵寺祖师庙等大型"中国当代铜建筑艺术"工程30多项。他的艺术创造不仅创立了中国铜雕艺术新的标杆，而且达到了世界铜艺术的高峰。在这里，我们能真切地领悟到大师的铜雕艺术魅力。他为杭州留下一件新的传世瑰宝，也为世界留下了唯一的一座铜屋。

朱先生不仅是一位杰出的铜雕艺术大师，还是一位诗人。离开铜屋，我购买了一本大师的诗集《云彩》。

清河坊街头，还有很多也可以称之为大师的民间艺人。有捏面人的，做糖人的，现场为游客画像的，在葫芦上雕刻的，为游客现场塑像的，草编各种小动物的，真是精妙绝伦，美不胜收。精美的艺术品就从那一双双粗糙而又灵巧的双手中诞生，令人惊叹，令人叫绝。

清河坊边、吴山脚下，有杭州博物馆。馆内藏有吴昌硕等大师的真迹，也是让我们大饱眼福。

去每一个城市，我都喜欢去这个城市的老街，寻访这个城市的古老。清河坊，让我看到了杭城的过去，看到了过去的繁华。

每一个城市，都有自己的文化，都有自己独特的传说。杭州也不例外。

"八百里湖山知是何年图画,十万家烟火尽归此处楼台。"明代江南才子徐渭这副对联,是对古代杭城清河坊地区繁华景象的真实描绘。

淡妆浓抹话西湖

总想为西湖写点什么，但是一直不知道从何处入手。

西湖是美丽的。从古至今，在我的印象中，能够真正写出西湖之美的，恐怕也只有东坡先生写的那首诗了：水光潋滟晴方好，山色空蒙雨亦奇。欲把西湖比西子，淡妆浓抹总相宜。西湖是一位美丽的姑娘，真的，没有比这样的拟人化的说法更恰当了。

我曾经去过两次西湖，没有留下片言只语，西湖的美让我无从下手，不知道用什么样的语言来形容她。

第一次去西湖是在 1994 年的夏天。曲院风荷中，荷花正是盛开的季节，一望无际的荷叶和那点点的荷花让我流连忘返。当时，我们住在西湖边上，好像是住在西湖区政府招待所，在岳庙后边的山坡上，也就是栖霞岭的位置。在那里住了两个晚上。因为靠得近，经常与西湖亲密地接触。开始是团队旅游，先后游玩了三潭印月、花港观鱼、平湖秋月、柳浪闻莺等景点。后来，有时间自由活动，我们就常常结伴去西湖边漫步。苏堤、白堤基本上都走了一遭。总是想把自己的身心融入西湖，融入那一汪碧水中。晴天，西湖一碧如洗，远山倒映在湖水中，是一幅天然的风景画。晚上，还是忘不了西湖，就约了几个同伴在白堤上漫步。漫天的星星倒映在湖水中，星光、灯光、湖光融为一体。隐隐的柳影，荡漾的小舟，远处传来的悠长情歌，还有那略显低沉的蛙鸣，让西湖的夜色有别于他方，极具独特的魅力。

　　第二次去西湖已是六年以后的2010年。这次去西湖是秋天，在西湖边住了一个星期。曲院风荷里的荷花已经全败了，荷叶还是很茂密，只是荷叶的周边已经泛黄，有了枯萎的迹象。虽然是秋季，空气却比北方湿润得多，感觉每天脸上都是光滑得很，不需要使用润肤霜之类的化妆品。培训的闲暇时间，我们还是选择去西湖。因为西湖的魅力总是吸引人们随时都愿意去看望她，无论你是来过还是初识。这一次我想走遍西湖，从断桥开始，沿着白堤一直前行，平湖秋月、锦带桥、西泠书画院、楼外楼，一直到苏小小墓。然后再折往苏堤，过跨虹桥，压堤桥、夕佳亭、锁澜桥、映波桥，至苏堤尽头，拐向南山路，最后到达雷峰塔。本想继续走下去，无奈体力不支。另一个下午因参观一所小学，回来的时候车直接把我们带至西湖。我们是从杨公堤下车的，经过牡丹亭去了花港观鱼，再经过苏堤至曲院风荷，至孤山公园一侧瞻仰了秋瑾塑像，在楼外楼附近租了一只小船，在湖上泛舟。艄公带着我们游览了阮公墩、湖心亭。在湖心亭，艄公指着"虫二"碑问我们是什么意思，我们不明白。艄公说，这个是乾隆皇帝的手笔。当年乾隆皇帝游西湖，被这里的风景所醉倒，题写了"虫二"二字。问随行者是何意？无人能答。乾隆说，因为"風月无边"。"風"和"月"没有了边不就是"虫二"吗？多么风趣的乾隆皇帝，为西湖留下了一段佳话。

　　荡漾了近一个小时，恋恋不舍地上了岸，在楼外楼品尝鲜美的"叫花鸡"。"叫花鸡"是杭帮菜里的名吃。服务员用小推车把叫花鸡推到我们跟前，一层一层地扒去荷叶，香味霎时沁入我们心脾。夹一块放入嘴中，滑而不腻，香嫩可口，连骨头都是酥酥的。一只鸡很快被我们一扫而光。吃着美食，赏湖上风景。天已经完全黑了，湖面上亮光闪闪，分不清是灯光还是星光。娇媚的西湖似乎还没有睡去。因为那么多的游客还在她的怀抱中徜徉。

我常常在想，西湖美在哪儿呢？是美在水呢，还是美在山？

忽一日，似乎陡然想通了，西湖一是美在女人，二是美在男人。

说西湖美在女人是有道理的。白堤上的断桥大家都是知道的，在断桥上流连的大多是女人。为什么呢？她们也想在断桥遭遇她们的白马王子。传说中的白娘子和许仙的故事就发生在这里。钱塘名妓苏小小的爱情故事在杭州可谓家喻户晓，她的墓也在白堤的尽头。佳人薄命，苏小小去世以后，有诗云："湖山此地曾埋玉，花月其人可铸金。"其墓上有多副楹联，有的曰："金粉六朝香车何处，才华一代青冢犹存。"有的曰："灯火疏帘尽有佳人居北里，笙歌画舫独教芳冢占西泠。"也有的曰："烟雨锁西泠剩孤冢残碑浙水呜咽千古憾，琴樽依白社看明湖翠屿樱花犹似六朝春。"

西湖的女人也不仅仅是因为爱情才美得让人留念。秋瑾是一代英烈而让我们永远铭记。秋瑾蔑视封建礼法，提倡男女平等，常以花木兰自喻，平时习文练武，曾自费东渡日本留学。她积极投身革命，先后参加过光复会、同盟会等革命组织。1907年，她与徐锡麟等组织光复军，拟于7月6日在浙江、安徽同时起义，事泄被捕。同年7月15日，秋瑾从容就义于绍兴轩亭口。光绪三十四年（1908年），生前好友将其遗骨迁葬杭州西湖西泠桥畔，因清廷逼令迁移，其子王源德于宣统元年（1909年）秋将墓迁葬湘潭昭山。1912年，湘人在长沙建秋瑾烈士祠，又经湘、浙两省商定，迎送其遗骨至浙江，复葬西湖原墓地。让秋瑾女士的遗骨安葬在美丽的西子湖边，是后人对她最好的纪念。

在西湖柔美的骨子里，实际上有男人的支撑。每个到西湖游览的人，总要去一下岳王庙，千古忠烈岳飞就安息在这里。岳飞，南宋军事家，中国历史上著名的抗金名将、军事家。其精忠报国的精神深受中国各族人民的敬佩。其在出师北伐、壮志未酬的悲愤心情下写出的千古绝唱《满江红》，至今仍是令人荡气回肠的佳作。1142年12月29日，秦桧以"莫须有"的罪名将岳飞毒死于临安大理寺狱中。人们为了纪念他，建庙以供后人凭吊。

在苏小小墓不远处，还有一座武松墓。不知道景阳冈打虎英雄怎么也会葬在这里，还是另有其人，让我百思不得其解。他也是在为西湖增加阳刚之美。

在岳庙西侧山坡上，有黄宾虹纪念馆，里面展出了黄先生的许多画作。黄先生是现代杰出国画大师。原名懋质，字朴存、朴人，号宾虹，别署予向、虹叟、黄山山中人等。出生于浙江金华。幼喜绘画，课余之暇，兼习篆刻。1887年赴扬州，师从郑珊学山水，师从陈崇光（若木）学花鸟。1948年返杭州，任国立杭州艺专教授。由于黄宾虹在美术史上的突出贡献，在他90岁寿辰的时候，被国家授予"中国人民优秀的画家"荣誉称号。

跟西湖有关系的女人和男人真是数不胜数，是她们和他们造就了西湖的美。

西湖啊西湖！

南屏晚钟出净慈

既然到了静慈寺,就去拜访一下这座千年古刹吧。

净慈寺是杭州西湖历史上四大古刹之一。位于南屏山慧日峰下,是954年五代吴越国钱弘俶为高僧永明禅师而建,原名永明禅院。宋室南渡,建都临安(杭州)。建炎二年(1128年),宋高宗赵构下旨敕改寿宁院为"净慈寺",并建造了五百罗汉堂。寺屡毁屡建。康熙三十八年(1699年)改名为"净慈禅寺",由玄烨亲书寺额。乾隆十六年(1751年)弘历南巡时,又亲书"敕建净慈禅寺"寺额,为僧众仰慕的东南古刹。《净慈寺志》描绘该寺是"凭山为基,雷峰隐其寺,南屏拥其后,据全湖之胜"。

净慈寺的对面就是著名的雷峰塔。山门左侧有"南屏晚钟"的碑刻。原来这里就是著名的西湖十景之一——"南屏晚钟"所在地。

净慈寺的钟声久负盛名。唐代诗人张岱有诗赞曰:"夜气瀹南屏,轻风薄如纸;钟声出上方,夜渡空江水。"把净慈寺钟声的美妙描绘得缥缥缈缈,出神入化。

据载,明太祖洪武年间(1368-1398年),寺里铸了一口重约两万斤的巨种。每日傍晚，夕阳西下，暝色苍茫，大钟敲起，钟声在群山碧空中回荡，响彻云霄。由于南屏山空穴怪石较多，钟声经石穴回荡互激，钟声传播到十多里外。相传康熙皇帝以目品西湖十景，均广建庭阁，也在净慈寺寺门外建一碑亭，上刻"南屏晚钟"四字。而西湖十景中，南屏晚钟最享盛名。可惜在清朝末年，铜钟在战乱中消失，钟声沉寂。直到1984年10月，净慈寺在各界的相助下，重铸铜钟。1986年11月21日，举行了隆重的大梵钟落成法会，108记雄浑有力的钟声回荡在西湖上空，绝响百年的南屏晚钟重新鸣起。

新铸的这口大钟造型古朴大方，外面铸有整篇《大乘妙法莲华经》，共6.8万余字，清晰可辨。其铸造之精致，令人惊叹。目前就悬置在山门右侧的钟楼内。

南宋祝穆《方舆胜览》载，宋时画家绘西湖湖山四时景色，最奇者有十，其中即有"南屏晚钟"。寺内"有古钟初动，山谷皆应，因山高穴多，湖面空旷，故其声远扬，响入云霄"。看来，"南屏晚钟"非一日之名，古已有之。

沿山门中轴线向前，就是大雄宝殿。在大雄宝殿的西侧有济祖殿遗址。目前，净慈寺正在准备复建济祖殿。原济祖殿的楹联石柱还屹立在原址。济祖殿是供奉著名的济公法师的地方。

济公（1148年–1209年），汉族民间信仰之一，旧时冰窖业、杂技业所崇拜的行业神祇。济公原名李修缘，南宋高僧，浙江省天台县永宁村人，后人尊称为活佛济公。他破帽破扇破鞋垢衲衣，貌似疯癫，初在杭州灵隐寺出家，后住净慈寺，不受戒律拘束，嗜好酒肉，举止似痴若狂，是一位学问渊博、行善积德的得道高僧，被列为禅宗第五十祖，杨岐派第六祖，撰有《镌峰语录》10卷，还有很多诗作，主要收录在《净慈寺志》、《台山梵响》中。

《济公传》中有一首四言诗，很形象地点名了济公和尚的洒脱和内涵。

佛祖留下诗一首，我人修身他修口；

他人修口不修心，唯我修心不修口。

1985 年，张戈导演的神话电视连续剧《济公》红遍大江南北，济公的扮演者游本昌把济公演绎得诙谐自如、妙趣横生，赢得公众的广泛好评，同名主题歌《济公》更被广为传唱，传遍大街小巷。

在净慈寺，流传着济公禅师的很多传说。最有名的是关于"运木古井"的故事。有一次，济公在净慈寺酒醉，大喊"无明发"，寺僧莫名其妙，果然不久大火毁寺，济公在灾后题诗曰："无名一点起逡巡，大厦千间尽尘。非是我佛不灵感，故要楼台一度新。"重修净慈寺（一说为灵隐寺）木料供应不上，派济公外出募化。济公大大咧咧拍了胸脯，却日餍酒肉而返，寺僧问其所募钱几何，曰："尽饱腹中矣。"他在寺中烂醉如泥地睡了三天，冥冥中暗使神通令六甲神相助，源源不断的大木便从寺中香积厨的醒心井中运出。一直拉到第七十根，在旁估算木料的木匠随口说了声"够"，井里的木头就再也拉不上来了。从此，醒心井被称为"运木古井"，那最后一根木头就留在井底，成为净慈寺最吸引人的"古迹"。

我们走至井前，伸长了脖子往井里看，没有看到那根木头，只看到自己的头部的倒影。

古井亭子上有一副对联写得很有意味，"运木寓禅机井里蕴无边妙谛，掬泉消俗障胸中添几许清凉。"

济公法师在六十岁时坐化圆寂，作偈云："六十年来狼藉，东壁达到西壁。如今收拾归来，依旧水连天碧。"

南屏山钟灵毓秀，风景秀丽；净慈寺香烟氤氲，香火鼎盛。这里是历代文人修行向往之处。一些士大夫为避世出尘，经常来到净慈寺谈禅吟咏，诗书唱和，成为古代杭城一大风尚。很多文人干脆来此筑庐隐居。元代的莫维贤在寺旁建"南屏别墅",明代的柴绍炳辟"南屏书屋",黄汝亨在雷峰塔旁建"寓林",著名文学家袁宏道曾于明万历二十八年(1600年)长期寓居净慈寺。

净慈寺规模不大,但是影响深远,历代高僧辈出。该寺集名寺、名僧、名钟、名山、名水等名气于一身,难怪被世人称为东南名刹。

又闻杭城桂花香

闻到桂花香，我知道，我又到了杭州。

走在杭城街头，那浓浓的桂花香气就一直在追随着你，因而，在杭城的大街小巷漫步是最惬意的事情。人到哪，桂花的香气就追到哪，让你无处躲藏。无论何处，你闻到的只有桂花香。即使你乘坐上出租车，桂花的香气也会从车窗的缝隙里钻进来，让你闻个够。

在杭城，到处都会看到桂花树。"叶密千层绿，花开万点黄"。那簇生的黄黄的小精灵簇拥在绿叶之中，把她的花香尽情奉献。把桂花树作为行道树，可能也是杭州的一大特色了。在北方，很少看到树径15公分以上的桂花树，如果有，一定会被冠以"桂花王"这样的雅号。但是，在杭城街头，这么大的桂花树真是比比皆是。桂花，作为杭城的市花，已经成为杭城的标志。即使是那么窄窄的街道，城市建设者也会挤出那么点地方栽下几株桂花树。然后在树下的泥土上放上十几二十几颗鹅卵石，就别具杭州的风味了。

在经历了春、夏两季的百花争艳之后，桂花却悄声无息地向我们走来，淡定清雅，芬芳高洁。《载敬堂集·江南靖士诗稿·桂花》

云:"瑶树静当严序来,千花杀后有花开。清贞更造清芬境,大地萧条赖挽回。"就是杭城的女孩似乎也拥有桂花的品性。杭州的女孩身材小巧,皮肤细腻。脸近似瓜子,小嘴微噘,总是带着一屡笑意。走路款款,不急不躁,声音呢喃。真是典型的越地女孩。从身边走过,就如飘过一阵桂花香,幽幽而绵长。

关于桂花,出生于浙江的中国台湾著名女作家琦君有过一篇散文,叫《故乡的桂花雨》。文中写道:"桂花开得最茂盛时,不说香闻十里,至少前后左右十几家邻居,没有不浸在桂花香里的。桂花成熟时,就应当'摇',摇下来的桂花,朵朵完整、新鲜。"琦君还在文中回忆她念中学时到杭州满觉陇看桂花的事:"杭州有一处名胜满觉陇,一座小小山坞,全是桂花,花开时那才是香闻十里。我们秋季远足,一定去满觉陇赏桂花。'赏花'是借口,主要的是饱餐'桂花栗子羹'。因满觉珑除桂花以外,还有栗子。花季栗子正成熟,软软的新剥栗子,和着西湖白莲藕粉一起煮,面上撒几朵桂花,那股子雅淡清香是无论如何没有字眼形容的。即使不撒桂花也一样清香,因为栗子长在桂花丛中,本身就带有桂花香。"

琦君本名潘希真,浙江永嘉人。浙江杭州之江大学中文系毕业,是著名词学专家夏承焘先生的得意门生。1949年去台湾,曾任台湾中大中文系教授。从她的作品中,可以看出对故乡杭州的桂花记忆犹新,终身难忘。

在杭州,有种植桂花的传说。唐代时,杭州灵隐寺的德明和尚在皓月当空的中秋之夜,忽然听见滴答的雨声。他开门一看,见月亮里落下无数像珍珠般的小颗粒,便上山拾了满满的一兜。第二天,德明把此事告诉了师父,智一长者仔细一看,便道:"这可能是月宫里吴刚砍桂树时震落的桂子。"于是,他们把五颜六色的小颗粒种在寺前庙后的山坡上。到了第二年中秋节,桂树不但长得又高又大,而且树上还开满了芳香四溢的各色桂花。德明和尚便把它们取名为金桂、银桂、丹桂和四季桂。

杭州在元朝时曾被意大利旅行家马可·波罗赞为"世界上最美丽华贵之城"。我想，桂花肯定也是其中不可或缺的元素，桂花那高贵的香味足以让一个城市扬名。因为在初唐，灵隐寺的桂花就有名气。宋之问有一首《灵隐寺》的诗，就写到了桂花，诗曰："鹫岭郁岧峣，龙宫锁寂寥。楼观沧海日，门对浙江潮。桂子月中落，天香云外飘。扪萝登塔远，刳木取泉遥。霜薄花更发，冰轻叶未凋。夙龄尚遐异，搜对涤烦嚣。待入天台路，看余度石桥。"白居易《忆江南》中也写到了杭州的桂花："江南忆，最忆是杭州；山寺月中寻桂子，郡亭枕上看潮头。何日更重游！"到了清代，桂花在杭城已经闻名遐迩。张云敖有《品桂》一诗："西湖八月足清游，何处香通鼻观幽？满觉陇旁金粟遍，天风吹堕万山秋。"

我母亲生前最爱吃杭州的桂花藕粉。我每次从杭州回来，都要带回几包。每次冲泡藕粉，母亲都要用陶瓷勺子轻轻搅动藕粉，让那桂花的香气充分飘散开来。冲一小袋桂花藕粉，满屋子都是桂花的香气了。每次看到母亲细细地、美美地品尝杭州的藕粉，我都在心里默默地说杭州的好。

我曾于2010年的秋季，那个桂花盛开的季节来过杭州，氤氲的香气一致萦绕在我的脑海。今日，重来杭城，又见桂花开，又闻到了桂花的香气，真好！

烟花三月下扬州

　　烟花三月，不去扬州，就愧对了李白，愧对了李白的诗，也愧对扬州。

　　"故人西辞黄鹤楼，烟花三月下扬州。孤帆远影碧空尽，唯见长江天际流。"在烟花飘舞的季节里，我来到了扬州，来到了瘦西湖。

　　瘦西湖之美，美在其"瘦"。瘦西湖清瘦狭长，水面长约4公里，宽不及100米，两岸人声可闻。瘦西湖清秀婉丽，风姿独具。一泓曲水宛如锦带，如飘如拂，时放时收，两岸桃红柳绿，较之杭州西湖，另有一种清瘦的神韵。清代钱塘诗人汪沆有诗云："垂杨不断接残芜，雁齿虹桥俨画图。也是销金一锅子，故应唤作瘦西湖。"瘦西湖因而得名。

　　瘦西湖之美，美在其千娇万媚。狭长而弯曲的湖面，如美丽的少女般妩媚。那万条的垂柳，似姑娘们秀美的长发。

　　瘦西湖西门有一副对联："两堤花柳全依水，一路楼台直到山。"进得园中，岸边杨柳依依，空中柳絮飘舞。行不远，即是二十四桥。二十四桥到底是一座桥还是二十四座桥，至今人们还在争论。眼前的二十四桥只是一座桥,桥长 24 米,宽 2.4 米,桥上下两侧各有 24 个台阶,围以 24 根白玉栏杆 24 块栏板。"青山隐隐水迢迢,秋尽江南草木凋;二十四桥明月夜,玉人何处教吹箫。"杜牧诗中的意境是一种境界,在朗朗明月之夜,那美丽的姑娘,那悠远的箫声,是一幅多么美好的画图。我倒希望真的是二十四座桥,在二分明月之夜,欣赏那令人心动的竹箫之音。

走过二十四桥,前行回首,对岸就是熙春台。沿着湖边漫步,岸边三步一桃,五步一柳。湖中画舫、游船川流不息。划船的扬州船娘是瘦西湖的一道靓丽的风景,她们穿着鲜艳的古装,优雅地划着小船,在碧绿的湖水中,划过的是一道道美丽的风景。

在湖岸边,不时看到琼花。琼花是扬州最有名的花之一。自古以来有"维扬一株花,四海无同类"的美誉。近观琼花,只见花大如盘,洁白如玉,晶莹剔透。聚伞花序生于枝端,周边八朵白花环绕,因此被称作"聚八仙"。此花淡雅而不失高贵,洁白中尽显风韵,是扬州人心目中的圣花。

"五亭桥。"有游客激动地叫起来。是的,看到五亭桥了。五亭桥是扬州的象征,建于清乾隆二十二年(1757 年),至今已有了两百多年的历史。

五亭桥上建有极富江南特色的五座风亭,挺拔秀丽的风亭就像五朵冉冉出水的莲花。因此,五亭桥又名莲花桥。亭上有宝顶,亭内绘有天花,亭外挂着风铃。五亭桥的桥墩由 12 块大块青石砌成,形成厚重有力的"工"字型桥基。中国著名桥梁专家茅以升这样评价它:中国最古老的桥是赵州桥,最壮美的桥是卢沟桥,最具艺术美的桥就是扬州的五亭桥。

《望江南百调》咏到:扬州好,高跨五亭桥,面面清波涵月影,头头空洞过云桡,夜听玉人萧。

五亭桥兼有美观和实用双重价值,巧妙地结合了桥和亭。既是桥，桥上又有亭；既能行人，游客又可休闲。其设计之精美，建造之巧妙，非其他桥所能及。

经玉佛洞，过"枯木逢春"，去钓鱼台。深入湖心的钓鱼台，三面环水，原来是演奏丝竹乐器的地方，因而原来叫做"吹台"。相传乾隆皇帝下江南曾在此钓鱼，后就被称为钓鱼台了。钓鱼台的建筑是一座极富特色的黄色双层亭子，亭上"钓鱼台"三字是刘海粟先生手书。两侧对联"浩歌向兰渚，把钓带秋风"出自启功先生的手笔。这个亭子是中国名亭建筑的典范，是中国园林"框景"艺术的代表作品。站在钓鱼台斜角60度，可以在北边的圆洞中看到五亭桥横卧波光，而南边的椭圆形洞中则正好可以看到巍巍白塔。很想在此照张相，无奈游人太多，那美妙的景象看到了，却无法照下来。

至"湖上草堂"，草堂门两侧也有一副很好的对联："莲出绿波桂生高岭，桐间露落柳下风。"草堂边是"小金山"。园中有一石，造型颇像微缩的瘦西湖。园中有关帝庙，庙前的对联也耐人寻味："弹指皆空玉局可曾留带去，如拳不大金山也肯过江来。"另一副对联："借取西湖一角堪夸其瘦，移来金山半点何惜乎小。"关于"小金山"的名字，有一段来历：说是有一回扬州和镇江的两个和尚闲聊，镇江和尚说："青山也厌扬州俗，多少峰峦不过江。"扬州的和尚当然不同意这种说法，于是两人就下棋打赌。结果扬州的和尚棋高一着，此景定名"小金山"。

离开小金山，走小红桥，去徐园。园中有"听鹂馆"，取名来自"两只黄鹂鸣翠柳，一行白鹭上青天"的诗意。馆内的楠木罩隔，是扬州现存罩隔中的精品。听鹂馆门前的这两口大铁镬，是1500多年前的镇水神器，当年扬州冶炼业的发达、经济的繁盛由此可见一斑。

秀美的瘦西湖宛如一条绸带，飘逸在扬州城边。因为有了瘦西湖，因为有了"三把刀"，因为有了"早晨皮包水，晚上水包皮"，扬州成了一座休闲之城，秀美之城。

出了瘦西湖，去平山堂。

沿山坡缓步而上，见路边黄色的墙壁上镶着六块经年石块，上刻"淮东第一观"。此为秦少游句，新安人汪应庚立石。寺前牌坊上刻有"栖灵遗址"字样。进山门，正面为大雄宝殿。大殿东侧院落为"文章奥区"，西侧院落为"仙人旧馆"。

进西侧院落即为平山堂。平山堂始建于北宋庆历六年（1048年），为欧阳修任职扬州知州时所建，用作游宴宾客。因伫立堂前远眺，"远山来与此堂平"，故名。院中有琼花一株，正是繁花似锦时候。大门两侧有对联"过江诸山到此堂下，太守之宴与众宾欢"。上有"放开眼界"匾额。上联以山喻人，再现当年高朋满座，谈古论今的盛景；下联则借欧公《醉翁亭记》中名句，表现欧公无法施展抱负的郁闷和乐观自适的豁达情怀。不仅造句极佳，书法也很古朴，被誉为平山堂楹联之冠。堂前有石砌平台，名为行春台。台前围以栏杆，栏下为一深池，池内修竹千竿，绿荫苒苒。堂上有一幅徐仁山集句题平山堂联对此作了形象的描绘："衔远山，吞长江，其西南诸峰，林壑尤美；送夕阳，迎素月，当春夏之交，草木际天。"

平山堂北即谷林堂，建于北宋元祐年间（1086年–1094年），系苏东坡由颍州徙知扬州时，为纪念他的老师欧阳修而建，取东坡"深谷下窈宛，高林合扶疏"诗句中的"谷林"两字为堂名。堂西为文昌殿，殿前坡下为"西苑"，殿北为"真堂"。谷林堂内悬有楹联和书画等作品，环境十分清幽。相传当年每到暑天，欧阳修公余之暇，他常携朋友来此饮酒赋诗，他们饮酒方式颇为特别，常叫从人去不远处的邵伯湖取荷花千余朵，分插百许盆，放在客人之间，然后让歌妓取一花传客，依次摘其瓣，谁轮到最后一片则饮酒一杯，赋诗一首，往往到夜，载月而归，这就是当时的击鼓传花。如今悬在堂上的"坐花载月"、"风流宛在"的匾额正是追怀欧公的轶事。

"真堂"边为"欧阳祠"，祠堂正中书有"六一家风"四个大字。

后墙正中挂有欧阳先生画像，祠中展览着历代出土文物。

祠前向东过一八角门，有一片紫竹林。林边即"鉴真纪念堂"。堂前左侧有梁思成先生塑像，正门有一纪念碑，碑刻"唐鉴真大和尚纪念碑"，为郭沫若先生手书。纪念堂于1973年建成，以纪念对中日两国文化交流作出重大贡献的鉴真和尚。由我国著名建筑学家梁思成参照鉴真在日本主持建造的唐招提寺金堂设计的，典雅古朴，保存了唐代的建筑艺术风格。前面是门厅，上悬匾额；中间为碑厅，内立横式纪念碑；后为殿堂，按唐代寺庙殿堂的风格建造，堂内正中为鉴真楠木雕像，仿鉴真圆寂前塑造的干漆夹纻像制作而成，神态安详而坚毅。东西两侧壁上是鉴真东渡事迹的饰布画，分别是西安大雁塔、肇庆七星岩、日本九洲秋妻屋浦和奈良唐招提寺金堂，向人们展示了鉴真生活和经历过的地方。整个建筑呈"口"字型，简洁大方。

离开纪念堂，穿过"风月同天"门，见正东方有一四角亭，亭中有一巨石，上刻"佛"字，此为弘佛亭。下了台阶，只见高大的栖灵宝塔矗立眼前，塔高九层，雄踞蜀冈。该塔601年由隋文帝下旨建造，供奉佛祖舍利，843年遭雷击被毁，1993年重建。塔前有一联："大唐胜迹历历可见尊者来栖弘佛法，明性住处孜孜求真众生讬灵悟禅机。"唐代大诗人李白登临此塔后，曾在诗中赞叹道："宝塔凌苍苍，登攀览四荒。"刘禹锡诗写道："步步相携不觉难，九层云外倚阑干。忽然笑语半天上，无数游人举眼看。"塔一层供奉四尊佛祖塑像。因时间原因，我们没有登高览胜。

塔西有"思源之樱"，即中日友好樱花纪念林，以此来纪念鉴真这位中日友好的使者。

烟花三月，在琼花盛开的季节，应该去一趟扬州。

竹西佳处一何园

竹西佳处，除了瘦西湖，还有何园。

何园又名"寄啸山庄"，由清光绪年间先后任湖北汉黄道台、江汉关监督，后任清政府驻法国公使的何芷舠所造。2005年，中国文物学会会长、园林泰斗罗哲文称之为"晚清第一园"。园主将西方建筑特色带回了东方古国，并吸收中国皇家园林和江南诸家私家园林之长，又广泛使用新材料，使该园吸取众家园林之经验而有所出新。

据史料记载，何园是清乾隆年间双槐园的旧址，始建于清同治元年（1862年），历时达13年，占地14000余平方米，建筑面积7000余平方米，园内有大槐树两株，传为双槐园故物，今仍有一株。后辟为何宅的后花园，故而又称"何园"。

进入园内，是一圆门，上书"寄啸山庄"四字。"寄啸山庄"的名字出自陶渊明《归去来兮》，"怀良辰以孤往，或植杖而耘耔。登东皋以舒啸，临清流而赋诗。"

进山庄，是一小石桥，桥前有一太湖石，周边遍植芍药，正含苞待放。

我们从"船厅"开始游览。建园主人何芷舠一生与船紧密相连，此厅是其形象化的建筑。厅四周以鹅卵石、瓦片铺地，花纹作水波状，给人以水居的意境。厅中有易智书"桴海轩"三字。四周用通透玻璃镶嵌的花窗，给人以"人在厅中坐，景自四边来"的意境。"窗开四面、地铺波纹"的构建手法令人叹为绝妙。以此建筑为主景，南向的明间廊柱上，悬有木刻联句"月作主人梅作客，花为四壁船为家"。厅北有假山贴墙而筑，参差蜿蜒，妙趣横生；东有一六角小亭，背倚粉墙，亭名"近月"；西有石阶婉转通往楼廊；南边建有五间厅堂，三面有廊。复道廊中的半月台，是中秋赏月的好地方。

与近月亭相对的是读书楼，当年园主人何芷舠的大公子何声灏在此读书，后被钦点为翰林院庶吉士。读书楼内有何氏读书之规。何家重视对子女的教育，何氏是由科举及第而走向发达的家族，尤其重视对子弟的教育。

读书楼有长廊与其他建筑相通，廊下是假山，假山上盛开着木香。沿廊道向前不远就是蝴蝶厅，在这里可以通过廊道前往别的建筑，这里四通八达，设计精巧。在廊道的窗格和壁板上刻有苏东坡、唐伯虎、郑板桥等人诗画，回廊墙壁石碑上嵌有古人的诗句。回廊上的"观园镜"，可通观全园景色，给人以"山外青山楼外楼"的景观印象，充分体现了建筑艺术与自然景物融为一体之美。

复道回廊分上下两层，或直或曲，贯穿全园，全长 1500 多米，被誉为中国立交桥的雏型。复道，就是在双面回廊的中间夹一道墙而形成，起到分流作用。它将东园、西园、住宅院落都串联在一起。家人即使在雨天，也免遭淋漓之苦，尽情穿梭来往，方便生活。

蝴蝶楼北是何园的后花园，园中有池塘，水中有亭。这座水心亭是中国仅有的水中戏亭，专供园主人观赏戏曲、歌舞和纳凉赏景之用。池的南面有一座湖石假山与水心亭隔水相望，这座假山在建园意境上来观察体味，不由得让人领会到"空山新雨后，天气晚来秋。明月松间照，清泉石上流"的意境。

沿回廊举步欣赏，只见绿荫中假山隐现，琵琶挂果。漫步入赏月楼，楼中供奉观世音菩萨。这里是全园赏月最佳场所，园主人的母亲就在此居住。廊旁的铁栏杆都是当时从国外进口的，均刻有"延年益寿"字样。

出赏月楼即到玉绣楼。因楼中间的绿地上分别植有一株广玉兰和绣球花树。我们来参观的时候，绣球正开得娇艳。这是一处中西合璧式的建筑，是园主人读书、起居、读书的场所。

玉绣楼的主体建筑是前后两座砖木结构二层楼，既采用中国传统式的串楼理念，又融入西方的建筑手法，如采用法式的百叶门窗、日本式的拉门、法式的壁炉、铁艺的床等等。此外，在体现住宅建筑功能和人性化需要方面，也有一些值得称道的细节，如地面设通风孔、地下建近两米高的透气层等等，可见当时园主人"与时俱进"的思想。

玉绣楼前面是目前扬州保存最大、最完整的一座楠木厅。此处为主人会客的地方。楠木厅正厅大门两侧，融合了西方建筑的手法，运用整块4平方米大、9毫米厚的玻璃，采光效果极好，给人一种庄重疏朗的感觉。厅上有石涛书"兴归堂"三字。

楠木厅东是片石山房。进入片石山房，门厅有滴泉，形成"注雨观瀑"之景。池北岸假山依墙而建，西高东低。山上有月亭，走过月亭可登上复道回廊，形成全园上下立体交通。如果把封火墙比作一张宣纸，那贴壁假山就是一幅刚画好的山水画，拐弯处还给人以悠远的感觉，令人无限遐想。园中假山丘壑中的人造"镜花水月"是一奇观。西侧墙上挂一面镜子，镜子前有盆鲜花，成就了"镜中花"。从池南岸向东走，会看见水面上出现月亮，随着站立的位置不同呈满月、月牙等形状。盈盈池水，蔼然成趣。南岸三间水榭别具匠心，与假山主峰遥遥相对。水榭西室建有半壁书屋，石涛曾写过一首诗："白云迷古洞，流水心瘪然。半壁好书屋，知是隐真仙。"中室涌趵泉伴有琴桌，琴声幽幽，泉水潺潺，给人以美的享受。东室有古槐树根棋台，抬头可见一竹石图，形成了琴、棋、书、画连为一体的建筑风格。

片石山房是明末清初画坛巨匠石涛叠石的人间孤本。据清《江都县续志》卷十二称，"片石山房在花园巷，一名双槐园，歙人吴家龙别业，今粤人吴辉谟修葺之。园以湖石胜。"清钱泳《履园丛话》卷二十载：片石山房内"二厅之间，湫以方池。池上有太湖石山子一座，高五六丈，甚奇峭，相传为石涛和尚手笔"。

石涛原名朱若极，是明清之际著名的山水画家，开辟了扬州画派，为扬州八怪的先驱。石涛遍访名山大川，"搜尽奇峰打草稿"。晚年侨居扬州，留下叠石佳作"片石山房"，死后葬于扬州蜀冈。

何园的主要特色是把廊道建筑的功能和魅力发挥到极致，千余米复道回廊，是中国园林中绝无仅有的精彩景观。左右分流、高低勾搭、衔山环水，把中国园林艺术的回环变化之美和四通八达之妙发挥得淋漓尽致，让人叹为观止，不愧为"晚清第一园林"的称号。

何园何氏先后出现祖孙两翰林，兄弟两博士，父女两画家，姐弟两院士。代有人才出，乃一代望族。曾在何园寓居过的名人有很多。著名国画大师黄宾虹，他六次来扬州，寓居在骑马楼东一楼。作家朱千华先生，曾寓居何园五年多，其旧居在骑马楼东二楼。

何园，一处文化名园。

百年维港情深深

在香港回归祖国 10 年后,一次偶然的机会,造访香港。香港被称为"人间天堂",因为香港既是购物天堂,也是美食天堂。香港是免税港,物价便宜;香港汇集了天下美食,吸引了众多美食家。一路上,端庄大方的领队自豪地向我们介绍香港,让我们对香港之旅充满期待。

晚上,我们乘坐"洋紫荆号"游轮夜游维多利亚港湾。

维多利亚港是港岛和九龙的天然分界,这里港阔水深,自然条件得天独厚。水域总面积达 59 平方千米,宽度从 1.2 千米到 9.6 千米不等。

维多利亚港的名字,来自于一段中国屈辱的历史,以英国的维多利亚女王名字命名。维多利亚女王是英国历史上在位时间最长的君主,长达 63 年期间是英国最强盛的"日不落帝国"时期。女王登基仅三年,便于 1840 年发动了第一次鸦片战争,同年强迫清政府签订了不平等的中英《南京条约》。1841 年,英国占领香港岛。1860 年,第二次鸦片战争后,清政府与英国签署不平等的《北京条约》。1861

年1月,英军占领九龙半岛。同年4月,将香港岛与九龙半岛之间的海港,命名为维多利亚港。就这样,美丽的香港被打上了殖民主义的烙印。1997年7月1日零点,中华人民共和国国旗和香港特别行政区区旗在香港升起,经历了百年沧桑的香港回到祖国的怀抱,中国政府开始对香港恢复行驶主权。

维多利亚港被称为香港之珠,两岸的夜景是香港著名的观光点,号称"人生50个必到的景点"之一,每年吸引了大量的游客前来观光。维港地处香港岛与九龙半岛之间,港阔水深,是天然良港,进入香港的门户。万吨级的远洋巨轮可以全天候进出港口。维多利亚港两岸高楼林立,尽显香港多姿多彩的面貌。香港的夜景因而与日本函馆和意大利那不勒斯并列世界三大夜景。

在船上简单地用过晚餐以后,游客纷纷涌上甲板,欣赏维港夜景。褐色的海水澎湃着,两岸鳞次栉比的高楼上灯光闪耀,在海面上洒落万点星光。灯光、星光交织在一起,使维港两岸美轮美奂,如人间仙境。

岸上,中国银行、香港会展中心、金融大厦等一座座宏大的建筑在灯光的照映下,宛如海市蜃楼,虽近在咫尺,却高不可攀。

繁忙的渡海小轮穿梭于南北两岸之间,渔船、邮轮、观光船、万吨巨轮和它们鸣放的汽笛声,交织出一曲美妙的海上协奏曲。

据有关资料介绍,2005年10月23日,"中国最美的地方"排行榜在京发布。此次活动由《中国国家地理》主办,全国众多媒体协办的"中国最美的地方"评选活动,历时8个月,共评出"专家学会组"、"媒体大从组"与"网络、手机人气组"三类奖项。"媒体组"与"人气组"分别以媒体投票及网友、手机用户投票的方式各产生12个获奖优点。而由中国国家地理杂志社浓墨重彩推出的"专家学会组"奖项则别具一格,分成了山、湖泊、森林、草原、沙漠、雅丹地貌、海岛、海岸、瀑布、冰川、峡谷、城区、乡村古镇、旅游洞穴、沼泽湿地等 15 个类型。其中，维多利亚海湾的海岸被评为中国最美八大海岸之一。来过维港，欣赏过维港的夜景，你会体会到，这样的荣誉名副其实。

维港有多种海上观光船，其中天星小轮颇受欢迎。天星小轮主要往来中环、湾仔及尖沙咀等市区旅游点，也接驳不少其他交通工具，非常方便，收费便宜。我们在游轮上，就能看到小轮船。我的一个朋友游玩维多利亚港，不坐游轮，专门乘坐了天星小轮，感受了天星小轮的风姿。

船到码头，我们依依不舍地上了岸，前往金紫荆广场。金紫荆广场是不可不去的维港一景，位于湾仔香港会议展览中心新翼人工岛上，三面被维港包围，与对岸的尖沙咀相对。金紫荆广场是为纪念中国对香港恢复行驶主权而设，当时中央人民政府把一座金紫荆雕像送赠香港，并安放在当时新落成的会议展览中心广场上。金紫荆雕像是中国政府恢复对香港行驶主权的象征。在广场正中，金紫荆雕像庄严地矗立，在射灯的照射下发出耀眼的金光。

离开金紫荆广场，漫步星光大道。星光大道位于尖沙咀海滨，于 2004 年 4 月 27 日开幕，是香港政府为表扬对香港电影事业做出过贡献的杰出人士（包括去世的和活着的）而建造的，大道上有他们的手掌印，是香港的新旅游景点之一。我们逐个寻找熟悉的电影明星的手印，刘德华、李连杰、曾志伟……这些巨星的手印是那样的可爱。我把手放进刘德华的手印中，呵呵，他的手比我稍大一点。星光大道上还有国际武打巨星李小龙的铜像，铜像高 2 米，按照他在电影《龙虎门》中的造型而制成。很多游客都在模仿李小龙的武打造型拍照，引来一阵阵笑声。

星光大道上，不同肤色的游客熙熙攘攘。这里还是恋人们的圣地，不时看到热恋中的情侣相拥热吻，窃窃私语。海水轻轻地拍打着岸边，似乎在为这些可爱的年轻人奏乐。

　　百年维港情深深，香港，回归真好。当我们离开星光大道，离开维多利亚湾，身后留下的还是万家灯火。

梵音袅袅伴烟霞

上海市区有三个非常有名的寺庙，龙华寺、静安寺、玉佛寺。在上海的日子里，我不想错过他们。

我住的地点，步行就可抵达龙华寺。放下行李，按照路人的指点，步行前往。

龙华寺为江南名刹，在龙华烈士陵园的东边。

龙华寺历史悠久，香火旺盛。建筑可追溯到宋代的伽蓝七堂制。也有传说三国时就开山建寺。如果从三国算起，就有1700年的历史了。

到寺庙前，发现与其他寺庙一个显著的不同点。别的寺庙的宝塔一般在庙的后方或侧面，而龙华寺恰恰相反，龙华宝塔雄踞于庙门外，在夕阳中金光闪闪，巍峨屹立。

进庙内，第一进为弥勒殿，正面门楣上有"龙华寺"三个大字，殿内供奉慈氏弥勒像一尊。该殿朝北的门楣上有"发相庄严"四字，为启功先生所题写。第二进为天王殿，"天王殿"三字为沙孟海先生所题。殿内两侧各有4米高的四大天王二尊，正中供奉一尊天冠弥勒像，头戴五佛冠佩璎珞，是弥勒菩萨在兜率天内院修行的本相，其背后佛龛中为韦驮。第三进是大雄宝殿，正中供奉毗卢遮那佛像，是法身佛，左右为文殊、普贤，两侧沿壁为二十诸天和十六罗汉，后面为海岛，有观音、善才童子等塑像。第四进为三圣殿。后面方丈室和藏经楼没有对外开放。

中轴线东西两侧有钟鼓楼。钟楼三重飞檐，内悬青龙铜钟，钟声悠扬；鼓楼置一直径约两米的大鼓。东西偏殿有观音殿，内塑千手观音一尊，高大精致。西侧罗汉内供奉五百罗汉。

龙华寺的来源还有一个美丽的传说。相传在三国时期，西域康居国大丞相的大儿子单名叫会。他不恋富贵，看破红尘，立志出家当了和尚，人称"康僧会"，康僧会秉承佛旨，来到中华弘传佛法，广结善缘。他东游于上海、苏州一带。一日，来到龙华，见这里水天一色，尘辙不染，认为是块修行宝地，就在这里结庐而居。他不知道，这里之所以景致幽静不凡，是因为广泽龙王在这兴建了龙宫。广泽龙王见来了个和尚居住，心中很不高兴。一时起了恶念，要兴风起雾，掀翻和尚的草庐，把和尚吓走。可是龙王突然发现草庐上放射出一道毫光，上有五色祥云，龙王吃了一惊。他挨近一看，见康僧会神色端详，正在打坐诵经。龙王听了一会儿，被和尚所诵的佛旨所感动。他不仅打消了原来的恶念，还走上前对康僧会说，自己愿回东海去住，把龙王宫让给康僧会，用来兴建梵宇。康僧会接受了龙王的一番好意，他就把龙宫改建成龙华寺，还专程赶到南京拜会吴国君主孙权，请他帮助建造佛塔，好安置自己所请到的佛舍利。就这样，在龙华寺中又建了13座佛塔，安放13颗佛舍利。

龙华寺原在上海南郊，古时水陆交通方便。唐代诗人皮日休写有《龙华夜泊》诗，描写了唐朝龙华寺的景色："今寺犹存古刹名，草桥霜滑有人行。尚嫌残日清光少，不见波心塔影横。"

当然，今天的龙华已非古时之龙华能相比了。

又一日，去静安寺。这是一座处于闹市之中的寺庙。

到达寺庙，正门紧闭，只能从偏门进入。山门两侧的墙壁上，书有16个金光闪闪的大字，分别为"庄严国土"、"利乐有情"、"诸恶莫作"、"众善奉行"。以此来告诫经过门前的芸芸众生。

静安寺是上海著名真言宗古刹，静安区即由静安寺而得名。相传寺初建于三国时东吴赤乌十年（247年），唐代名为永泰禅院。北宋大中祥符元年（1108年）更名静安，南宋嘉定九年（1216年）移至现址。

在静安寺的悠久的历史长河中，兴教办学，创办医院，是其优良的传统。根据静安寺官网介绍："1912年至1916年，静安寺成为上海和全国佛教活动的重要寺院之一。1912年，第一个全国性佛教组织——中华佛教总会成立，会址设于静安寺，著名爱国诗僧寄禅（八指头陀）任会长。1941年，德悟法师继任住持，革弊图新，转向佛学教育，注重佛学研究，曾举办数十次佛学讲座，分别礼请应慈、圆瑛、芝峰、丁福保、赵朴初、蒋竹庄等高僧、大德主讲。抗战胜利后，静安寺创办静安小学。于南翔建立静安农村实验学校。该校由持松、白圣、赵朴初、毛效同、顾恒（暨南大学农学教授）五人任董事，由大同法师主持教务。两校经费均由静安寺负担。1948年初，静安寺拨出沿街楼房一处，创立佛教平民诊疗所，持松法师任所长，白圣任副所长，秀奇、乐观先后任事务主任，聘费仲华、郑葆湜、李光佑为内外科主任，李根源为牙科主任。面向贫病之众，施诊给药，救难拯贫，慈悲济世。"这样的慈善事业，方显一个寺庙的责任，方显佛教之慈悲为怀。

1953年，方丈持松法师在寺内建立真言宗坛场，接续了我国自五代以来失传已久的东密。在持松法师主持下，寺内日常修习密法，每年春秋两季举行修法大会，传授密法，为弟子灌顶。每逢香期佛诞，全寺开放，香客游人，一时称盛。

所谓真言宗，专持真言密咒，建立曼荼罗，并以三密加持、修五相成观，以期即身成佛的大乘宗派。真言咒语是诸佛菩萨自内证的密语，恐未具正知正见者妄修入邪，或生毁谤，故密而不可对未受灌顶者说，因而称本宗为"密宗"或"秘密乘"。

静安寺山门朝南，与天王殿合一。额首"静安寺"三个隶体大字，乃著名书法家邓散木先生1945年所题，沿用迄今。庙内所有建筑都依照中轴线分布。东西为偏殿，正面是大雄宝殿，大雄宝殿后为法堂。法堂后是香积楼和正在施工的静安宝塔。

我从偏门进入，山门两侧为钟楼和鼓楼。大雄宝殿殿前广场正中，有福慧宝鼎。宝鼎用白铜铸造，矗立在以整块万年青石雕刻而成的宝鼎基座上。宝鼎侧面铸有慧明大和尚亲自撰写的、详细记载这座千年古寺历史之传承的铭文。

大雄宝殿高大雄伟，气派庄严。进入殿内，只见内竖46根由缅甸进口的精心加工的柚木柱子，建筑用木料达3000多立方米。殿内供奉一尊纯银铸造的释迦牟尼佛像。大佛庄严而慈祥，进入之人顿入宁静。

离开大殿，去底层。大殿底层为千人讲经堂。这里经常举行讲经活动，面向公众开放。因为当天晚上举行法会，很多信男信女已经在讲经堂中做准备。

大雄宝殿两旁是东西厢房，有两层雕梁廊道与整个寺院相连，廊道边缘建有汉白玉莲花立柱和围栏。

东厢房是观音殿。殿内供着一尊独木观音像，像高6.2米，由千年香樟木雕刻而成。

对面是西厢房，为牟尼殿。殿内供释迦牟尼佛坐像，佛像面如满月，庄严吉祥，慈和安静。整个佛像高3.87米，重11吨，是用整块缅甸白玉雕刻而成。

静安寺内三大殿里供奉的佛像用料讲究，雕刻精美，堪称静安三绝。

上海佛寺之旅的最后一站是玉佛寺。

正是用午餐的时候。在玉佛寺吃了素面，是双菇面，很好吃的。

餐后，瞻仰玉佛寺。

玉佛寺相对于静安寺、龙华寺的悠久历史来说，要年轻得多。玉佛寺建于1882年，即光绪八年。寺院建筑以仿宋宫殿式为主。虽处闹市之中，却古朴幽雅，闹中有静。

山门过街对面是一个大照壁，正对山门。照壁以黄色为基础色调，由五组雕刻组成，中间高，两边对称。图案主要为佛教的一些经典内容。

整个玉佛寺布局呈方形对称格局，中轴线上依次为照壁、天王殿、大雄宝殿、方丈室。东侧为观音殿、素斋部等建筑，西侧为卧佛殿、铜佛殿等建筑。

玉佛寺，以玉佛命名。因此，来玉佛寺，必瞻仰玉佛。

据记载，首任住持慧根法师于清光绪八年（1882年）从缅甸请回大小玉佛五尊，留下两尊供沪上信众瞻礼。先在上海张华浜建茅蓬，后于沪郊江湾车站附近建寺，供奉玉佛。慧根法师圆寂后，由本照、宏法法师先后继任住持。宏法法师圆寂后，由可成法师继任住持。他于1918年起，在槟榔路（今安远路）建新寺，10年方才建成，即今天的玉佛禅寺南院所在地。因可成法师传承禅宗临济法脉，故定名为"玉佛禅寺"。

"文革"期间，玉佛禅寺受到巨大冲击，所幸两尊玉佛和许多珍贵文物都保存下来，是当时上海唯一完整保存下来的佛教寺院，真是万幸。

我们先去卧佛殿瞻仰卧佛。卧佛殿供奉着一大一小两尊卧佛。小的一尊是当年慧根法师从缅甸请得的，另一尊大的是1990年真禅法师由新加坡请回。卧佛向右侧倾卧，右手托头部，右手放于身侧。

整尊佛像通体洁白，圆润细腻，雕刻精美。菩萨目光慈祥，面带微笑，善待每一个瞻仰者。

玉佛楼供奉的玉佛坐像是镇寺之宝。需要再买票观瞻。玉佛由首任方丈慧根长老请得。是释迦牟尼佛成道法像，高 195 厘米，由整块翡翠雕刻而成。佛祖正襟端坐，面容饱满，双目微开。整尊佛像庄重典雅，在袅袅梵音中给人以安详宁静之感。

整个玉佛寺小巧精致，布局紧凑大方。只是与静安寺相比，商业的气息太重，与佛门圣地的庄严不太相称。

梵音袅袅，烟霞相伴。游完玉佛寺，在上海的佛寺之旅就告一个段落了。

嘉业堂里闻书香

2011年4月,在一个春意盎然的日子,至南浔。

南浔镇历史悠久,自南宋已是"水陆冲要之地","耕桑之富,甲于浙右"。南浔因滨浔溪河而名浔溪,后又因浔溪之南商贾云集,屋宇林立,而名南林。至淳祐十二年(1252年)建镇,南林、浔溪两名各取首字,改称南浔。由于蚕丝业的兴起和商品经济的发展,明万历至清中叶南浔经济空前繁荣鼎盛,清末民初已成为全国蚕丝贸易中心,民间有"湖州一个城,不及南浔半个镇"之说,南浔由此一跃成为江浙雄镇,富豪达数百家,民间俗称"四象、八牛、七十二墩狗",是中国近代最大的丝商群体,创造了令人瞩目的财富。

在台湾高阳先生的"胡雪岩"系列小说中,经常读到南浔这个地名。

明末潘尔夔《浔溪文献》云:"阛阓鳞次,烟火万家;苕水碧流,舟航辐辏。虽吴兴之东部,实江浙之雄镇。鲍诊在《南浔小泊》中说:"水市千家聚,商渔自结邻。"《江南园林志》云:"以一镇之地，且拥有五园，且皆为巨构，实江南所仅见。"

在南市河边的南浔人家用过午餐，我们参观刘氏梯号。刘氏梯号是面西的中西合璧建筑群，俗称"红房子"，主人刘安泩，号悌青，是南浔"四象"之首富刘镛三子，直隶省候补道员，钦加三品衔。正厅名为崇德堂，故又称刘氏梯号。

建筑总体由南、中、北三部分组成。中部建筑以传统儒家文化思想理念的厅、堂、楼为主体。最有特点的是南、北部中式建筑融入西欧罗马式建筑，其中北部欧式建筑立面尤为壮观，大宅气势恢宏，以精美的砖雕、木雕、石雕见胜。大厅为中式厅堂，堂中悬挂着"崇德堂"匾额，两侧有抱柱联及画屏，中间柱粗须两人抱合，正梁上有鎏金平升三级图案，梁坊、雀替、轩廊、落地长窗、地坪窗等均刻有精美吉祥图案，体现出刘氏家族的传统风范与品位。

二厅堂中悬挂着"抱悫盒"匾额（抱悫盒意喻坚守诚笃忠厚，法正则民）。外观是中式建筑，内饰中西合璧。地面上铺着法国进口的马赛克地板，天花板上用石膏线装饰。房间内布置着壁炉、西式座钟等物品。窗户上用木质百叶窗，这在中式建筑中也是很少见的。

刘氏梯号边是广惠宫，广惠宫前有广惠桥。广惠桥横跨在南市河上，连接着两岸繁华的街区。过桥北行，见一院落前倒竖着两支巨大的毛笔，毛笔是湖州的象征。回头南行，至辑里湖丝馆，这里展出了湖丝的生产过程及湖丝光辉的历史。1851年的伦敦世博会上，原产地南浔的湖丝作为代表中国参展的唯一产品一举摘得金银奖牌各一枚。1915年，南浔的辑里丝与贵州的茅台酒同获巴拿马国际博览会金奖。

南浔的历史在那苔痕斑斑的墙上依稀可见。不经意间你会发现墙上"盛丰隆丝行"、巨大的"当"字。在古老的当铺前，你还会看到经营当铺的一些规矩："神袍戏衣不当，旗罗伞扇不当，皮货无袱不当，低潮首饰不当。"

过"求恕里"古宅，这是张石铭先生的故居，张石铭是著名的西泠印社创始人之一。张石铭（1871年—1927年），名钧衡，字石铭，又称适园主人，浙江省湖州南浔人，系清光绪二十年（1894年）举人，酷爱收藏古籍、金石碑刻和奇石，为南浔清末民初四大藏书家之一。其旧宅气势宏伟，富丽典雅，其风格之奇特、结构之恢宏、工艺之精湛、建筑之精华，被称为"江南第一民宅"。宅内庭院深深，回廊曲折，楼层错落，令人惊叹。

进门是轿厅，厅前砖雕门楼上刻着著名金石书法家吴昌硕所篆"世德作求"四字，意在家族世代追求做人规范和准则。小天井两侧的墙面上镶嵌着四块青石浮雕，上刻福、禄、寿、禧和传说中的八仙过海图案。雕刻采用镂刻手法，层次分明、富立体感。

过小天井即是懿德堂大厅。门窗裙板上刻有松鹤长青、吉祥如意等图案。大厅后墙正上方悬挂清末实业家南通人张謇所书"懿德堂"匾额。表示张石铭对母亲桂太夫人的敬重。堂内红木案桌上，放置一对古瓷花瓶，两侧还有一对落地镜，象征主人对平静生活的期望。这里专供婚丧等大典之用。

懿德堂左边是花厅。花厅内的一块匾额是康有为先生所书"以适其态"。匾额下陈列着著名书法家董其昌所书"酒德颂"银杏雕刻字屏，极其珍贵。

懿德堂后有二层楼，楼下落地长窗，整幢楼所有的门窗、栋梁、走廊、楼梯、屋檐，都布满了雕刻精美的古代戏文故事。此楼称"小姐楼"，亦称"女厅"，楼上供女眷居住，楼下为女主人接待理事之用。砖雕门楼上刻有晚清书法家吴淦所书"松苞竹茂"，楼上的一圈玻璃窗镶嵌的是法国进口的刻花兰晶手绘玻璃，图案是菱形的四时花卉鲜果，蓝白相间，晶莹剔透，岁经历数年而风采依旧。这种玻璃传世很少。玻璃上的图案包括花卉、农作物、瓜果等。据介绍，这些玻璃很奇特，上面从不积灰，不用擦洗也始终保持清洁。

内厅后的小院中有一块不大的石头，名曰"鹰石"，此石形似展翅雄鹰，产于广东英德，是南浔三大奇石之一。该厅平时为家人休闲品茶聚谈之处。

院旁是"芭蕉厅"，厅前的漏明廊窗镶嵌石刻芭蕉叶，叶片宽大舒展，上面有一些圆孔，据说曾镶嵌了透明的玉石，用以表现芭蕉叶上的露珠。走廊地面上铺有法国进口的地砖，墙上展出很多字画。

"芭蕉厅"旁的大厅是一个设有更衣间、化妆间的豪华舞厅。这里的地砖及油画均从法国进口。墙面屋顶由红色砖瓦砌筑。从壁炉、玻璃刻花到铁柱等，均体现欧洲18世纪建筑风格。

张石铭旧宅蕴含着丰富的历史和建筑文化，建筑以明清传统建筑为主，兼有欧式建筑风格，是一座中西合璧的经典之作，具有很高的艺术欣赏、建筑和文化价值。其建筑规模，装修豪华和经典在江南一带实属罕见。

离开张氏故宅，去小莲庄。小莲庄位于鹧鸪溪畔，碧水环绕，园内绿木深深，不染一点俗尘，粉墙黛瓦，莲池曲桥，奇峰怪石。进门右拐有碑廊，镶嵌着很多名家的书法作品，还有刘墉的真迹。碑廊尽头是扇亭，顾名思义，扇亭呈扇子状，设计小巧玲珑，与周边建筑和谐地融为一体。从扇亭前行不远，就是御赐牌坊，为奉旨建造，上刻"乐善好施"四字。过牌坊纵深三进，有照壁。旗杆座、石狮子等古迹遗物。右侧是刘氏家庙。家庙大门紧闭。据说内有宣统皇帝所赐"承先睦族"九龙金匾一块。

家庙边是叔蘋奖学金展览馆。馆内展出了叔蘋奖学金创建的历史和取得的巨大成就。江泽民先生亲自为该奖学金题词"热心教育事业，培养建设人才"。叔蘋奖学金本着"得诸社会、还诸社会"的原则，为莘莘学子创造了良好的就学条件。

小莲庄内有十亩莲池，莲池旁有"退修小榭"，为一水榭式建筑。水榭向前不远是五曲桥。桥头有一株古老的紫藤，却绿意盎然，生机勃勃。紫藤花开，满树紫色的花朵，主人喜之紫气东来，因而建此庄园。游小莲庄，让人品位到"虽由人作，宛如天开"的美好意境。

小莲庄与嘉业堂仅一河之隔，为清末著名藏书家刘承幹所建，因清帝溥仪所赠"钦若嘉业"九龙金匾而得名。其园林造法和小莲庄异曲同工，而园内的藏书楼则闻名天下，鼎盛时内藏有书籍60万卷，共16万余册，其中有不少海内珍本、孤本。刘承幹倾尽家财，搜寻海内孤本典籍，为保留民族文化遗产做出了巨大的贡献。藏书楼于1920年动工兴建，1924年落成。藏书楼为砖木结构两层楼房，是一座口字形回廊式的厅堂建筑，中有一正方形天井。书楼上下共有52间。进门右拐是"宋四史斋"，里面书架上藏有《史记》、《前汉》、《后汉》、《三国志》等四部史书的雕本。进门左拐第一间是"诗萃室"。正厅还陈列着古老的红木家具。一楼周边的窗格上都雕刻着"嘉业堂藏书楼"字样。整个藏书楼布局合理，各具特点，既有利于保管，也便于阅览。藏书楼四周清水环绕，林木森森，曲径通幽，假山、石笋、亭台、小桥点缀在荷花池周围，园林与书楼浑然一体。

南浔物华天宝，人杰地灵。仅现当代名人就有国民党元老、西湖博览会创始人张静江，清末民初四大藏书家之一刘承幹，西泠印社创始人之一张石铭，著名报告文学家徐迟，著名书法家沈尹默、费新我等。众多名人星光灿烂，厚重了南浔的历史。

明文征明有《夜泊南浔》诗："春寒漠漠拥重裘，灯火南浔夜泊舟。风势北来疑雨至，波光南望接天流。百年云水原无定，一笑江湖本浪游。赖是故人同游宿，清樽相对散牢愁。"

明董份有《上草堂》一诗咏南浔，"碧溪深处绝世喧，自汲清流日灌园。却笑渔船长共到，不知是否比桃源。"

走过南浔，最爱嘉业堂，最爱嘉业堂里的书香。因而，在南浔，游的是文化，玩的是品味。

凤城河畔记泰州

因一机缘，参访泰州。

泰州地处江苏中部，长江北岸。1996年8月，经国务院批准，组建地级市泰州市。

泰州是一个古老的历史文化名城。已有2100多年的历史。汉初置县，东晋设郡，南唐建州，取"国泰民安"之意，泰州之名从此而始。古代泰州称海陵，与广陵扬州、兰陵常州、金陵南京相呼应，素有"汉唐古郡、淮海名区"之称。泰州没有山，但是水资源丰富。悠悠流淌千年的凤城河，环绕着泰州城哺育着世世代代的泰州人，使泰州更多了一些灵动的气息。泰州古城池形似凤凰，历史曾留下许多美丽的传说，因此泰州也被称为凤城。

"儒风之盛，素冠淮南"。泰州历史人文荟萃、名人辈出。《水浒传》作者施耐庵、"泰州学派"创始人哲学家王艮、"扬州八怪"代表人物郑板桥、京剧艺术大师梅兰芳等，是泰州历代文化名人中的杰出代表。

泰州是一个有着光荣传统的革命老区。抗日战争时期，陈毅率部挺进苏中，三进泰州，决战黄桥。解放战争时期，粟裕在这里指挥了著名的苏中"七战七捷"战役。1949年4月，中国人民解放军海军在白马庙诞生。

著名佛学大师赵朴初1993年访问泰州时，留下《踏莎行》一首，赞颂了泰州的人文历史。词云：

州建南唐，
文昌北宋，
名城名宦交相重。
月华如练旧亭台，
清词范晏人争诵。

朗润明珠，
翩仙彩凤，
梅郎合受千秋供。
重光殿宇古招提，
放翁大笔今堪用。

光孝寺

光孝寺位于泰州市中心，为苏中名刹，始建于东晋义熙年间，距今已有1600多年的历史。

进了山门，是第一进院落。左为鼓亭，右为钟亭。正面为天王殿，过天王殿为一大的天井，西边的两层建筑是光孝寺法物流通处，右边的两层建筑是观音殿。观音殿供奉的是千手观音。观音菩萨神态安详，慈眉善目，每只手里都拿着一个法器。站在天井内的香炉前，只听诵经声响彻院落。前面就是最吉祥殿。最吉祥殿四字为赵朴初先生所题。沿着诵经声来到最吉祥殿，大殿内的和尚正在为一户人家做法事。最吉祥殿后面就是藏经楼，藏经楼大门紧闭，门楣上的"藏经楼"三字也是赵朴初先生所题。

整个寺内建筑规模宏大，有四进院落，配房无数。建筑由于年代久远，迭经兴废，古建筑所剩无几，大部分都为新建。

南宋绍兴八年（1138年），高宗赵构为徽、钦二帝超度亡灵，发诏在该寺启建道场，敕名为"报恩光孝禅寺"。乾隆九年（1744年），高僧性慧自宝华山分灯来寺任主持，改禅宗为律宗，称"报恩光孝律寺"。光孝寺历代高僧辈出，香火旺盛。寺内的千年戒坛为江苏仅存的两座戒坛之一。另外，该寺所藏的宋拓本《汝贴》为传寺之宝。

梅兰芳纪念馆

泰州是梅兰芳的故乡。这里不少行业都沾了梅先生的光。如梅兰芳大剧院，著名的泰州大菜梅兰宴，梅兰芳公园等。我慕名参观梅兰芳纪念馆，赵朴初先生来泰州时也曾到这里参观过。纪念馆位于泰州主城区凤凰墩上，三面环水，绿树成荫。

梅兰芳是我国杰出的京剧艺术大师，祖居泰州。其艺术成就早已超越国界，与世界艺术大师斯坦尼斯拉夫斯基（苏）和布莱希特（德）齐名，合称为世界三大表演体系。我更敬重他的铮铮铁骨，其抗战期间蓄须明志、息戏罢演、卖画度日的民族爱国气节更为海内外人士敬仰。1956年3月，梅兰芳曾偕夫人及幼子葆玖回泰访祖演出，震惊了十里八乡。邻近的南通、扬州、盐城等地的观众为一睹大师风采，携被盖露宿剧院前排队购票，轰动一时。

梅园中有"四绝"。梅亭为园中一绝，二绝为梅兰芳大型半身汉白玉雕像，第三绝为梅兰芳饰《太真外传》中杨太真大型汉白玉的艺术形象，第四绝为一巨型石碑，上书赵朴初先生来泰时所作《踏莎行》词一首。

不巧的是，我来的时候，纪念馆正在整修。刘开渠先生创作的梅兰芳塑像被覆盖起来。踏着瓦砾进入院中，荷花池中的睡莲含苞待放。梅先生饰演的杨太真雕像就安放在荷花池中。杨太真长袖轻舞，楚楚动人。梅亭在纪念馆西北角，亭平面为五角梅花形，周身飞檐、亭柱、坐槛无不以梅为形。檐下枋子里侧，嵌刻着大师《贵妃醉酒》等五出代表戏的木雕戏剧场面。亭东侧，有一尊洁白的汉白玉大师坐像，亭的题匾和汉白玉像分别为赵朴初和刘开渠题写和创作。

城隍庙

离开梅兰芳纪念馆，去城隍庙。

城隍庙又称邑庙，相传建于唐代，是江苏省保存最完好的城隍庙，也是国家级文物保护单位。

进大门，是一长长院落，左为慈航殿，右为财神殿。从南向北，依次为山门殿、审事厅、正殿，前后共三进院落。两边建筑对称，遵循了中国传统的建筑美学，整个庙内建筑风格与旧时官衙非常相似，均青砖黑瓦，显得凝重大方。

庙内有不少道士，有的道士正帮香客算命。

在庙内一处墙壁上，写了很多警世妙语，其中有一句"天地之道极则反，满则损"给我留下深刻印象。

在泰州仅逗留三日匆匆而过。因时间原因，很多人文历史景观没能欣赏。只能作一散记，聊作纪念。

茅山归来九里满

在一个烈日炎炎的日子，顶着烈日，再次游览道家圣地茅山。

茅山，是一个神奇的地方。坐落于现今江苏省句容市和金坛市交界处，风景秀丽，幽静宜人，山势蜿蜒起伏，是道教圣地"十大洞天"中的"第八洞天"，又是"三十六小洞天"的"第三十二洞天"，被誉为是"天下七十二福地"中的"第一福地"。这众多的称号为她披上了层层神秘的光环，引来了许多奇人异士，"茅山宗"即发源于此。

茅山宗源自道家的上清派。陶弘景继承了杨羲、许谧所传的《上清经》，悉心编纂了专门记述着上清派早期的教义、方术，以及《真诰》、《登真隐诀》、《真灵位业图》等两百余卷道经，在此弘扬上清经法。后又经他及众弟子数十年的苦心经营，教理和组织逐渐完备。后人因以茅山为祖庭，逐渐发展演变成了以后的"茅山宗"。自陶弘景以后，茅山宗人才辈出，其影响也日渐扩大。

唐宋时期的茅山宗发展到了高峰，唐代茅山道士王远知、潘师正、司马承祯、李含光等，都得到大唐宗室的尊崇。

茅山宗主要传承《上清大洞真经》，修持方法以思神、诵经、炼丹为主。宗师陶弘景本人就是一位精于炼丹的高手，梁武帝就曾经服食过他的丹药。宋朝至明朝时期茅山宗与各派所融合，不复存在。

香港演员林正英的僵尸系列电影将世人对茅山术的关注推到了新的巅峰，可以说林正英先生是茅山道士的推广人和宣传人，为茅山的宣传做出了很大的贡献。

我们乘车上山，直奔万福宫。进了茅山牌坊，迎面走来几个看上去颇有些仙气的人，要给大家算命，紧紧尾随着我们，大有不算命就誓不罢休的架势。我对算命没有什么心理渴望。古人曰："生死有命，富贵在天。"不管算命的结果是否灵验，我想，如果提前知道人生的结果，人生的过程又有什么意义呢？每个人的生命结果都一样，最重要的是生命的过程。我们可能无法判断自己生命的长度，但是可以决定自己生命的宽度。让自己在阳光下度过每一天是最重要的。

在道家福缘阁烧了三炷香，然后进入"勒赐九霄万福宫"。宫门两侧有"道气长存，万寿无疆"八个大字。第一个宫殿是王灵宫，供奉的是王善，此人乃道家护法神和镇守山门之神。第二个宫殿中供奉的是魏元君，据说是书法家王羲之的老师。著有《黄庭经》。魏元君被茅山上清派尊称为第一代宗师。第三个宫殿是太元宝殿，供奉的是三茅真君，据说是兄弟三人，是茅山派的开山祖师。过了太元宝殿即为"三天门"，这里也是茅山的最高点。"修真句曲三峰顶，得道华阳八洞天"，道了三天门，就能得道成仙了。"三天门"坐落在"飞升台"上，有对联云："茅君跨鹤飞升去，羽士进表登台来。"据说三茅真君就是在这里跨鹤西去，成为神仙的。"飞升台"后即为"二圣殿"，供奉三茅祖师的父母。茅山派尊奉为圣父圣母，专司家庭、夫妻和合。离开"二圣殿"，我们去转运堂，在转运堂走一遭可以转运，众人都虔诚地在福禄寿喜财前祈求好运光临。

参观完万福宫，去瞻仰老子像。从"众妙之门"进入，"仙人到此无多路，福地原来别有天"，向前不远，就到了全国最大的老子像前。老子像为铜质，高33米，于1998年竣工。老君殿与老子像联为一体。老君殿前有"道法自然"四字，为赵朴初先生题写。在高高的老子像前，我们仰视他，仰视他的万古尊容，敬仰他的"道"的博大精深。"道，可道，非常道；名，可名，非常名。"他给我们留下了宝贵的精神财富，留给我们一座神圣的"众妙之门"。

在老子像的左手下面，有一个巨型马蜂窝。这些有意思的马蜂，竟然托老子之手为自己遮风挡雨，经历多年而不愿离去，是否这些马蜂也有了仙气，也变成了神灵？真是不可思议。据介绍茅山有"三怪"，马蜂窝是其中之一。第二怪是"喜客泉"，在泉边，游人拍手，泉里就会冒泡，拍手速度快，泡泡冒得多。第三怪是"军号"，在新四军"苏南抗战胜利纪念碑"附近放鞭炮，就会听到嘹亮的军号声。当嘹亮的军号声响起，我们仿佛看到了新四军金戈铁马的豪迈岁月，这军号声也是对那些阵亡将士的最好纪念。

离开茅山，必去九里。

按丹阳人的说法，"上茅山回九里功德圆满"。茅山是道教三茅真君传道处，修的是"功"，季子是至德先师，修的是德，故上茅山必须回九里才算是功德圆满。因此，我们从茅山回来的第二天就前往丹阳九里，瞻仰季子庙，看沸井奇观。

季子庙地处偏僻的乡间，掩映于绿树之中。去季子庙要经过季河桥。季河桥又称奈何桥，明朝所建，全石结构。桥中间有一纵向车辙印痕，为古时独轮车长期碾压所留。过季河桥，有一段古街，两边民居青砖黑瓦，虽然破败，但原始风貌还在。脚踩悠悠的石板路，仿佛走过千年的历史。古街尽头，就是季子庙。

季子庙是为了纪念春秋时吴国名贤季札而建的祠庙，距今已有两千多年的历史。宋哲宗元佑三年（1088年）敕封嘉贤庙。庙中最有名的遗迹是季子碑，又名十字碑。传说孔子仰慕季子美德，季子去世以后，孔子亲自撰写碑文。碑文曰："呜呼有吴延陵君子之墓"。碑文共有十个字，所以被人们称为十字碑。现存碑系唐大历十四年（779年）润州刺史萧定摹开元殷仲容拓本重刻，树于建中元年（780年）并建碑堂。"十字碑"原来人们不识，曾被一小学拖去做乒乓球台，打了三十年的乒乓球，被保存下来。

季札，春秋时吴王寿梦第四子，称公子札，是一位古代贤人。传为避王位"弃其室而耕"于常州武进焦溪的舜过山下，人称"延陵季子"。季札不仅品德高尚，而且是具有远见卓识的政治家和外交家。

前561年，吴王寿梦病重将卒，因季札贤能，想传位于他。季札谦让不受，说："礼有旧制，不能因父子感情，而废先王礼制。"于是寿梦遗命："兄终弟及，依次相传。"他想这样王位必将传于季札。

寿梦去世后，长子诸樊接位，服丧期满后让位季札。季札坚辞不受，舍弃王室生活去舜柯山种田（今焦溪舜过山）。诸樊当政13年，卒前遗命传位于弟余祭，并依次传位季札，季札仍不就，最后由余昧的儿子继位，是为吴王僚。

季子品德高尚，重信义。传说有一次季子途经徐国时，徐国的国君非常喜欢他佩带的宝剑，难于启齿相求。季札因自己还要遍访列国，当时未便相赠。待出使归来，再经徐国时，徐君已死，季札慨然解下自己的佩剑，挂在徐君墓旁的树上。侍从非常不解。他说："我内心早已答应把宝剑送给徐君，难道能因徐君死了就可以违背我的心愿吗？"此事传为千古美谈。

元谢应芳有《兵后过季子祠》一诗，对季子给予高度评价："延陵采地荒榛棘，延陵遗庙成瓦砾；延陵野老归吊古，独立斜阳长太息。尘埃野马纷满眼，城郭人民总非昔。共惟泰伯吴鼻祖，三让高风冠千古。周衰列国俱战争，卓尔元仍踵遐武。去国躬耕江上田，曰附子臧非浪语。天伦义重情所钟，屹立狂澜见孤柱。此义孰可比，采薇西山孤竹子；此情知者谁，获麟老笔十字碑。德音寥寥二千载，陵谷几番经变改。江南近代淫祠多，梁公不作可奈何。呜呼祠堂之毁还可屋，礼让风衰较难复。汉家兄弟歌布粟，唐家兄弟相屠戮。何当大化一转毂，于变浇漓作醇俗。九州八荒春穆穆，泰伯延陵断弦续。芳也未死当刮目。"

出季子庙，去观沸井。沸井位于庙东200余米处，共有六口井。原来三清三浊，南边三井为清，北边三井为浊。汶川大地震以后，变成了两清四浊，南数二三口井为清，其余为浊。每口井的距离很近，最远两口井的距离也不超过两米。据久住井边的老人介绍，每口井的井水味道不一样，如最南边的一口井的井水是啤酒味。说是井，我看倒不如说是泉，沸井内气泡不住翻涌，真是令人叫绝。相传九里是一块龙地，沸井为龙之气，千载不休，叹为观止。每至夜晚，万籁俱寂，可闻沸井如音乐弹奏之声。因此，有人说，"黄山归来不看岳，九寨归来不看水，九里归来不看泉。"据介绍，九里原有沸井百余口，现在仅存六口。沸井边上就是季河。河水清澈，我们能清楚地看到河中有泉水涌出的气泡。

离开沸井，过九曲桥，湖中间是慈航殿。相传观音为慈航真人转世，所以慈航殿供奉观音菩萨。慈航殿周遭翠竹环绕，绿水潺潺。闻知了鸣叫，看游鱼自在，好一处清幽之所在。

"茅山归来九里满"。九里，不虚此行。

小家碧玉山塘街

　　山塘街是苏州水乡的代表。

　　唐代宝历年间（825年），白居易任职苏州刺史，开凿山塘河。东起阊门渡僧桥，西至虎丘望山桥，长约七里，故称"七里山塘到虎丘"。山塘河的河堤后来成了山塘街。山塘河的开凿和山塘街的修建，使这里交通便利，很快成为商旅云集的闹市，至今已有1100多年的历史。晚唐诗人杜荀鹤有诗曰："君到姑苏见，人家尽枕河。古宫闲地少，水港小桥多。"就是山塘街的真实写照。

　　山塘街一头连接苏州的繁华商业区阊门，一头连着花农聚集的虎丘镇和名胜虎丘山，所以，自唐代以来它一直是商品的集散之地，南北商人的聚集之处。清乾隆年间，著名画家徐扬创作的《盛世滋生图》长卷（也称《姑苏繁华图卷》），画了当时苏州的一村、一镇、一城、一街，其中一街画的就是山塘街，展现出"居货山积，行云流水，列肆招牌，灿若云锦"的繁华市井景象。曹雪芹在《红楼梦》第一回中也把阊门、山塘一带称为"最是红尘中一二等富贵风流之地"。

过渡僧桥，就踏过了山塘河。桥下东侧是"白公祠"。是苏州人专为纪念白居易在苏州任上造福人民修凿山塘河的功绩而建造的。可以说，没有白居易，就没有山塘河，也就没有了今天的山塘街。

白公祠的后面就是码头。这里是山塘河与运河的交汇处，高高的阊门就在不远处。码头边矗立一块高大的石碑，上刻"阊门寻根纪念地"几个大字。600多年前，数十万苏、嘉、杭、松等府县的移民大军被明初的统治者强行移民苏北，因而，高高的阊门成为他们远离故土的最后一瞥，高大的阊门也成为他们永久的记忆。我的先祖也是从这里出发，乘船北上，历尽艰辛，到达这次移民的最北部古海州地区。在我的家谱中清楚地记载着这一点。因此，来苏州，去阊门寻根一直是深埋在我内心的一个愿望。今天，抚摸着这块高大的寻根纪念碑，想象先祖的艰辛，百感交集。当即自吟《忆江南》一首：

江南忆，
最忆是山塘。
百年寻根千年梦，
七里长街万里情。
能不忆山塘？

从渡僧桥西行到半塘桥，街道都很窄，大约三米宽左右，地面上铺的是石板。沿街两侧均是鳞次栉比的商铺，售卖富有苏州特色的商品，有丝绸，有珍珠，有漆器……还有很多茶楼，可以一边品茶，一边听着优雅的苏州评弹。南边临河的店铺枕河而居，河水已近河岸，伸手可掬。街两侧的苏式老房子一间挨着一间。在一家有着"苏州十二娘"之一的"蚌娘"的店铺里，我们看到她们熟练地把珍珠从河蚌内取出进行加工。

通贵桥是山塘街的标志性建筑，意思就是通向富贵人家的桥。这富贵人家是明代礼部尚书吴一鹏。吴一鹏（1460年－1542年）是苏州山塘街人。明朝弘治六年（1493年），吴一鹏考中进士，任翰林院编修。后来做了正德皇帝的老师。当时吴一鹏住在桥南的东杨安浜，他与住在山塘街上菩提庵前的方先生是好朋友，经常来往，于是就造了这座桥。始建于明弘治初年（1488年－1497年），已经500多年了。明朝隆庆年间，有人在桥上看到一朵五彩祥云，所以通贵桥又叫瑞云桥。桥柱上面刻有"光绪六年虎丘清节堂、昌善局重修"。这就是历史的印痕。站在桥面上极目向西远眺，可以看见一座宝塔，这宝塔就是虎丘塔。

苏州是个水乡，河道多，桥多，而山塘街是最具苏州街巷特征的典型。它中间是山塘河，山塘街则紧傍河的北侧，通过一座座石桥与另一侧的街道连接。山塘街上店铺、住家鳞次栉比，这里的房屋多为前门沿街，后门临河，有的还建成特殊的过街楼，真是朱栏层楼，柳絮笙歌。山塘街又是一条典型的水巷，河上装载着茉莉花、白兰花及其他货物的船只来来往往，游船画舫款款而过。

往西去，河面逐渐开阔。过了半塘桥，店铺减少了，售卖农产品的地摊增加了，这里人也更多了，街道也更拥挤了，也更加热闹了。这里已经是农产品市场了，到处都是吆喝声，地面上也是湿漉漉的。

再往西，有普济桥、野芳浜等胜景，还有"五人墓"、"葛贤墓"等古迹。"五人墓"安葬着明末颜佩韦等五位义士，他们为了抗议魏忠贤阉党逮捕东林党人周顺昌，率众市民暴动，最后慷慨就义。

1761年乾隆在太后七十大寿时，特意在北京万寿寺旁沿玉河仿建了一条苏州街，而这条苏州街就是以山塘街为蓝本的。1792年，乾隆帝又在御苑清漪园（即后来的颐和园）万寿山北建造了一条苏州街,也还是山塘街的翻版。这两条苏州街后来在战火中被毁,1986年颐和园又重建了苏州街,使七里山塘的风貌再次重现于京华。

我们来山塘街,是上午,游客很少。据介绍,晚上才是山塘街热闹的黄金时间。

山塘街依偎山塘河,恰似小家碧玉的江南美女,临窗拂髻。漫步山塘街,走在经年的石板路,似乎越过时光的隧道,让人沉思,让人流连。

高台日暮园林碧

2009年5月，应友人邀请，去商丘观看一场甲A球队的篮球邀请赛。因球赛在晚上，时间还早，我们就去阏伯台。

阏伯台也称火神台。传说在原始社会时，继颛顼以后，帝喾为商地的部落联盟首领。帝喾看到商地人民没有火，就让自己的儿子阏伯到这里任"火政"，即管理火种的官。阏伯尽职尽责，辛辛苦苦地为保存火种做了许多事情。他死后，人们就在他保存火种的土台上修了火神庙（或称阏伯祠），后来通称为火神台。在商丘还有一个传说：阏伯原来是天上的"火神"，因偷着向人间投放火种而违犯了天规，天帝决定把他贬到凡间为民。阏伯从天上下来的时候，又偷偷将火种藏在身上，带到了人间。时隔不久，阏伯盗火的事让天帝知道了，于是，天帝发了一场洪水，要淹没人间的火种，惩罚阏伯。地上的洪水像猛兽一样，吓得人们四处逃散。阏伯为了保存火种，筑起了高台，搭起了遮雨水的棚子，独自一人留在高台上看守火种。洪水退后，当人们从四面八方赶回来的时候，高台上的火种还燃烧着，阏伯却饿死在火种旁。阏伯死后，人们怀念他的功德，怀着崇敬的心情，以当时最高的葬礼把他葬在生前存放火种的土丘上。按照当时的风俗，悼念他的人每人都要往他坟上添一包黄土。因而，土丘被堆得越来越大。因为阏伯的封号是"商"，这座土丘从此便被称为"商丘"。时间长了，"商丘"便成了这儿的地名，一直沿用到现在。据考证，火神台是距今4000多年的观星台的遗址。它比东汉天文学家张衡在洛阳建的灵台，还早2200多年，是我国现存最早的观星台。

火神台为圆形夯土筑成，东、西、南三面各有台阶可上。台高35米，台基周长270米。台周围设计有淌水的雨漏。台上建有阏伯庙、大殿、拜厅、钟鼓楼等俱全。台下有戏楼、大禅门等建筑。正殿上有"离宫正位"四字。正殿东为昭明殿，西为相土殿。台东为玉皇宫、月老祠。月老祠两侧有对联："婚牍配成百年姻，红绳牵就千里缘。"玉皇宫"凌霄宝殿"四字为刘镛先生所书。

阏伯台南有商祖殿，为纪念中国第一个商人王亥而建。

据说商丘是商业的发祥地。早在4千年前，帝喾次妃简狄，因吃玄鸟而生阏伯，故《诗经商颂》云："天命玄鸟，降而生商。"阏伯便是商的始祖。阏伯之孙相土首先发明了马车，六世孙王亥又发明了牛车。这便是史书上"立皂牢，服马牛，以为民利"的记载。农牧业的迅速发展，使商部落很快强大起来，他们生产的东西有了剩余，于是王亥便用牛车拉着货物，赶着牛羊，到外部落去搞交易，外部落的人便称他们为"商人"。从此"商人"一词作为"买卖人"的代称一直沿袭至今。不来商丘，真还不知道"商人"一词原来是这么来的。

商祖殿东为关帝殿，西为财神殿。这样的建筑格局设计体现了商人既要重利也要重义的经商之道，经商要做到义利合一。大殿两侧各有一块巨大的石碑，上面各刻有"诚信"、"仁义"。大殿之前的神道上雕刻有王亥功绩图。分别有"放牧"、"驯牛"、"造车"、"制陶"等。王亥的这些功绩奠定了中国农牧业和商业的基础。大殿正南是广场。过"三商大道",有华商始祖王亥的高大雕像。三商大道从三商桥直至阏伯台,长达数百米。大道上,以石刻浮雕的形式,展示了成汤、王亥、阏伯三位伟大人物的丰功伟绩,分为"成汤都商"、"王亥经商"、"玄鸟生商"三部分。三商大道两侧即为"万商广场"。广场呈正方形,面积8100平方米,可容纳万人集会。地面由天然红砂石铺成,上面刻有甲骨文、钟鼎文、大篆、隶书、行书等历代名家书写的"商"字19770个,寓意"万商云集",同心归商。广场南侧还有一个巨大的铜钱,据说是世界之最。

唐代诗人高适祭拜阏伯台后,挥毫写下"阏伯已去久,高丘临道旁。人皆有兄弟,尔独为参商。终古犹如此,而今安可量"的诗句。

明末著名诗人侯恪,有诗作咏阏伯台,《九日重登阏伯台》中云:"喜无风雨到重阳,别恨秋残不尽觞。昔日故人多落魄,一时征雁各分行。高台日暮园林碧,野圃霜寒送菊香。最是茱萸看不得,支离未许病相妨。""高台日暮园林碧",写得真好。经过整修后的阏伯台已经重现了昔日的风光。

阏伯台和商丘之地名的起源有着密切关系。有关商丘这个古老的地名缘何得来的问题,其说法主要有四种。一是源于商星说,二是源于阏伯之墟说,三是源于主火说,四是源于商族人居住的废墟说。因阏伯是商族的始祖,又是管理火星的官,还曾在阏伯台上观星记时。因此,研究商丘地名起源的四种学说,无论如何举证与反证,都离不开阏伯与阏伯台。《汉书·律历志》云:"大火,阏伯之星也,实纪商人。"阏伯所主商星之丘,故称商丘,"商丘"之名由来,据此亦可备一说。

在商丘还有很多古迹。如三皇之首的燧皇陵,有文字鼻祖仓颉墓,有五帝之一的帝喾陵,有宋氏始祖微子墓,有葵丘会盟台,有道家大师庄子墓，有风景如画的三陵台，有闻名中外的芒山汉墓群、有纪念巾帼英雄的木兰祠，有中原四大名刹之一的白云寺，有赵匡胤避暑的清冷台，有范仲淹读书的明朝四大书院之一的应天书院，有侯方域故居壮悔堂，有李香君住过的翡翠楼，有古朴典雅的明清四合院等。因为时间的原因，这些地方都未能前去参观。

去过阏伯台，对商丘更多了一份崇敬之情。

红叶黄花自一川

与友人相约登香山看红叶。

最早知道香山，是上中学的时候，读过叶君健写《香山的红叶》，给我留下了很深的印象。那红红的叶子就深深地印在了我的脑海中。文中描绘到："它比樱花更红，比桃花更密，在一定的距离外看去，它大红锦簇，哪里的春天也比不上它热闹。背后山上的青松，在它衬托之下，显得特别青葱郁茂。在秋高气爽的日子里，从朝霞初起到夕阳西下这整段时间，它们交相辉映，会向空中反射出种种奇丽多姿的色彩。"

著名作家杨朔也有《香山红叶》，曾被收入了中学语文教材。文中写到："红叶就在高山坡上，满眼都是，半黄半红的，倒还有意思。可惜叶子伤了水，红的又不透。要是红透了，太阳一照，那颜色该有多浓。"

无论是叶君健还是杨朔，他们都没有看到漫山遍野的红叶。

因为他们的文章，去香山看红叶，成了我一个不可磨灭的情结。也有友人劝我，现在别去了，因为已经过了看红叶的季节，不要让自己留下没看到红叶的遗憾。但是，我们还是执着地去了。

进了香山公园大门，迎面是勤政殿。勤政殿建于1745年，是清代皇帝接见臣工的场所。现在的大殿是2002年在原址基础上重建的。我们从勤政殿右侧的山道上山，一路上，没见什么红叶，心中不禁忐忑起来。再往前去，只能偶尔见到一两棵红叶树。树上的红叶很少，稀稀拉拉。到了半山腰，满眼见到的都是绿色。我不免失望起来。同行的王校长说："登山看景，看到的不一定是美景，关键看心情，心情好，就不虚此行。就好像看红叶，虽然不尽完美，但是有那么一两片，能够让我们惊喜，就足够了。"想想也是，迅速调整了自己的心情，继续攀登。

在多景亭，看到了小松鼠。那可爱的小家伙，穿着黑色的外衣，翘着高高的大尾巴，在树林间欢快地跳跃。

在香圃前的平台外侧，我们发现了一棵红叶树，树上的红叶还保留了不少。叶子红得很鲜艳，红得让人心动，在阳光下，耀眼得很。游人纷纷前往留影，害怕那几片红叶转眼间会被风吹走。香山的红叶不知是什么品种，总之不是枫树叶子（当然，后来也看到了枫树）。叶子呈圆形或椭圆形。路上不时有卖红叶的商贩。

到了"西山晴雪"碑附近，只见满山侧柏，碧浪滚滚。山道在柏树林中蜿蜒盘旋。这里，一棵红叶树也看不到了。山路越来越陡，我们都气喘吁吁。但是，想看红叶的信念还在支持着我们，咬紧牙关，继续前行。出了柏树林，满眼阳光。远处的山坡上出现了一簇一簇的红叶。虽然不是漫山遍野，但是已经足够我们的目光所至了。

看到一点红叶，就想到了金代周昂的《香山》诗。

山林朝市两茫然，红叶黄花自一川。
野水趁人如有约，长松阅世不知年。
千篇未暇偿诗债；一饭聊从结净缘。

欲问安心心已了，手书谁识是生前。

十一时左右，我们抵达香山的主峰香炉峰。这个名字好像在哪里听说过，搜寻自己的记忆，哦，原来在李白的诗中读过，是庐山，庐山有香炉峰。顾名思义，因山峰像香炉，故名香炉峰。这里与庐山同名。峰顶风很大，刚才流了汗，现在冷得很，我们连忙下山。

在香圃处我们拐向右侧，走另外的山道下山。离香圃不远，看到了朝阳洞。朝阳洞是个很小的洞子，洞口仅能容一人进入。洞不大，但却有名。洞名是乾隆帝御题。传说乾隆皇帝曾在洞中静坐。洞边的石壁上还有很多诗刻。

至森玉笏，见一高大石壁，石刻多起来。在山壁下侧，放了很多短而粗的树枝。我迷惑不解。来过的友人介绍，据说此山有神灵。崇拜的人就来此许愿，一根树枝代表一个心愿。森玉笏的名字也有来历，此山壁高大突兀，犹如朝天玉笏，因而乾隆皇帝命名为森玉笏。此处原有一建筑群，后被英法联军焚毁。在山壁一侧，有一处宽敞的平地。周遭树木葱茏，幽静得很，是一处修行的好场所。在古老的柏树下，在空旷的山野间，你真的什么都不用想，心静如水。

过阆亭，到了雨香馆遗址。据说每至风雨到来，花木草苔便芬芳馥郁，这里的建筑故名雨香馆。虽然只剩断壁残垣，但是这样美好的名字总是会吸引着我。抚摸着绿阴中的断墙，我希望马上来一场雨，让我倾闻这树木的芬芳。

当来到香山寺遗址的时候，我的心灵被震撼了。从那些残存的台基我们可以看出建筑规模的宏大。香山寺历史悠久，唐代即有。到了金代，规模继续扩大，明朝称"永安禅寺"。到了清代乾隆年间继续扩建，形成了前街、中寺、后苑的独特的寺院园林格局。1860年、1900年，香山寺先后遭英法联军、八国联军焚毁，仅存婆罗树碑、石屏、听法松等遗物。那些高大的柏树、残留的石基在默默地诉说着历史，诉说着香山寺的兴盛与劫难。它会永远留在国人的记忆中。

杨朔在《香山红叶》中最后写到："也有人觉得没看见一片好红叶，未免美中不足。我却摘到一片更可贵的红叶，藏到我心里去。这不是一般的红叶，这是一片曾在人生经过风吹雨打的红叶，越到老秋，越红得可爱。"

是啊，只要心中有红叶，处处都是香山。

天涯海角南国风

2004年10月，走马海南，在扑面而来的南国气息中，徜徉绿岛风情。

兴　　隆

抵海口以后，驱车直奔以热带雨林和咖啡闻名的侨乡兴隆。

清朝乾隆年间，一位姓冯的官员来到这里居住，带领周边百姓垦荒种田，栽种果树，使这里渐渐富庶起来。随着人口的增加，集市也开始兴盛起来，这位官员就把这里叫做兴隆。1951年10月，国家决定开办兴隆华侨农场，安置归国华侨。现在的华侨农场已经发展到近3万人，兴建了各种旅游设施，每年吸引大量的游客前来度假。兴隆真的"兴隆"起来了。

进入兴隆花园。走在林荫小道上，满眼都是高大的树木，郁郁葱葱，苍翠欲滴，一派美丽的热带雨林风光。虽然我们来的时候是旱季，但是小路上还是湿漉漉的。那些千奇百怪、浓翠洒地的景象还是给我们留下了深刻的印象。特别是棕树和椰树，品种繁多，形状各异，有的品种来自世界许多地方。棕树就有琼棕、霸王棕、油棕等多种。那霸王棕高大伟岸，果然如树中霸王一般。椰子树有三角椰子、酒瓶椰子、狐尾椰子、红椰子、大王椰子等。这些椰子树来自不同的国度。三角椰子产自马达加斯加，大王椰子来自巴西，狐尾椰子来自澳大利亚。可爱的是红椰子，摸起来毛茸茸的，手感很舒服。酒瓶椰子树身圆鼓鼓的，活脱脱就是一个个大酒瓶。那狐尾椰子宛如狐狸的尾巴，活泼可爱，在微风中轻轻地摇摆。

　　走累了，我们在林中的一处露天咖啡馆坐了下来，每人要了一杯热气腾腾的咖啡。新中国成立初期，东南亚曾经刮起了一股反华风暴，于是诸多华侨不得不回国定居，海南的兴隆便是一个华侨的聚集地，他们带回了东南亚的民俗、生活习惯，还有咖啡的种植与研磨技术。据说兴隆咖啡最早在1908年时，由华侨自马来西亚所引进。兴隆咖啡至今仍保存着马来西亚传统手工烘炒方式，香浓滑口、醇厚优雅、风味独特、回味悠长，具有不苦、不热、提神益思之功效。听着介绍，我们忍不住举起杯子，还没到嘴边，浓浓的香味已经沁入心脾。近看那棕色的液体里，透射的却不是浓烈，而是一种平淡。入口以后，口味香醇，毫无酸涩感。有人说，到了兴隆一定要喝一杯这样的咖啡，才能够算真正到过兴隆。在品尝过了真正的兴隆咖啡后，你才会发现，此话不假。

　　咖啡这种植物从开花到结果，都是让人爱怜的。白色的小花非常香，滴着露珠的青红生果玲珑剔透。远看果子就像樱桃一样，近看咖啡果竟然与大苹果有些类似。等到把咖啡果磨成了粉，冲一杯，那透着香气的氤氲就让人爱不释手了。

　　兴隆的咖啡随着海南旅游的发展，名气越来越响，已经成为海南的名产了。

黎村苗寨

离开兴隆，带着咖啡的余香，前往黎村苗寨。

海南是一个多民族的省份，包括汉、黎、苗、回等9个民族，其中黎族人口120万，苗族人口7万多。黎族是海南岛最早的民族，黎族人勤劳勇敢，手艺精湛。雕刻、黎锦、织绣、扎染等工艺品做工精细，色彩艳丽。他们还保留着丰富多彩的口头文字，多姿的舞蹈、独特的乐器、神秘的宗教道具，传承着悠久的历史和文化。苗族人于500多年前迁入海南，传统的医学草药、竹木器具、婚俗服饰还保留着鲜明的民族特色。黎村苗寨是一个人造的景点，主要是让游人了解黎、苗两族的民间风情。

进入景区，浓郁的少数民族风情扑面而来，穿着民族盛装的人们来来往往。在一棵椰子树下，围了很多游人。我们也好奇地挤了进去。只见一个瘦小的少数民族男子，像一只敏捷的猿猴，一转眼的工夫就爬上了十几米高的椰子树，原来他是在表演摘椰子的绝技。游客看好哪一个椰子，他就把那个椰子摘下来。一个个椰子从空中落下来，游客不时发出"啧啧"的惊叹声。

在一座戏台前，很多游人在观看竹竿舞。这种富有海南民族特色的舞蹈之前在电视上经常看到，现场看表演还是第一次。跳舞的少数民族姑娘身着鲜艳的民族服装，伴着轻快的节奏，在竹竿之间欢快地跳跃，脸上洋溢着愉快的神韵。姑娘们赤着脚，舞步轻盈，动作协调，神态自然，在竹竿间舞动翩跹。开始我担心竹竿会夹住她们的脚，时间长了，我才知道这种担心是多余的。我们不住地鼓掌，为她们喝彩。

在一座两层竹楼前，我为女儿买了一件黎族对襟小背心。红色、蓝色、绿色等多种颜色自然地搭配在一起，让人觉得每一种颜色都不能缺少，纽扣是手工的蝴蝶扣，针线细密。处处都显示出有别于其他民族的特色来。呵呵，想象着女儿穿着这件衣服，心里该有多美呀。

每个人都很热情，每个人都是笑脸。徜徉在快乐的黎村苗寨，把快乐也带回家吧。

亚龙湾

2004年10月23日下午三点，至亚龙湾。

亚龙湾原名"牙狼湾"，也称"牙龙湾"，号称"天下第一湾"。海湾背依青山，面向南海。三面群山环抱，海岸线20多公里，如一弯新月。沙滩长约8公里，宽近百米。走在沙滩上，白沙如面如雪，柔软如缎。面向大海，海风扑面，如沐清泉。海面上，穿着各色泳衣游泳戏水的人如朗空繁星，偌大的海面竟然显得很拥挤。海面平静，清澈见底。站在栈桥上向下望海深处的鱼和多彩的珊瑚，竟清晰可见。远处，青色的岛屿横亘在蓝色的海面上，那是亚龙湾天然的屏障。

亚龙湾气候温和、风景如画，这里有蓝蓝的天空、明媚温暖的阳光、清新湿润的空气、连绵起伏的青山、千姿百态的岩石、原始幽静的红树林、波平浪静的海湾、清澈透明的海水、洁白细腻的沙滩、五彩缤纷的海底景观。岸边椰影婆娑，生长着众多奇花异草和原始热带植被，各具特色的度假酒店错落有致的分布于此，恰似一颗颗璀璨的明珠，把亚龙湾装扮得风情万种、光彩照人。

亚龙湾中心广场上，有高达27米的图腾柱，围绕图腾柱是三圈反映中国古代神话传说和文化的雕塑群。广场上，四个白色风帆式的尖顶帐篷，给具有古老文化意蕴的广场增添了现代气息。

原文化部部长黄镇有诗赞亚龙湾："天上银河称天境，人间崖州牙龙湾；山光海色无限好，劝君切勿等闲看。""平沙长带白如银，缎线镶缝碧海边；嫦娥若得新信息，一定下凡舞蹁跹。"

亚龙湾碧水清山和沙滩海水相得益彰纯洁如一位多情的少女。可惜的是，海边是一家挨着一家的高档酒店。沙滩上到处都是人迹，破坏了这一方宁静。

鹿回头

离开亚龙湾，前往鹿回头景区。

三亚被人们称为鹿城，得名于鹿回头。

登上鹿回头山顶，上面屹立着一座高大的神鹿石雕。那神鹿转头回眸，两旁分别倚立着英俊的黎族青年猎手和美丽的黎族少女。这座雕像还有一个美丽的爱情传说。

相传在很久以前，有一个贪婪而又凶残的峒主，经常用名贵的鹿茸巴结官府，强迫黎族青年猎手阿黑上山打鹿。在山上，阿黑经常看到一只活泼可爱的花鹿，但总不忍心射杀它，一连几天都是空手而归。峒主拿不到鹿茸，非常生气，就把阿黑的母亲抓了起来，并威胁阿黑，取不到鹿茸，就休想看到母亲。阿黑无可奈何，只好重新上山。他来到五指山的丛林中，细心搜寻。突然，远处一只花斑豹在追杀那只可爱的花鹿，花鹿边跑边发出可怜的哀鸣声。阿黑见状，张弓搭箭，一下子射死了花斑豹。花鹿得救了，也跑远了。疲惫的阿黑不知不觉睡着了。醒来时，只见一群花鹿正围着他嬉戏，那只被救下的花鹿也在其中。阿黑一想到亲爱的妈妈，不能错过机会了。马上挽起弓箭，那群鹿马上被吓得四散逃跑。阿黑盯着那只美丽的花鹿拼命地追赶，追了九天九夜，翻过九十九座高山，一直追到三亚湾。在海边的珊瑚崖石上，花鹿无路可逃。阿黑拉开弓，正要向花鹿射去，花鹿忽然变成了一位回头观望的美丽姑娘。鹿姑娘非常同情阿黑的遭遇，与阿黑一起设计打败了峒主，救出了母亲。后来，阿黑与鹿姑娘结成了夫妇，搬到三亚湾的那座珊瑚崖石上居住，过上了男耕女织的美好生活。人们把那座珊瑚崖石就叫鹿回头了，现在成了有名的风景区。

站在鹿回头景区最高处往北侧看，三亚市区尽在眼底。高楼大厦鳞次栉比。

晚上在大东海海边广场就餐。这个美丽的海湾，长满了高大的椰子树，充满浓郁的热带风情。可惜，来的时候是晚上。看不到什么。

天涯海角

2004年10月24日，上午，游览天涯海角景区。

天涯海角位于三亚市区以西20多公里的天涯镇下马岭山脚下。进入景区，只见正前方靠近海边的东西两侧屹立着两块巨石，导游介绍，这是国门，是"南中国门"。但是这个比喻是不恰当的，浩瀚的南海是我们辽阔的蓝色国土，遥远的南沙群岛才是我们的南大门。

沿着海边的小路西行，一块高大的圆锥形巨石矗立海边，如一支神笔直指九霄，上书"南天一柱"四个大字，遒劲传神，历经沧桑，字迹依然清晰。这四个字是清宣统年间崖州知州范云梯所书。"南天一柱"景点印在了1980年版贰元券人民币上，是海南唯一印在人民币上的景点。因为此，"南天一柱"在全国广为流传，吸引了来自五湖四海的游人前来观光。

继续西行300余米，有一对巨石拔地而起，两石分别有"天涯"、"海角"石刻。"天涯"两字是清雍正十一年（1733年）崖州知州程哲所题刻。"海角"两字也出自清末文人之手。

　　千百年来，天涯海角远离大陆，有多少令人心酸的故事；它是朝廷流放犯人和贬官之地，有很多是著名的历史人物都曾踏足此地。如唐朝宰相李德裕，宋代李纲、胡铨等。胡铨曾慨叹"崎岖万里天涯路，野草荒烟正断魂。"李德裕有诗："一去一万里，千之千不还。崖州知何处？生渡鬼门关。"

　　今天的天涯海角已经开发为世人皆知的著名风景区了，漫步在茂密的椰子树下，迷人的热带风光尽在眼前。没有人在感叹天涯海角之遥远了，只会尽情地享受旅游度假的乐趣。

寻访鲁迅的足迹

鲁迅的故居较多，比较有名的有绍兴的故居、上海的故居、北京的故居。鲁迅在中国文化界的标杆作用无人怀疑。寻访鲁迅先生的足迹是我每到一地总想做的事情。在上海，山阴路132弄9号，是必须要去的。这是鲁迅先生走完最后生命旅程的地方。

进入132弄，是长长的窄窄的过道，有两个小朋友在过道上玩耍。先生的故居在最里面。

鲁迅于1933年4月11日携妻儿迁入此地，1936年10月19日清晨5点25分先生在这里逝世，终年56岁。

故居有三层，进院门是一个小天井。一楼是客厅和餐厅。客厅和餐厅既分隔又相通，便于扩大空间。鲁迅先生生前友人多，常来拜访的青年人多。东侧墙壁上悬挂着先生的一幅照片，据介绍，这张照片是斯诺照的。浓密的胡子，深邃的目光，严肃的表情，这就是先生留在我们心目中的最后的形象。

二楼的后间是储藏间，储藏了先生的一些书籍和生活用品。先生书籍很多，这里放不下，就在狄思威路（现溧阳路）租了房子用来放书。1933年鲁迅通过内山完造以内山书店职员的名义租下狄思威路1359号的房子作为藏书室。1933年10月21日他在写给曹靖华的信中说："此地变化多端，我是连书籍也不放在家里的。"

二楼前间就是鲁迅先生的卧室兼书房，也是先生激情创作的地方。这里的摆设还按照先生生前的样子摆放。正对房门的是一张大床，大床边上是写字台，写字台边有一张躺椅。先生写作累了，就会在这张躺椅上休息、思考。躺椅的边上有一张书桌，桌上有一个闹钟。闹钟的时间永远定格在5点25分，先生离世的时候。

1936年6月，坐都变得很困难的鲁迅连一贯写的日记都不能坚持写了，有关的书信也不能回复了，于是鲁迅请人给他刻了一枚带有"生病"二字的图章，海婴就负责在邮递员退信之前把这个章盖上去。

据相关资料介绍，1936年8月，病情严重的鲁迅在家人的陪同下又一次来到了医院并进行了抽胸腔积水的治疗。1936年9月，鲁迅的病已经很重了。先生在一篇名为《死》的文章中说，"从去年起，每当病后休养躺在藤椅上，不免想到体力恢复后应该动手的事情，做什么文章翻译或印什么书籍，想定之后就这样吧，但要赶快做。"似乎由"赶快"一词中可以看出鲁迅本人已经隐隐约约地闻到了死亡的气息。先生在文章里还有一段遗嘱：

"一，不得因为丧事，收受任何人的一文钱。——但老朋友的，不在此例。二，赶快收敛，埋掉，拉倒。三，不要做任何关于纪念的事情。四，忘记我，管自己生活。——倘不，那就真是糊涂虫。五，孩子长大，倘无才能，可寻点小事情过活，万不可去做空头文学家或美术家。六，别人应许给你的事物，不可当真。七，损着别人的牙眼，却反对报复，主张宽容的人，万勿和他接近。"

先生在《死》中还写到，"只还记得在发热时，又曾想到欧洲人临死时，往往有一种礼仪，是请别人宽恕，自己也宽恕了别人。我的怨敌可谓多矣,倘有新式的人问起我来,怎么回答呢?我想了一想,决定的是:让他们怨恨去,我也一个都不宽恕。"从鲁迅的遗嘱中,可以看到他的淡泊与洒脱。

1936年10月19日凌晨,鲁迅的心脏停止了跳动。临终前,他的最后一句话是对医生说的,他说:"我的病如此严重了吗?"

先生在这里写作和编选了他的历史小说《故事新编》和《伪自由书》、《南腔北调集》、《准风月谈》、《花边文学》、《且介亭杂文》等7本杂文集,翻译了《表》、《死魂灵》、《俄罗斯的童话》等四本外国文学作品,编印了《木刻纪程》、《引玉集》等中外版画,还编校出版了瞿秋白先生的译文集《海上述林》。先生在这里会见过瞿秋白、茅盾、史沫特莱、内山完造等中外人士。

三楼前间是鲁迅先生的独子海婴和保姆的卧室。先生中年得子,非常疼爱海婴。为了让海婴睡得舒服,把自己的大床给儿子睡。三楼后间是客房,先生曾经在这里掩护过瞿秋白、冯雪峰等各界人士。

我们是读着先生的作品长大的。先生早就远离我们,还好,有故居可以让我们缅怀。

离开鲁迅先生的故居,经过内山完造的内山书店旧址,前往多伦路文化街。

多伦路,是先生漫步可以走到的地方。我想,这里,也留下了先生很多的足迹。

多伦路,原名窦乐安路,是上海的一条小街,南傍四川北路商贸闹市,北邻鲁迅公园、虹口足球场。离鲁迅故居山阴路很近,步行十来分钟就到。

走过造型古朴的大门,二三十年代的沪上人文风情就扑面而来。街短而窄,路曲且幽。夹街小楼,栉比鳞次,风格各异。路面用小石块铺成,路两边有各式洋楼,门面洞开。字画、旧书、古董、红木器具,家家店铺都起来好听的名字,甚是风雅。

在一家"老上海"古董店,这里有 30 年代的香烟广告画,有老式的电话机,有古旧的热水瓶,让我们有了时空的穿越感,旧上海的影子还在,旧上海的繁华还在,旧上海的风情还在。

街边安放了很多与这条街有着千丝万缕联系的文化名人的雕塑,瞿秋白、叶圣陶、鲁迅等。

建于 1925 年的"景云里",为砖木结构的石库门户屋。二三十年代,鲁迅、陈望道、茅盾、冯雪峰、柔石等一大批文化名人居住在此,从事创作、编刊等文化活动。因而,这里也被称为"历史文化名里"。

这里也是很多年轻人寻根老上海的地方。漫步在马路上,很多年轻人在此照相。他们的着装甚至学习了旧上海的美貌女郎,与其他地方如外白渡桥等处婚纱摄影居多的情形有明显的不同。

多伦路 250 号曾经是孔祥熙的公馆。这座建筑建于 1924 年,立面呈明显的伊斯兰建筑风格,雕刻装饰及彩色贴面体现阿拉伯纹样,精致华丽。

左拐一个弯,那栋高高的建筑就是"鸿德堂"。该建筑 1928 年由美国北长老会资助和中国信徒捐款建造。教堂呈平面长方形,临街正面刻有"上帝爱世人"五个金字。教堂外部采用中国传统的殿宇风格,青砖砌就,顶部为楼阁式。大厅为巴西利卡式,玻璃均为彩色玻璃。我们进去参观的时候,有很多信徒正在做诵诗。作为基督教堂,外观采用中国传统样式的设计还是非常少见的。

鲁迅故居、多伦路,先生走过的路还有很多很多。

淹城从远古走来

常州为什么号称龙城？真的没有去考证过。倒是他们无中生有，造出了一个恐龙园，吸引了不少游客。

恐龙园我是不去的，我要去淹城。

淹城是迄今为止保存最完整的春秋时期地面古城池。据说，这也是世界上仅有的三城三河形制的古城，东西长 850 米，南北宽 750 米，总面积约 65 万平方米。淹城面积的大小，正好与《孟子》"三里之城，七里之廓"的记载相吻合。距今已有将近三千年的历史，现为全国重点文物保护单位。

淹城古称奄国，建于春秋晚期，距今有 2500 余年的历史，学界较权威的说法为古奄国是由山东曲阜一支殷商后裔来此建立，因水源充分，地方县志改为"淹"。

从一座小木桥进入外城。木桥架在外城河上。河水清澈而平静，有几片睡莲漂浮在水面上。外城墙的遗址还在，上面树木葱茏。过外城墙不远，就看见三座巨大的土堆。这三座土堆被称为头墩、肚墩、脚墩。说起这三座土墩，当地还流传着一个凄婉的传说。

据说奄君造成奄城后，不久，夫人生下一女。奄君遂以三道奄河为意，为女儿取名淼。公主淼自幼聪明善良，长到15岁时已出落得像出水的芙蓉，娇艳无比，奄君夫妇视其为掌上明珠。公主淼勤劳善良，温柔美丽，精于蚕桑和纺纱织布，又酷爱琴棋书画，能歌善舞，是一个才貌双全的好姑娘。

邻邦留城的公子炎野心勃勃，觊觎奄城疆土，又对公主淼垂涎三尺，便勾结奄城贪财的木大夫，骗取了奄君的信任，当上奄城驸马。有一天，公子炎乘奄君外出之际，盗用公主的名义，骗得了后花园的钥匙，偷去了奄君的护城之宝白玉龟。

公子炎怀揣着白玉龟正欲逃出奄城时，恰巧碰到公主从练兵场回来。公主见状，便指责公子炎的卑劣行径，并要以军法处置。公子炎见事情败露，遂假意十分愧疚，请求公主原谅。而后，他乘公主不注意之时，拔出短剑穿透了公主的胸膛，公主来不及呼唤，来不及再看一眼哺育她的水土，便倒在了血泊之中。

公子炎丧心病狂地将公主淼刺死后，仓皇出逃。奄君得知消息，急速赶回奄城，在半路上截住了炎，一场厮杀后将白玉龟夺下。

奄君回到子城，见女儿不幸罹难，不禁痛哭流涕，悲痛欲绝，遂以白玉龟等珍宝陪同公主，厚葬于内城墙上。奄君恐怕日后有人盗窃公主墓中珍宝，便在出殡时一气筑了三个坟墩，让他人真假难分。

此后，人们怀念公主淼，每到清明时节，便前往祭奠。同时带上一掬泥土，添在公主坟上，培土植树。久而久之，公主墓堆成了三个大高墩。为方便指点，人们给这三个墩依次取名为头墩、肚墩和脚墩。

由于人们拜谒公主墓时，许愿十分灵验，后来人们就将公主淼叫成"百灵公主"了。

20世纪90年代，考古专家经过对三座土墩的考古发掘，证实土墩是墓葬。土墩边是大片的草地。外城还有岳飞点将台等遗迹。

穿过内城河即是内城。迎面见"枯山水"景观。春秋战国时，当时吴越之地的文人墨客往往在私家园林里以枯木逢春为主题营建园林，对后世园林建筑产生了深远的影响。"枯山水"右前方有"关雎井"。传说奄国的公主常在此汲水。"关关雎鸠，在河之洲。窈窕淑女，君子好逑。参差荇菜，左右流之。窈窕淑女，寤寐求之。求之不得，寤寐思服。悠哉悠哉，辗转反侧。 参差荇菜，左右采之。窈窕淑女，琴瑟友之。 参差荇菜，左右芼之。窈窕淑女，钟鼓乐之。"眼前的风景让《关雎》的诗句一下子涌现眼前，静静的河水，漂浮的水草，沧桑的古井，让人的思绪浮想翩翩。

关雎井向前右拐有"孙武草庐"。孙武原为齐国人，后至吴国。伍子胥向吴王推荐了孙武，据说孙武曾在此草庐中修改了《孙子兵法》。草庐后即是外城河，凭栏远眺，芳草萋萋，周遭一片宁静。

再过一座木桥，就进入了子城。子城有奄君殿遗址和竹木井。竹木井据考证是春秋时所掘，1990年由考古队发现。此井底有一座高约一米的方形框架，用竹、木两种材料作支撑，此结构起到防塌、过滤的作用。

整个内城遗址呈方形，约50米见方，周边有土城墙遗址。遗址中间的平地上长满了小草，开着各色野花。这里对于普通的游人来说，或许没有什么看头。但是，在这遗址之下，在这盈盈绿草之中，却是近三千年的历史。

子城河中，蒲、芦苇、莲等野生植物很多。特别是水中间的那一丛芦苇已经返青了，让人想起《蒹葭》，"蒹葭苍苍，白露为霜。所谓伊人，在水一方。溯洄从之，道阻且长。溯游从之，宛在水中央。蒹葭凄凄，白露未晞。所谓伊人，在水之湄。溯洄从之，道阻且跻。溯游从之，宛在水中坻。蒹葭采采，白露未已。所谓伊人，在水之涘。溯洄从之，道阻且右。溯游从之，宛在水中沚。"在这样的意境中，就会想起这样的诗。

　　沿着子城河漫步，垂柳轻轻拂过头顶，不知名的小鸟在小雨中欢快地鸣唱。近三千年的风风雨雨，留下来的都是自然和历史的杰作。眼前是江南水乡充盈清澈的碧水，有的是沃野上千年遗留下来的几何图形般的丰碑，以及许多蕴藏在地下的中华民族的灿烂文化。在淹城中随便走走，犹如进入世外桃源，那古老、幽静、厚重的感受，总是萦绕在脑海。

　　"一回走千年，春秋看淹城"。在常州去了一趟淹城，可以发怀古之幽思。

一湾海水抱远山

青岛对我很有吸引力。

理由有二：一是因为崂山道士的缘故。小时候读《聊斋》，被崂山道士的神奇法术所吸引。那个道士能在谈笑间穿墙而过，令我惊诧而又羡慕不已。至于那个道士的徒弟因不守信用滥用法术而撞得头破血流在我当时看来确实是罪有应得。因为崂山在青岛，因而青岛对我有吸引力。二是因为青岛的一些名牌产品是我们生活中经常使用的或者说已经离不开这些产品了。就拿我家来说吧，热水器、洗衣机都是青岛产的"海尔"牌，运动鞋是青岛的"双星"，孩子小时常吃的饼干是青岛的"青食"牌钙奶饼干，我偶尔也会喝两杯著名的"青岛啤酒"。再比如说"海信"电器、"澳柯玛"冰柜等驰名品牌，从吃的、穿的到用的，一应俱全。青岛，不愧是名牌产品的摇篮。

但是，朋友又劝我不要去青岛，理由也有二：一是因为家乡连云港在海边，青岛也在海边，风景应该是大同小异，去不去无所谓。二是因为青岛就在邻省，距离很近，不到半天的路程，去青岛的机会随时都有。因为这样两个原因，一直未能成行。

但是，青岛对我还是有挡不住的诱惑，今年暑期，终于有机会与诸位同仁一同前往，去亲身感受这个蜚声中外的海上绿洲。

当我们的旅行车穿行在老城区窄窄的街道上，两边绿树掩映，街道上空枝叶交叉，只能见到几缕阳光，没有炎炎的烈日，只有清凉的海风和那欢快的鸟鸣。树丛中，一幢幢典型的欧式建筑不时从眼前滑过，浓浓的异国风情扑面而来。没有喧闹，没有人流，道路虽窄而不拥堵。有时看到一两位老人在路边散步，或是坐在路边的椅子上小憩，浓密的绿荫下透着宁静和悠闲。

车行八大关，处处体验红瓦绿树、碧海蓝天。所谓"八大关"，是因为这里有八条马路（现已增到十条），是以长城八个关口命名的，即韶关路、嘉峪关路、涵谷关路、正阳关路、临淮关路、宁武关路、紫荆关路、居庸关路。这十条马路纵横交错，形成一个方圆数里的风景区，故统称为"八大关"。

在八大关，最有名的是花石楼。楼的主体共5层，顶层为观海台。花石楼据说是1932年由一位俄罗斯人格拉西莫夫修建，它的建筑风格是典型的欧洲古堡式，又融入了希腊式和罗马式的风格，也有哥特式的建筑特色。由于是用花岗岩和鹅卵石建成，故得名花石楼。花石楼主体共分五层，顶层为观海台，侧有铁尖顶。由圆形和多角形组合而成的建筑物正面造型，别致有序。而既可用于栽花，亦可用作晚间燃火照明的楼门台阶下花岗岩石尊，足见设计者之匠心。花石楼与影视艺术颇为有缘，电影《神圣的使命》、《白雾街凶杀案》、《总统行动》等的内外景拍摄都是在这里完成的。

在海边，金黄的沙滩一望无际，游客们在海水中尽情地嬉戏。五四广场上游人如织。雕塑旁，喷泉边，到处是留影的人群。最让人不得其解的是栈桥，这座废弃的不到500米的人工码头竟然是一个城市的旅游标志，引得无数游客争相前往，拍照留念。让人不得不佩服青岛人的聪明和智慧。

"红瓦绿树、碧海蓝天"是青岛的特色，到了信号山，更有真切的体会。

信号山虽然是市区较高的一座山，但海拔只有98米，其山颠处3幢红色蘑菇楼宛如3支熊熊燃烧的火炬，耸立于青松、绿树丛中，格外醒目。其中一个蘑菇楼内设有旋转观景音乐茶座，20分钟旋转一圈。我们登上旋转观景楼，青岛的全貌及汇泉湾的美景尽收眼底。美丽的栈桥、小青岛与碧蓝的大海交相辉映，岛城的红瓦绿树、碧海蓝天、山光水色在这里可以一览无余。远处的海面上白帆点点，这里是2008年北京奥运会帆船比赛的举办地。

在畅游了五四广场、栈桥、海洋世界之后，晚上，慕名前往青岛啤酒街。

啤酒街位于市北区登州路，东起延安二路，西至广饶路，全长近千米。欧式街灯，一字排开的啤酒桶，形状各异的雕塑，灿烂的霓虹灯将整个啤酒街映照得更热情、更魅力，摇曳着万种风情。我们由西往东，漫步在啤酒街上，宛如进入了天上的街市。五光十色的霓虹灯熠熠生辉，流光溢彩中，几十家啤酒吧、烧烤吧向你敞开大门，音乐、啤酒伴随着舞动的激情如同啤酒泡沫一样四处散射，处处充满着挥洒不尽的热情与动感，浪漫与狂野，让你很快就融入到这种粗犷与喧嚣之中，也想马上端起那溢着啤酒泡沫的大号酒杯，开怀畅饮。

啤酒街的设计处处与啤酒有关。下水道井盖上，举着酒杯的小鸡、憨态可掬的小猪让人忍俊不禁，这些可爱的卡通动物形象正是历届啤酒节的吉祥物。路边休闲座椅采用半只啤酒瓶形状，走累了可以拥着啤酒瓶小憩。路灯、路名牌、果皮箱均以啤酒桶的形式体现，在细微处让你感受啤酒的文化。

更有意思的是雕塑。这些雕塑均是以啤酒瓶为母体造型，在登州路和宁海路路口的花坛上有一组"变形"的啤酒瓶雕塑,看上去东倒西歪,却妙趣横生。最有特点的一处是在啤酒街东端的景观拱门,拱门雕塑主要以啤酒瓶、酒杯、泡沫为造型,一个6米多高的大啤酒瓶坐落在南侧人行道上,瓶口"喷"出12米高的"啤酒柱",跨过近25米宽的马路落入北侧人行道上一个3米多高的大啤酒杯里。在酒趣广场,我们看到数不清的啤酒瓶砌成了一个大大的"九"字造型,让人感到一不小心那酒瓶就会滚落下来。

来啤酒街不能不尝啤酒。我们进入酒吧,店老板热情地接待了我们,向我们推荐不同口味的啤酒。最后,我们选择了原浆品尝。什么是原浆啤酒呢?老板介绍说,原浆啤酒是鲜啤酒的一种,与一般的啤酒不同的是,原浆啤酒在加工过程中省略了严格过滤工序,因此啤酒中的美味及营养被完全地保存下来。倒一杯原浆啤酒,从外观上看没有一般啤酒的纯净色泽,当喝入口中,与众不同的醇美和原汁的香味便悠悠地流入心脾,让人回味不已。

川流不息的人群,绚丽多彩的街灯,数不胜数的排档,激情四溢的泡沫,青岛啤酒街,是人间的啤酒天堂。

有诗曰,"莫道游人爱汇泉,一湾海水抱远山,观海亭中凭栏坐,满眼波光满眼帆。"

虽然在青岛只待了不到两天的时间,但是美丽的青岛让我流连。

幽深不让武陵溪

2011年4月，正是油菜花盛开的季节。我们踏访梦里老家——婺源。

清王友亮有《婺源道中》诗，曰："隔坞人家叫午鸡，幽深不让武陵溪。白沙翠羽一双浴，红树画眉无数啼。"美丽的婺源，幽远深邃。穿行在婺源乡村小巷之中，宛如行走在仙境武陵。

李坑记

第一站，去李坑。

李坑是一个村子。过大门，是中书桥，据说已有800年的历史。前面不远就是"李坑"牌坊。过牌坊见一条小溪，溪上有很多竹排，撑竹排的人不住地招呼游客乘坐竹排。溪边有文昌阁，为纯木结构，上书"星阁高隐"四字，内供文曲星。李坑人崇尚读书，用文昌阁来引导村人。据介绍，李坑村人才辈出，文星高照，文风鼎盛。自宋至清，村里的文人留下传世著作达29部。

沿着小溪前行，溪边是一家家经营旅游纪念品的商店。溪上座座小石桥，造型各不相同。小桥流水，溪水潺潺。到彩虹桥，见对岸山坡上有一小庙，曰"狮傩庙"，佛声阵阵。佛音与涧水齐鸣，溪水与蓝天一色。有几个店铺中卖着一种叫陶笛的乐器，实际是一种瓷器。卖货人边卖边吹，吸引了不少游客驻足欣赏。

拐过几个弯，就到了村口。

村口有五株高大的樟树，这几株樟树是李坑的象征。"樟树下走一走，活过九十九"。李坑人喜欢樟树，喜欢使用樟树制品。甚至有人锯下一段一段的樟木作为旅游纪念品卖给游客。进入村庄，李坑村的主要建筑围绕村中的这条小溪而建。小溪蜿蜒曲折，溪上有一座座石桥连接两岸。溪水清澈见底，不时有村里的人在溪边洗菜、杀鱼。村里的房子依溪而建，一间间徽式民居错落有致。粉墙、黛瓦、天井、马头墙，典型的徽派建筑特征，在这里比比皆是。保存完好的几百年的民居向我们展示了徽派民居雕饰的细致和精美。在李瑞林故居，在"大夫第"，房子的天井周边，砖雕、木雕、石雕艺术随处可见。徽州艺术家把他们的审美、才智不仅用在了做生意上，也精心地用在了建筑艺术上。那栩栩如生的雕刻技艺，历经多年的风霜，依然保留着它的古朴和本来面目，让我们久久不愿离去。

村庄成了景点，已经失去了往日的宁静，靠山吃山的村民现在大多做起了旅游的生意。村中的小溪上一条条的小船载着游客来来往往。因为下着小雨，撑小船的艄公大多穿着雨衣。让我惊奇的是，竟然有一个艄公穿着蓑衣。小时候，住在农村，很多人家都有蓑衣，下雨的时候穿。随着经济和社会的发展，蓑衣真的已经很少见了。我追着艄公的小船拍了好几张照片。

村中有一"申明亭"，是一座建于明末的建筑。申明亭是昔日李坑村村民聚会的场所，旧时每月的朔、望日，即农历初一和十五，宗祠鸣锣聚于此地，批判与惩办违反村规民约者。看样子，申明亭还相当于现在的人民法院了。

　　不知不觉，走进了李知诚的故居。李知诚是南宋年间人，是李坑村走出去的一个武状元。故居能够保存至今，真是令人叹为观止。故居有一小院，院子里有一池塘，塘边用石板围上。院墙边有"半棵"紫薇树。为什么是半棵呢？因为雷击，把紫薇树劈了一半。但是，这棵紫薇树还在顽强地生长着。被劈开的树干上长了很多青苔。枝干遒劲，经年不倒，其生命力之旺盛令人钦佩。此树只靠树皮吸收养分，但至今仍旧开花，且花期长达九十天。有诗赞叹："谁道花无百日红，紫薇长放三月久"。

　　故居后有一片毛竹林。林左侧有蕉泉，泉边有一片芭蕉林。"蕉泉浸月"是李坑的一大景点。周围山峰、竹林、泉水、芭蕉组成了一幅恬静的乡村画图，环境幽雅，真是一个读书的好地方。

　　走累了，尝一尝李坑的小吃。买了两块香喷喷的萝卜丝饼，吃在嘴里，香香的，辣辣的。一路的劳累一扫而光。

　　李坑有四色。即"红、绿、黑、白"。"红"是红鱼，李坑人喜欢吃红鱼，肉质鲜嫩，口感很好。"绿"指茶叶，李坑的"老君眉"、"雪菊"、"云雾"等茶非常有名。尤其是"雪菊"茶很特别，刚入口，感觉苦，但是，过了一会儿，回味却很甘甜。"黑"指龙尾砚，这种砚台外观黑色，手感细腻。"白"是白梨，也叫雪梨。可惜我们来的不是季节，没有尝到雪梨的甘美。

　　李坑是一个以李姓聚居为主的古村落，是婺源古村庄的典型代表。原来藏在深山，现在已经融入了现代旅游的滚滚热潮中了。

江湾记

　　中午品尝了李坑鲜美的红鱼以后，我们驱车去江湾。

　　进江湾大门，是一个不大的湖面，湖面上有一九曲桥，走过小桥，迎面看到高大的"江湾"牌坊。从牌坊经过，眼前是一条笔直的街道，街道两侧，挂满了红灯笼，一家连着一家的店铺，出售各种旅游纪念品和特产。

走不远，左拐进入一条窄窄的巷子，游人很多，摩肩接踵。两边很多售卖歙砚和木雕的店铺。小巷深处，古老的房子还保留着。一户人家的院墙上，几支紫荆伸出墙外，娇艳得很。有几户人家的屋檐下，挂着几块腊肉。巷子边，有一"梨园"，院内种植很多梨树。江湾人以前外出谋生，离家前必植一株梨树。含有"离乡不离土，外出得利"的意思。因此，江湾的梨花很有名气，"春风雪梨花"是经典美景之一。只是我们来的时候，梨花还没有开。

村中有江湾小学。前国家领导人曾来此小学视察，并有"江湾荣光，荣光江湾"的题词。

离开江湾小学，参观"江湾人家"。这里全面介绍了古江湾人的生活场景，介绍了普通的江湾人家的饮食起居和生活状况，展出了各种生活用品和农具。

"敦崇堂"是非常典型一处江湾民居，又叫"中宪第"，建于清同治四年（1865年），是清朝同治年间户部主事江桂高的宅邸。这是一处坐北朝南的横向的徽派建筑，店堂、落轿厅、会客厅、正屋厅横向相连，各有大门出入，又有内门相通，后有花园，建筑十分气派。

"敦崇堂"的正厅布置很有特色，具有中国民间最传统的布置样式。进门正面靠墙正中，摆着一张长条桌，条桌上放置三样摆设，分别是座钟、花瓶和镜子。寓意房子的主人"终生平静"，平平安安。条桌后上方，挂着一幅中堂画，两侧是一副对联。在江湾，很多人家的厅堂都是这样摆设的，很传统的那一种。

村内建有"乡贤园"。江湾民风淳朴，村民自觉保护这里的环境。山上植被茂密，没有村民到山上砍树。因此，这里山清水秀，哺育了一代又一代江湾人。

江湾的小吃也很多。因为临近清明，很多人家都在做"清明饼"，外观看是绿色的，圆圆的，晶莹发亮。有甜馅的，也有咸馅的。是用艾叶汁浸透糯米粉做的外皮，放在笼中蒸出。"清明饼"看着就让人想吃。还有一种叫"木锤酥"的小吃，取用核桃、芝麻、麦芽糖、花生等优质原料，经过两个人用木槌反复捶打制成，因而叫"木锤酥"，香甜可口，很多游客争着购买。

江岭看花

在油菜花盛开的季节，是要去江岭看花的。看那一种最普通，在南方春季最常见的油菜花。就是这样一朵黄黄的小花，吸引了来自五湖四海的游客。在春季，在三四月份，那么多的游客从全国各地纷至沓来。婺源油菜花，成为江西"最招牌"的花，最有名的花。

下了大巴，还要乘坐当地人开的小巴。因为大车上不去，山路窄，只能换成小车。上山岭看花的人太多，车道拥挤不堪，堵了好长时间，路才畅通。

沿着蜿蜒的山路上山，山间间或有一两块梯田里长着数量不多的油菜花，在无边的山野间，显得很普通、很渺小。同行的朋友不仅有些失望，这有什么看头。司机连忙解释："别着急，还没有到呢。"

司机很健谈，对家乡的油菜花很自豪。但是，我们很担心他的生意，油菜花败了怎么办？怎么挣钱养家糊口。司机说："不用担心，在婺源，挣钱的地方很多。"他告诉我们："旅游公司正在鼓励山民油菜收割后种植菊花。秋天，客人们就可以看到漫山遍野的五颜六色的菊花了。到那时候，我们的生意会更好。"种菊花，真是好这主意。花好看，花期也长，而且菊花有药用价值。徽商会做生意，由此可见一斑。

　　进入景区，再乘车，至一号观景台。这时我们才看到真正的江岭油菜花。从山上往山下望去，层层叠叠的梯田长满了油菜。正是盛花期，金黄的油菜花如洒在山间的片片黄金，在无际的山间，耀眼得很。很多游客情不自禁地跑到油菜花地里，与油菜花亲密接触，摆出各种造型拍照。人面菜花，相映成趣。因为是梯田，油菜花一层一层，好看得很。真的要佩服这里的农民，在陡峭的山间，修筑了这伟大的梯田工程，配上普通的油菜花，就成了风景。农民朋友们开田种地是为了生计，但是，因为他们的勤劳，因为他们的油菜花，这里，就变成了风景，一处让人们如醉如痴的风景。

　　乘车在山间的道路上一路看花，一路看风景。有几块地里长着萝卜花。淡粉色的萝卜花在大片的油菜花丛中似乎显得很羞涩。但是，因为她们的点缀，油菜花更黄了，更美了，更有诗情画意了。

　　至二号观景台，这里的风景又不一样。刚才是俯视，从山上往山下看。现在是仰视，从山下往山上看。一层一层的油菜花仿佛就在头上。花丛中坐落着一户户白色外墙的民居，白色的墙，黄色的花，对比非常强烈，仿佛是画中的世界。

　　是的，来江岭看花，就是看画，就是在画中。

汪口村记

　　汪口是我们在婺源的最后一站。到达汪口，已是傍晚时分。汪口，是徽商古埠头，是著名的古水陆码头。汪口古村落，由宋朝议大夫（正三品）俞杲于大观年间始建，距今有近1000余年历史。因村前碧水汪汪，故名"汪口"。始迁者也期望后裔如水绵长，因而这里又名"永川"。

　　从村西进入官路正街。过曹公桥就算进了村。街口有一古时留下的水碓，是当时汪口人舂米、加工粮食所用。进入古街，仿佛进入时空隧道，一下子回到了明清时代。"婺水东流，吃穿不愁"，婺水养活了汪口人，也带动了古徽州的经济发展。

官路正街始建于宋代大观年间（约1110年），繁华于清代初期。从西往东望去，古街呈弯月型，青石板路面。据介绍，古街全长约670米。全村有340余幢古民居，这条街就占了150余幢。从外观看，古街建筑均为砖木结构，粉墙黛瓦，一般都是两三层。街上的老屋，一般不设庭院，只有店面、客座和厨房设施。明末清初时期，沿街家家设店，店铺茶号鳞次栉比。如今，漫步古色古香的长街，还依稀感受到古商业码头的繁华。古街上小巷众多，粗略数来，共有18条主要巷道。由于汪口村落地势前低后高，极具层次。古人出自于严防火烛、便利排水和人流出入等考虑，故从街头至街末，设置了很多巷道，也开设了与巷道相连的十八处溪埠码头。给当时河滩上常停泊的百十号商船装卸货物提供了方便。

古街巷的名字很有意思，如鱼塘巷、水碓巷、祠堂巷、酒坊巷、李家巷、双桂巷、小众屋巷、大众屋巷、柴薪巷、下白沙湾巷、赌坊巷、夜光巷、油榨巷等。每一个巷子的名字都有来历。如李家巷，是因为有个姓李的女子，嫁给了俞家，没几年丈夫便去世了。李寡妇独自一人，含辛茹苦，抚育儿子成人并取得功名。为感谢李寡妇对俞家子孙的养育之恩，乡人就把这条巷子命名为李家巷。再如赌坊巷，当年码头繁华的时候，赌场生意也非常兴隆，这条巷中赌场多，因而叫赌坊巷。

每到一个巷口，我们都会发现有一块青石板，上面雕刻着一个大大的铜钱。因为这里来往的都是生意人，都很讲究生财，因此在巷口通码头的地方刻上铜钱，寓意财气通村，财气通到自己要去的任何一个地方。

在村东头，永川河拐弯处，有一高大的建筑——俞家祠堂。该祠堂建于清乾隆元年（1736年），是江西省重点文物保护单位。祠堂包括花园、书院，总占地面积1116平方米，为"中轴歇山式"建筑形式，分三进（门楼、享堂、寝堂）两个相连四合院落。前后进各五间，中进三间，木板卷棚做顶，青石板铺地。整个祠堂以细腻的木雕工艺见长，梁枋、斗拱、脊吻、檐椽、雀替、驼峰等处均巧饰雕琢，采用深雕、透雕、镂空雕的技艺，人物鸟兽仿佛呼之欲出，山水花果无不形态逼真。

但是，由于这个祠堂以木建筑为主，历史久远，很多木头都有枯朽的危险。如不及时整修，会带来严重的后果。

汪口村处于山间丘陵地带，周围青山环抱、绿水依流，景色十分宜人。古人有诗云："鸟语鸡鸣传境外，水光山色入阁中。"汪口自宋代以来，这样一个不起眼的深山中的小村落文风鼎盛，人才辈出。有进士5人，举人2人，大夫7人，七品官以上之文武官员36人，学士10人，著作33卷。故有"书乡"之称。明代中叶开始，汪口人大量外出经商，参与开辟了称雄中国商界的徽商时代。

离开汪口村的时候，我们看到傍晚的河面上，还有一个竹排在河面上漂流。竹排上，一个渔民正用丝网在捕鱼。在黄昏的雾霭中，那个渔民、那静静地河水，那远古的村落久久地定格在我的脑海中。

运河岸边古镇行

古老的京杭大运河蜿蜒北行,在辽阔的苏北平原骆马湖畔,造就了两座繁华的古镇,左岸的皂河,右岸的窑湾。

从 2006 年 7 月某天的《新华日报》上得悉窑湾古镇已经破旧不堪、亟需保护的消息后,我跟几位友人讲,去窑湾看看。若干年以后,古镇改造成了新镇,再去访古,就失去了原有的风韵了。朋友们响应了我,相约一起去窑湾。

窑湾古镇位于新沂、邳县、睢宁、宿豫四县交界,京杭大运河与骆马湖交汇处,运河在古镇的西、南两侧划过一道漂亮的弧线,静静地流向远方。运河上舟楫南来北往,运沙、运煤的船队一字排开,川流不息。古老的大运河虽然没能延续窑湾昔日的繁华,但是窑湾离不开水、离不开运河,岸边那一座座码头在无声地告诉我们。

窑湾的兴起与康熙有关。1668 年郯城大地震波及窑湾,两年之后的康熙十年(1670 年)大典期间,大赦,前明的一些贵族遗老被发配至此开荒生产,进行灾区重建。这些文化素质极高的人经过精心规划,利用窑湾的自然河岸构筑街道。在明清鼎盛时期,全国有

18个省的商人在此设立会馆或办事处,镇上有当铺2家,钱庄30余家,较大的店铺作坊300余家,有教堂、庙宇10多处,还有不少外国的传教士在此传教。

窑湾是京杭大运河上的重要码头。古时以漕运为主,这里"日过桅帆千杆,夜泊舟船十里",车水马龙,一派繁华。当铁路、公路兴起以后,窑湾的繁华只能停留在记忆里。

我们走进中宁街,仿佛时光倒流,岁月的沧桑随处可见。一条窄窄的街道,两侧都是店铺,青砖小瓦,古色古香。店铺都带出檐走廊,走廊基本都由木料支撑,一根根木头支柱上,红色的油漆大部分已经剥落,显得斑斑驳驳,靠近泥土的根部明显比上部细得多,因长久靠近地面朽烂了。店铺的门面都由一块块宽木板组成,那种在怀旧电影里看到的,上下有槽,用木板拼合起来的门。在一户大户人家的店面前,门与前面看到的木板不同,门上包着一层厚厚的铁皮,用一排排整齐的铆钉固定。门上有手工打制的锁扣,形状奇特,做工精细。听旁边的一位老人讲,这一扇门有几百斤重,四个青年人不一定能抬动。

走进粮仓大院,一块光绪十一年的界碑孤寂地躺在墙角。北边有一座复式木梁大屋,屋顶的黑色小瓦已经泛白,瓦缝间长了不少青草,随风摇摆。南边并排着五座废弃的圆柱形粮仓,有的仓顶已经坍塌。

出了粮仓,继续沿着中宁街南行,昔日的店铺很多已经人去楼空,大门紧闭,门上的蜘蛛网告诉我们主人已经离开很久了。有些店铺还在经营,但是商品却与古老的店铺相去甚远。在一家叫"家佳旺"的店里,经营的是现代的小超市,前面不远的一家经营的是出租影碟的业务,显得不伦不类。

在西大街,我们参观了生产窑湾人世代食用的甜油的"窑湾甜油厂"。这也是一家大户人家的院落,院中建筑造型各异,保存相对完好。其中，两层的小姐绣楼飞檐画栋，只是小姐观景的阳台已经损坏，让人留下不少遗憾。院子当中摆着几十口大缸，缸中手工酿制的甜油的鲜味弥漫在空气中。据厂里的颜师傅讲，这个院落是清朝中期江西一个姓李的富商所建，主要生产甜油和糕点。现在糕点已经不生产了，但是甜油工艺一直传承下来。

甜油厂西行不远，有一处两进的院落，房中无人居住，院内杂草丛生。窗户全木制成，无一根铁钉。一个个窗格有正方形，有菱形，美伦美奂，那精美的雕梁，令人叹为观止。

西街的尽头是窑湾的名产"绿豆烧酒"的生产厂家——万茂酒坊。酒坊院中有一株老槐树，枝干遒劲，枝叶繁茂。据看门人介绍，这株槐树叫龙槐，中间全空了，有1千多年历史，当年刘邦曾在这棵树上拴马。传说万茂酒坊生产的窑湾绿豆烧酒是由清康熙年间"后宰门"守将马从凯传授的宫廷秘方酿制而成，至今已有300多年历史。绿豆烧酒以浓香型大曲酒为基酒，辅以绿豆、豌豆、冰糖、枸杞子、杭菊、砂仁等为原料，采用传统工艺酿制而成。口味纯正，绵甜久远，畅销周边地区。

中午，我们在镇中的"建忠小酒馆"吃午饭。一边品尝着"绿豆烧酒"，一边听酒馆的老板以惋惜的口气向我们讲述古镇被破坏的历史。特殊年代，中宁街上的石板被翘起，弄去修了电灌站。教堂、庙宇也一座座地倒下、拆毁。年轻人一个个地离开了老街。由于经济还相对落后，无钱修缮老屋。现在在外围开辟了新镇，老街就越来越萧条了。不知道古镇何日才能重振昔日的辉煌。

午饭以后，我们怀着对窑湾无限的怜悯、留念、遗憾，依依不舍地离开了窑湾。

在窑湾运河边的一个码头，我们包了一条小船，与船家谈好60元的船钱，经京杭大运河前往皂河。

由于大运河与骆马湖在窑湾附近交汇，窑湾边上的大运河河面宽阔，小船行驶到对岸，要十几分钟。船在平静的河面上悠然前行，蓝天白云，绿水碧岸，如在画中。河中间，一处处沙洲上长满了芦苇。河面上，船来船往，车水马龙。一个个船队像一条条巨龙蜿蜒在河面上。有的船队是单列行驶，拖轮是龙头，载货的驳船是龙身，在拖轮后一字排开，绵延五六百米。有的船队是双列行驶，拖轮后并排两列驳船。拖轮嗓音嘶哑，"突突"的轰鸣。船老大聚精会神地操纵方向盘。而在驳船的凉棚下，一些船家在悠闲地乘凉。满载的货船，吃水很深，船舷离水面很近，仿佛一个巨浪打来就能颠覆它。而船家却是不慌不忙，稳稳地操着舵。空载的货船，船舷离水面两三米，像一个个威武的大将军，快速地从我们的船边穿过，浪花不时扑到我们身上。

运河上挖沙的船只很多，船上都安装了专门用来吸沙的工具。船头有高高的铁架，沙被管子从河底吸上来，经过铁架下近似于传送带的装置，沙水分离。挖沙船一般都固定在一处水面，等这处的沙挖得差不多，再移动到别处。可爱的大运河，她真是我们的母亲河，把自己蕴藏的资源无私地奉献给人们，养活了多少人。

我们乘坐的是一条小渔船，船上没有凉棚，每个人都暴晒在阳光下。天气很热，无处躲藏，各人干脆坐在船舷边，把双脚伸进河水里。船老大是一个40多岁健壮的男子，总是一副笑眯眯的样子。或许是开船时间长了，或许是迎着太阳的缘故，开着开着，眼睛就眯了起来。有时候，他自己就调整一下，从河里提了一桶水，洗洗脸，清醒一下头脑。

近30公里的水路，经过一个半小时的航行，到了皂河船闸，付了船钱，上了岸，直奔皂河古镇。皂河古镇在清朝乾隆年间，因为乾隆六下江南，五次驻跸皂河而名扬天下。乾隆驻跸的龙王庙就成了乾隆的行宫，称为龙王庙行宫。

来到龙王庙行宫，古老的建筑群规模宏大，气势磅礴。南北中轴，东西对称，斗拱飞檐，雕梁画栋。中轴线上有戏楼、山门、御碑亭、怡殿、龙王殿、灵官殿、大禹殿等建筑，大禹殿是乾隆的行宫。东西两侧有钟鼓楼等对称建筑。我们参观的时候，戏楼上正在排练古戏，听腔调很像是灌云民间流传的淮海戏。没想到，在这样一个偏僻的小镇上，还有人把这样古老的民间文化传承下来，真是让人钦佩，景仰之情油然而生。

拾级进入钟楼，这是一座重檐歇山卷棚顶结构的建筑，建于康熙二十三年（1684年）。楼内悬挂着一口铸于嘉庆十八年（1813年）的八角铁钟。铁钟的八个角分别铸有八卦图案和"国泰民安、风调雨顺"八个大字。拿起放在墙角的木棍，轻轻地撞击大钟，洪厚的钟声立即传向远方。仔细地听，八个角发出的声音好像各有不同，或钢或柔，悠悠扬扬，美好的祝福飘向四方。

在"东宫"前的天井中，栽植六株古树。分别是柏树、柿树、梧桐、椿、槐树、黄杨树。取六株树的头一个字的谐音就是"百世同春"和"百世怀杨"，象征国家春天永驻，兴旺发达。那一株黄杨树真是难得，是我见过的黄杨中最高大、枝干最粗壮的一棵。

出了行宫，我们继续去合善堂，这是古镇上不多见的一处古建筑。现在是村委会的办公用房，正着手修缮保护。据边上的一位大叔讲，最近里边来了和尚。可惜我们来的时候大门紧闭，吃了闭门羹。

皂河还有一处陈家大院，我们继续寻访。大院的一部分是派出所的办公房，还有一部分破烂不堪。我们从街边的小巷子拐进去，院中的建筑青砖小瓦，有一间房子门上挂满蜘蛛网，屋顶有一处直径约一米的大洞，蓝天清晰可见。院内杂草丛生。草丛中，有一个两米多长的大石碾残部，剩余的部分不知到哪里去了。有两位老太太在院中聊天，热情地招呼我们喝茶。看我们拿着相机拍照，不住地问我们："是不是要维修了？"那期待之情溢于言表。

我在默默地祈祷，希望陈家大院恢复它原来面貌的日子不会久远。

　　在叶家酥饼店，我们品尝了著名的叶家酥饼，一层层薄薄的面皮包着各种馅料，经烘烤制成，入口香酥，经久回味。

　　大运河水世代流淌，造就了无数个繁华的市镇，也造就了灿烂的大运河文化。

芝罘横前临渤海

烟台山是烟台的象征，也是烟台城市名字的来源。到了烟台，慕名前往烟台山。

烟台山位于烟台市芝罘区北端，占地420余亩，海拔42米，东、北、西三面环海，是一座流淌着烟台血脉的小山。她浓缩了这个城市600的沧桑历史，是这座城市历史重要发祥地。

山不高，可以漫步上山。首先来到烟台开埠陈列馆，这里是美国领事馆旧址，建于20世纪初，是一幢砖木结构的两层小楼。东南外廊是这栋小楼的显著特点。这栋建筑只是烟台山30幢欧美建筑之一。1861年烟台开埠，成为山东最早的开埠通商口岸，先后有17个国家在烟台设立领事，英、美、日、法、德、丹麦6国在烟台山修建了领事馆、官邸楼、教堂等30幢风格迥异的欧美建筑。记录了烟台作为山东第一个开埠通商口岸的特殊历史。幸运的是，这些建筑都得以保留下来。

烟台山上先后建成了烟台开埠陈列馆、中国京剧艺术蜡像馆、中国钟表博物馆、中国锁具博物馆、烟台老照片馆、民间艺术馆和丹麦领事馆旧址等8处展馆。这些展馆各具特色，流连其中，获益匪浅。

穿过一幢幢洋楼，很快就来到素有"黄海夜明珠"美誉的烟台山灯塔。这座灯塔是中国唯一作为"市标"的灯塔，高达12层。夜晚，灯塔发出强烈的光芒，为来往船只指引航向。

在忠烈祠，我们瞻仰了关羽、岳飞两位不同时期的英雄塑像。关羽、岳飞是汉民族忠勇英烈的象征，是我们的精神之魂。在忠烈祠院子的中部，有一块形状奇特的石头，这就是有名的"燕台石"。燕台石是群燕栖落、聚集的石墩台，是烟台山、烟台市的象征。因为燕台、烟台字音相近，烟台由此得名。在燕台石旁边的小树上，挂满了寄托人们美好愿望的红布条。清光绪二十二年（1896年）六月，浙江人林炳修于石上刻题四言诗十句："崆峒距左，芝罘横前，俯临渤海，镇海齐燕。吁嗟群夷，蚕而食之，唯台山山，一石岿然。谁守此者，保有万年？"

出忠烈祠，至烽火台，这里是烟台山的最高峰。烽火台建于明洪武三十一年（1398年），当时，倭寇经常扰我海疆。烽火台在通讯不发达的当时主要用于传递军事信息。而现在这里已经成为省级爱国主义教育基地了。

参观完丹麦领事馆旧址后，我们进入冬青长廊。长廊全场190米，被称为"中国第一天然氧吧"。漫步冬青树下，空气清新，身心愉悦。有几丝阳光偷偷地从枝叶的缝隙中溜进来，打个滚，很快就不见了踪影。长廊的尽头是海边，有惹浪亭、情侣吊桥等景点，很多情侣在拍纪念照。白色的婚纱，蔚蓝的大海，使烟台山充满了浪漫情调。

有楹联颂烟台山："烟台山头，观浩浩黄渤，听二海涛声，抒不尽古今豪情：嬴政镌碑，孙文宏论，叶帅赋诗，邓公著纪，更高吟领路人一曲华章，雷鸣寰宇。烈士塔畔，颂悠悠港城，看万家灯火，映出了南北仙境：岱王骧骏，宁海举鲲，福莱翔凤，转附腾龙，还精缀新图画千间琼厦，炳耀苍穹。"

　　地处胶东半岛的烟台倚山傍海，风光旖旎。烟台，古称"转附"，自秦汉时起，称"之罘"，明代演变为"芝罘"。历来名人骚客多有吟诵。唐朝散文家独孤及在《观海》中写道："北登渤澥岛，回首秦东门。谁施造物功，凿此天池源。滴洞吞百谷，周流无四垠。廓然混茫际，望见天地根。白日自中吐，扶桑如可扪。迢遥蓬莱峰，想像金台存。"曾任登州太守的宋朝大文学家苏轼笔下的《登州海市》则是："东方云海空复空，群仙出没空明中。荡摇浮世生万象，岂有贝阙藏珠宫？心知所见皆幻影，敢以耳目烦神工。岁寒水冷天地闭，为我起蛰鞭鱼龙。重楼翠阜出霜晓，异事惊倒百岁翁。"

　　漫步于烟台山，冈峦兀立，林木葱茏，红楼青舍，清秀雅丽。烟台山，是镶嵌在烟台海滨胸襟上的一块绿色翡翠，让人回味无穷。

至今犹听宫墙水

2008年，深秋时节，游颐和园。

颐和园，北京市古代皇家园林，前身为清漪园，坐落在北京西郊，距天安门15公里，占地约290公顷，与圆明园毗邻。它是以昆明湖、万寿山为基址，以杭州西湖为蓝本，汲取江南园林的设计手法而建成的一座大型山水园林，也是保存最完整的一座皇家行宫御苑，被誉为"皇家园林博物馆"。

乾隆十五年（1750年），为了筹备崇德皇太后（孝圣宪皇后）的六十大寿，乾隆帝以治理京西水系为由下令拓挖西湖，拦截西山、玉泉山、寿安山来水，并在西湖西边开挖高水湖和养水湖，以此三湖作为蓄水库，保证宫廷园林用水，并为周围农田提供灌溉用水。乾隆帝以汉武帝挖昆明池操练水军的典故将西湖更名为昆明湖，将挖湖土方堆筑于湖北的瓮山，并将瓮山改名为万寿山。

我们从东宫门进入颐和园，进仁寿门，迎面是一块高大的太湖石，外形犹如寿桃，所以此石也称寿星石。寿星石西是一麒麟雕像，麒麟乃吉祥如意的象征，麒麟正对仁寿殿大门。仁寿殿，取《论语》

"仁者寿"之意。这里是慈禧和光绪居住时处理朝政的地方。我们从仁寿殿前拐向南,去文昌院。文昌院外有文昌阁,内供文昌帝君。此阁与万寿山西供武圣的宿云檐象征"文武辅弼"。院内很清静,游客很少,玉兰满枝辛夷,幽静的氛围让我很喜欢。院内有四个展馆,分别是瓷器馆、玉器馆、铜器馆、聚珍馆,各馆所藏均是珍品,展品涉及瓷器、玉器、铜器、金银器、竹木牙角器、漆器、家具、书画、珐琅、钟表等,尤其还展出了慈禧所书的"龙"、"寿"二字。

出了文昌院,不远就是知春亭。知春亭四面临水,亭畔点缀着山石。据说每年冬去春来,湖冰最早在这里消融,告知人们春天已来临。从知春亭处看昆明湖、万寿山、佛香阁,视野开阔,景色秀丽。

到了知春亭,我忆起冰心先生的一篇散文《只拣儿童多处行》,文中就写到了知春亭,写到了春游的孩子们:"我们本想在知春亭畔喝茶,哪知道知春亭畔已是坐无隙地!女孩子、男孩子,戴着红领巾的,把外衣脱下搭在肩上、拿在手里的,东一堆,西一簇,叽叽喳喳的,也不知说些什么,笑些什么,个个鼻尖上闪着汗珠儿,小小的身躯上喷发着太阳的香气息。也有些孩子,大概是跑累了,背倚着树根坐在小山坡上,聚精会神地看小人书。湖面无数坐满儿童的小船,在波浪上荡漾,一面一面鲜红的队旗,在浩荡的东风里哗哗地响着。"冰心先生一生喜欢孩子,热爱儿童。这一段话观察细致,描写细腻。

从知春亭沿着湖边向北走,很快就到了玉澜堂。玉澜堂临湖而建,是典型的四合院建筑,这里曾经是乾隆的书房,光绪的寝宫。戊戌变法失败以后,这里也是囚禁光绪的地方。玉澜堂正对昆明湖的侧门有两副对联,写出了这里的绝佳风景。一副是"台榭参差金碧里,烟波舒卷画图中"。另一副为"绿槐楼阁山蝉响,青草池塘彩燕飞"。

冰心先生喜欢玉澜堂里的海棠，喜欢盛开的海棠花。我们来的时候是秋季，海棠树还在，只是没有了海棠花。

我们在一座座古色古香的庭院中流连，忽然从一个院子中传出的戏曲声吸引了我们，我们循声进入德和园中。只见园中有一座高大的三层戏楼，楼内正在进行演出。戏楼从上向下分别为福、禄、寿三层，可以同时演戏。据介绍这里是专供慈禧看戏的地方，戏楼设计精巧，气势雄伟，是清宫三大戏楼之一。清代很多京剧表演艺术家如杨小楼、谭鑫培等都在这里表演过，因此这里也被称为"京剧的摇篮"。

早就听说颐和园中的长廊是世界上最大、最长、最负盛名的画廊，我们迫不及待去亲身体会。从"邀月门"进入长廊，真是一处精美绝伦的画廊。长廊内的彩绘有山水、人物、花鸟，演绎了一个个悠久的历史故事，令人回味无穷。长廊东起邀月门，西至石丈亭，中以排云亭为界分为东西两段。全长728米，计273间，上绘14000幅彩画。长长的人流缓缓地在长廊中蠕动，大家都在静静地欣赏，默默地品味。

从排云亭折往排云殿。这是专为慈禧过生日受贺而建的大殿。殿名出自东晋文学家郭璞"神仙排云出，但见金银台"的诗句。过排云殿步步登高，佛香阁就矗立在排云殿后的万寿山上。佛香阁高36.48米，八面三层四重檐，耸立于20米高的石基上。顶部覆盖绿琉璃瓦，飞檐翘角，鎏金宝顶，气势非凡。这里是颐和园全园的建园中心。佛香阁后有无梁殿，不用梁柱承重。无梁殿嵌有无量寿佛一千一百一十尊。无梁殿又称"智慧海"，意思是佛的智慧如同大海一样深广。"智慧海"后有四大部洲，这是乾隆年间兴建的一组藏式宗教建筑。经过四大部洲、松堂，就是后湖，湖边有苏州街。苏州街小桥流水，店铺林立，丝竹悠悠，一派繁华的江南街市景象。

在苏州街用过午餐,我们经宿云檐去"清晏舫"。这是一艘巨大的石船,静静地停泊于湖边。船头高高地昂起,似正准备扬帆远航。因为为了保护文物,不让上船,因此我们不能近距离欣赏,非常遗憾。

在十七孔桥边,我们见到了一头铜牛。此牛铸于乾隆二十年(1755年),称为"金牛"。据传是为镇压水患而置。牛背上有乾隆亲自撰写的《金牛铭》。十七孔桥桥头有廓如亭。亭内面积有130余平方米,是中国同类建筑中最大的一座。出廓如亭即是十七孔桥,此桥是我国皇家园林中最长的一座桥,有17个桥洞,150米长。桥头和桥栏望柱上雕有500多只石狮子,形态各异。过桥即是南湖岛,岛上有涵虚堂等建筑,与万寿山遥相对应。

昆明湖上视野开阔,碧波荡漾。西堤及其支堤把湖面划分为三个大小不等的水域,每个水域各有一个湖心岛。这三个岛在湖面上成鼎足而峙的布列,象征着中国古老传说中的东海三神山——蓬莱、方丈和瀛洲。

站在昆明湖边,突然间,竟想起了王国维。大师早年追求新学,受资产阶级改良主义思想的影响,把西方哲学、美学思想与中国古典哲学、美学相融合,研究哲学与美学,形成了独特的美学思想体系,继而攻词曲戏剧,后又治史学、古文字学、考古学。郭沫若称他为新史学的开山,不止如此,他平生学无专师,自辟户牖,成就卓越,贡献突出。在教育、哲学、文学、戏曲、美学、史学、古文学等方面均有深诣和创新,为后人留下了广博精深的学术遗产。特别是其《人间词话》影响深远。

1927年6月2日,大师雇了一辆人力车,前往颐和园。在湖边吸完一根烟,跃身湖中,于园中昆明湖鱼藻轩自沉。人们在其内衣口袋内发现遗书,遗书中写道"五十之年,只欠一死。经此世变,义无再辱"。短短数言,却给了后人无数的猜测和无尽的遗憾。

有诗写颐和园,"殿阁嵯峨接帝京,阿房当日苦经营。至今犹听宫墙水,耗尽民膏是此声。"是的,走过颐和园,每个人都会有数不尽的感慨。

子期难觅瑶琴绝

在武汉，与好友相约游归元寺。因为时间相对宽裕，决定乘公交去。问公交司机如何去归元寺，司机师傅说："到古琴台下就可以。"到了古琴台站，见一古色古香之建筑。路人讲，这里是古琴台。我们欣然前往。

琴台建筑群的门面不大，白墙黑瓦，颇有皖南风味。窄窄的门上书写"古琴台"三个行书大字，在浓浓的树荫下显得古朴久远。

进了门，右拐，有伯牙扶琴雕塑。在一丛修竹旁，伯牙端坐，美髯飘飘，双手抚琴，目视远方。在雕像前久驻，倾听阵阵传来的《高山流水》曲音，思绪仿佛漂到了两千多年前的春秋战国时期。那一天，俞伯牙奉晋主之命出使楚国，公事办完，返乡省亲。行至汉阳江头，恰逢中秋，云开雨止，皓月当空。伯牙在舱中独坐无聊，移舟岸上，命童子焚香，独坐抚琴以遣思乡情怀。忽一曲，弦断。伯牙大惊，料有人听琴，察看，见一樵夫立于岸上。经谈论，此人即钟子期，于是再邀其听琴。奏一曲志在高山，子期听，赞道："善哉，峨峨兮若泰山。"伯牙续奏一曲意在流水，子期又赞道："善哉，洋洋兮若江河。"一曲高山流水喜遇知音，上大夫与樵夫结为挚友，相约翌年中秋在钟家再聚。一年以后，伯牙重回故地，不想子期已离开了人世。伯牙悲痛欲绝，在子期坟前抚琴祭奠，重弹"高山流水曲"以寄托哀思。弹完，对天长叹，割断琴弦，双手举琴，摔得粉碎。从此碎琴绝弦，终生不复鼓琴。由此，"高山流水遇知音"传为佳话，千古不衰，"知音"典故也由此而来。

韩文宇有《琴藏幽谷知音绝》，"十年红梅深冬藏，不敌飞雪逆风扬。子期难觅瑶琴绝，奈何枝落百花江。"

冯梦龙在《警世通言》中有诗曰："浪说曾分鲍叔金，谁人辨得伯牙琴？于今交道奸如鬼，湖海空悬一片心！"

人生知音难觅，伯牙子期当是绝唱。

出茶院右门，迎门是置于黄瓦红柱内的清道光皇帝御书"印心石屋"照壁。此"印心石屋"是当年道光皇帝为两江总督、太子少保陶澍题写的字。

陶澍，清代经世派主要代表人物，湖南安化人，字子霖，号云汀，嘉庆进士。道光年间官至两江总督，兼江苏巡抚、两淮盐政，任内督办海运，剔除盐政积弊，兴修水利，设义仓以救荒年。著有《印心石屋诗集》、《蜀輶日记》等。陶澍老家宅第有多处，但都以"印心石屋"名之。安化老家的印心石室在安化石门潭水中巨石上，是陶澍幼时随父读书处。长沙省城的两处印心石屋，一在天心区福源巷，一在开福区戥子桥。多处居室为何都叫印心石屋，就因为这四字乃道光帝所御赐。

陶澍任两淮盐政时曾来过古海州，在宿城等地留下不少题刻。不知"印心石屋"四字为何汉阳也有，我一时无法考证。

陶澍称自己为陶渊明的后人。任职两江总督时，大力革除盐弊。

曾到访连云港市宿城（原为海州），经其考察，认为宿城就是陶渊明《桃花源记》发生的地方。

宿城西山有一岭，名唤"湖口岭"，当地人呼为"虎口岭"。由于古时交通不便，这里是进出宿城必经之地。陶澍嫌虎口岭名字不吉利，又传陶澍素有爱"云"之心，改曰"留云岭"。并挥毫写下《留云岭》一诗。诗云："为霖四海心，处处留云住。仙山海气深，此是留云处。"后人曾筑亭于此，称"留云亭"，且有一留云石。此处竟然成了名胜，有多人题诗。清人李大全《留云亭》诗云："坐爱云出岫，为结留云亭，云舒旋复卷，山色长青青。"清人封人祝《留云石》诗云："山头一片云，田海为霖去。故偶见云生，唯恐不停住。"这三首诗几乎句句写云，令人一唱三叹。

古琴台院子里只有我们两个游客。过照壁，见一小门，门额上书"琴台"二字，据传出自北宋著名书法家米芾之手。进门后有曲廊，廊壁上立有历代石刻和重修琴台碑记。廊外庭院中汉白玉筑成的方形石台，便是象征伯牙弹琴的琴台。琴台四周的扶栏上雕刻着一幅幅精美的音乐画卷。拾级而上，琴台苔痕斑斑，寂寥悠远。远眺月湖，发幽幽思情，怆然涕下。

琴台左侧有知音树。此树是一株雪松，据说此树植入琴台胜境，受此感染，主干遂一分为二，成为伯牙、子期感人故事的象征，真是令人叹为观止。

院中"高山流水"纪念建筑右侧，有伯牙子期相会的汉白玉雕塑。他们四手相握，成就千古佳话，滚滚长江见证他们的知音故事，他们已经成为人间相知相遇相悦相知的象征。

高山流水今何在？在古琴台边的小径漫步，我和友人久久不愿离去，我们分享着伯牙子期的千古琴音，我们分享着滔滔江水的悠悠情思。

如果在武汉的出租车上,你问司机:"武汉有什么好玩的景点?"他肯定会说:"武汉没什么好玩的,也就是黄鹤楼啦,东湖啦。"司机一般不会提到古琴台。但是古琴台留给我的印象不仅仅是一处寂寞的景点,它是我心灵深处的不朽记忆。

从未名湖到清华园

没读过北大,但也想去北大转转。因为北大有未名湖。

北京大学创办于 1898 年,初名京师大学堂,是我国近代第一所国立综合性大学,当时既是中国的最高学府,也是中国最高的教育行政机关。1912 年,京师大学堂改名北京大学,著名的教育家、启蒙思想家严复出任北京大学第一任校长。1916 年 12 月,蔡元培先生出任校长,实行"兼容并包、思想自由"的治学理念,在学术和思想上将北大造就成中国数一数二的名牌大学。北京师范大学也源出于京师大学堂,只是北师大的影响已经远落后于北大了。

经过古色古香的北大图书馆,在路的拐弯处沿着一条小道去未名湖,小道两侧均为较为古老的建筑。看到这些建筑我忽然想到了古老的牛津大学校区,知名的古老的大学都有他们相通的地方。

一转眼,未名湖就在眼前。

未名湖湖面较为宽阔,湖边用石块砌成,弯弯曲曲。岸边有垂柳,叶子还没有落。湖西侧,有一大丛的芦苇,芦花还在。湖心有一小岛,有亭,有桥相连。未名湖是温暖的,虽然是冬季,但是落到地上的叶子还是绿色的。未名湖是热闹的，或许是周末，游客很多，也有三三两两的大学生在湖边读书。

湖南部有翻尾石鱼雕塑。湖心岛的南端有一个石舫。湖南岸上有钟亭、临湖轩、花神庙和埃德加·斯诺墓，东岸有博雅塔。北大的学生们将未名湖、博雅塔、图书馆这组建筑群戏称为"一塔湖图"。"一塔湖图"恰是北大建筑中的精华。

未名湖是北大的精神家园，灵魂所在。北大的人以未名湖而自豪。有一首诗曾一度在北大流行：

未名湖是个海洋
诗人都藏在水底
灵魂们若是一条鱼
也会从水面跃起。

未名湖能以"未名"而扬名天下，不是因为这个人造的湖泊，却是因为那些曾在湖边散步、凝神的大师们，是他们自由、深邃而悠远的思想熏陶，让这湖水、这园林生出了一种独特的灵气。

离开北大，我们去清华。清华大学就在北大斜对面，走着过去十来分钟就到。

1910年，用庚子赔款建造了"清华学堂"，即位于清华园内，这就是清华大学的前身。我们从近春园的"零零阁"去水木清华。近春园的岸边是曲曲折折，里边有许多残荷，钓鱼的人很多。英法联军火烧圆明园时，殃及了近春园。近春园的核心景观是一池荷塘环绕的小岛，一孔汉白玉拱桥与岸相接。清华人将近春园以"荒岛"称之，但更多的是称为荷塘，因为此处正是清华大学曾经的著名教授朱自清先生创作的散文名篇《荷塘月色》中所描写的荷塘。见景思人，朱自清先生的作品和人品都该是楷模。

荷塘不远是工字厅。工字厅是一处有名的古建筑,很传统的那一种。工字厅后面的匾额题"水木清华"四字,两旁有对联一副,曰:槛外山光历春夏秋冬万千变幻都非凡境;窗中云影在东西南北去来澹荡洵是仙居。"水木清华"四字典出晋谢叔源的《游西池》诗,"景昃鸣禽集,水木湛清华。""湛"为澄清之意。因工字厅后有一池塘,故有谢氏诗句,题为"水木清华"。池塘边有朱自清先生的雕像,还有自清亭,以示对朱先生《荷塘月色》及其人的纪念。

工字厅原称工字殿,是建校前的清华园主体建筑,始建于清。其前、后两殿间与短廊相接,俯瞰呈"工"字,故得此名。庭院门前有座小石桥,门两边各有两尊大石狮,门额上匾书"清华园"三个大字,是咸丰御笔。院里,曲廊折转勾连,奇花异石间杂庭中,颇为古典雅致,幽静得很。初建时是供皇室贵胄们歇息闲逸之所在,现今已是清华大学的办公区了。

拐过工字厅,不远就是清华学堂大礼堂,以庄严傲岸著称,历来被清华师生视为自己的精神象征。它所透出的坚毅和朴实气质与"自强不息、厚德载物"的清华校训是契合的。大礼堂前草坪更是清华学子们缱绻眷恋之所,见证了清华的岁月沧桑。

再往前行,不远就是"二校门"。即清华最早的校门,始建于1909年,1933年西校门建成后即称原大门为"二校门"。梁实秋先生在校读书时,曾对早年校门姿貌写过如下一段描述文字:"清华的校门是青砖砌的,涂着洁白的油质,一片缟素的颜色反映着两扇难设而常开的黑栅栏门,门的变弧上镶嵌着一块大理石,石上镌刻着清那桐写的'清华园'三个擘窠大字。"现在的这个二校门是后来重建的,但依然是清华的象征。

在这园中漫步,感觉这园中最大的魅力,正来自于一种深厚博大的人文底蕴。

友人问我:"游了未名湖、清华园有什么感受?"我说:"未名湖、清华园都不属于我,我只是这两处学术圣地的匆匆过客,但是他们属于我的灵魂。"

我梦中的未名湖、清华园。

在北京中轴线的北端

　　没有赶上2008年8月8日的奥运会开幕式，但是，却想走过那些世界冠军走过的路。2008年11月22日，我想走过北京中轴线的北端，去领略奥运留下的遗产。

　　鸟巢是我们此行的第一站。鸟巢是国家体育场的别称，因为形态如同孕育生命的"巢"，所以被称为鸟巢。由2001年普利茨克奖获得者赫尔佐格、德梅隆与中国建筑师李兴刚等人合作设计。2008年奥运会前正式投入使用。远看鸟巢，她如同一个摇篮，静卧在蓝天白云之下，那样的安详。鸟巢的造型寄托着人类对未来的希望，对生命的尊重，对美好生活的向往。

　　随着人流来到鸟巢前，与鸟巢零距离地接触。鸟巢外形结构主要由巨大的门式钢架组成，共有24根桁架柱。从侧面看，国家体育场建筑顶面呈鞍形，显得非常沉稳。据有关资料介绍，鸟巢长轴为332.3米，短轴为296.4米，最高点高度为68.5米，最低点高度为42.8米。鸟巢设计中充分体现了人文关怀，"碗状"座席环抱着赛场的收拢结构，上下层之间错落有致，无论观众坐在哪个位置，和赛场中心点之间的视线距离都在 140 米左右，让观众都能舒服地观看比赛，得到视觉的享受。体育场外壳采用可作为填充物的气垫膜，使屋顶达到完全防水的要求，阳光可以穿过透明的屋顶满足室内草坪的生长需要。场内能够容纳九万多人同时观看比赛。

鸟巢的相关设计师们运用流体力学设计，模拟出 91000 个人同时观赛的自然通风状况，让所有观众都能享有同样的自然光和自然通风。鸟巢的观众席里，还为残障人士设置了 200 多个轮椅座席。这些轮椅座席比普通座席稍高，保证残障人士和普通观众有一样的视野。赛时，场内还将提供供助听器并设置无线广播系统，为有听力和视力障碍的人提供个性化的服务。

进入体育场内，两侧的大屏幕上正在播放奥运会开幕式的录像。场地中央，巨大的充气福娃在热情欢迎着众多的游客。体育场内总体以红色和银灰色为主要基色，这从看台坐椅的颜色可以看出。鸟巢内共有三层看台，底层看台上的座椅以红色居多，点缀银灰色座椅；中层看台上的座椅红灰色相间，上层看台座椅以银灰色为主，中间点缀红色座椅。这样的设计层次感非常鲜明，宛如灿烂的星空。

鸟巢为 2008 年奥运会树立了一座独特的历史性的标志性建筑，成为新北京的象征。鸟巢是奥运会留给北京的宝贵的遗产。络绎不绝的参观人群也向我们展示了后奥运时代鸟巢的独特魅力。

从鸟巢参观完以后，我们前往水立方参观。水立方位于鸟巢的西侧，远看如一个方形的盒子。鸟巢是椭圆形，水立方是方形，这样的设计也寓意着中国传统思想中"天圆地方"的理念。在水立方西南侧，有一座名为"盘古"的大厦，大厦的主体设计如一个高昂的龙头，栩栩如生。

站在水立方前，蓝色的建筑与蓝色的天幕交相辉映。一个个不规则的多边形奇妙地组合在蓝色的墙壁上，那样的和谐，那样的协调。远看墙体是平面，到了近处，那些多边形就是一个个大气泡，使我一下子想起了春天池塘里青蛙的卵，密密地排在一起，但又没有青蛙卵那样拥挤，真是美妙的组合。

进入水立方，马上感觉到室内非常得暖和。原来整个建筑内外层包裹的 ETFE 膜（乙烯－四氟乙烯共聚物）是一种轻质新型材料，具有有效的热学性能和透光性，可以调节室内环境，冬季保温、夏季散热，而且还会避免建筑结构受到游泳中心内部环境的侵蚀。更神奇的是，如果 ETFE 膜有一个破洞，不必更换，只需打上一块补丁，它便会自行愈合，过一段时间就会恢复原貌！

水立方内大约分为这样三个区域，一是商务区，有水立方纪念品专卖店，有摄影店，食品店等，为游客服务。第二是跳水区，也是梦幻水立方的演出区域。第三是游泳赛区。现在游泳赛区是不对游客开放的，开放的主要是跳水区域。虽然水立方跳水区域非常宽敞，但是，当大量的游客涌入，马上使这里拥挤不堪，连空气也变得浑浊起来。我们从人群中钻出，爬到较高的看台上，居高临下地观赏梦幻剧场。台下水池内一半是跳水比赛区域，一半是喷泉。我们参观的时候，喷泉没有喷水。这里的看台座椅的颜色设计也有自己的特点。从底层向上，依次是蓝色、蓝色镶白色、蓝白相间、白色镶蓝色。在泳池边观看，这样的设计犹如飞溅的浪花，使水立方内富有动感，富有灵气，飘逸着青春和朝气。

与国家体育场"鸟巢"的设计相比，"水立方"的设计更多地体现了女性般的柔美。鸟巢阳刚，水立方阴柔，形成鲜明对比，给人在视觉上有极强的冲击力，很好地体现了中国人刚柔相济的传统思想。

我们出了水立方，经过国家体育馆、玲珑塔，就到了北京奥林匹克公园公共区。

奥林匹克公园公共区包括一条贯穿南北的龙形水系、琳琅满目的雕塑作品、各式精心设计的花卉图案、景观灯柱等。

奥林匹克公园的中轴线处于北京城的中轴线上。中轴线有一个好听的名字"千年步道"。道路两侧设计着上至三皇五帝，下至宋元明清各个历史时期的纪念性标志物，中轴线的最北端是一个巨大的湖泊"奥海"。奥海的北边是仰山，这是一座人工筑就的山。与故宫南端的景山遥遥相对，寓意出自《诗经·小雅》："高山仰止，景行行止。"朱熹说："仰，瞻望也。景行，大道也。高山则可仰，景行则可行。"奥海与轴线东侧的奥林匹克运河组成一条巨大的水龙，与北京古城区内中轴线西侧的水龙——什刹海、北海、中南海遥相呼应，形成中国古典的对称式布局。中国古典建筑中的对称美设计在这里得到最佳的体现。这样，延伸26公里长的北京城市中轴线成为了一个人文与山水相融的整体。

在奥林匹克公共区，树阵、跌水、喷泉组成一幅幅优美的中国画，开放的外部空间、镂空瓦墙、倒影水池、立瓦铺地为传统空间注入新的表达语言，鼓墙、钟磬塔、排箫、琴幕及青竹长凳组成东方礼乐的优美剧情。

奥林匹克公园中心区有一处下沉花园，独具中国特色的庭院完美演绎了"开放的紫禁城"。花园由7个庭院串联而成。自南向北分别为一号院御道宫门，二号院古木花厅，三号院礼乐重门，四、五号院穿越瀛洲，六号院合院谐趣，七号院水印长天。七处庭院以中国元素为亮点，充分展示出中国历史与现代的文化传承。三号院礼乐重门给我们留下深刻印象。院子东侧是龙形水系下面的地下商业门店，西侧是地铁奥运支线及部分商业空间，南北两端与前后院子相通，是一个过渡性的空间。红墙上，红色钢构支起了上百面"响鼓"。鼓面可敲，鼓内藏灯，白天是鼓，晚上是灯。鼓灯结合，为奥运搭起喜庆的红门。中间甬路旁立起一排"铜箫"，管上有空，风过可鸣，管下有灯，引导路人。钟楼的钢架上挂满礼乐的钟磬铃，随风摇摆，清音可绕。窗前还拉起了细索，如琴弦般可以拨动，弦下的发生器便会送出美妙的音符。这样的设计，完美地体现了中国"礼乐"文化，成为展示中国古典魅力的重要场所。

奥林匹克公园公共区北端即是奥林匹克森林公园，森林公园的核心是仰山奥海，山海相拥，相得益彰。环绕仰山奥海的，是大片的森林。我们乘坐电瓶车参观，只见路旁高大乔木和五彩灌木绵延数公里，犹如置身于一片宜人清新的绿洲中。

走在北京中轴线的北端，感悟着奥运文化，体味着东方文明的传承。

第三编

海上云台

在花香中穿行

我喜欢花，喜欢有着浓郁香气的花，喜欢在花香中穿行。

桂　花

我居住的海边小城叫墟沟，因古时人们在涧沟边交易形成集市而得名。小城有一条纵贯东西的交通干道中山路，是为了纪念中山先生而命名。当年中山先生在《建国方略》中指出要把连云港建成东方大港，他的这个夙愿在几代人努力下已经变成了现实。中山西路是我每天上班的必经之路，在这秋高气爽、丹桂飘香的季节里，那浓浓的花香伴我一路同行。

我喜爱桂花，喜欢那与众不同的花香。桂花的花香浓，香飘远。我们在一个地方闻到桂花香，往往在附近找不到桂花树，因为花香是从远处传来。有时候顺风的日子，花香能飘到数百米外。桂花树上，桂花的金黄与翡翠般的叶子对比强烈而又和谐地融为一体。有的树上花多叶少，一串一串的花束挨挨挤挤，那花香像是被日光蒸发了一样，连空气都被花香浸润了。有的树上叶多花少，花束都藏在油亮的叶子下，这些桂花也是不愿意掩藏自己的香味的，那花香似乎从翠绿的叶子下流淌出来。如果你站在树下，香气直往鼻孔里钻，很快就会醉倒在花下，久久不愿离去。

我喜欢桂花，还因为我爱喝桂花酒。我喜欢喝桂花酒，缘于毛泽东先生1957年写过一首词《蝶恋花·答李淑一》中的一句诗："问讯吴刚何所有，吴刚捧出桂花酒。"小时候，听过嫦娥奔月、吴刚砍桂花树的故事，因而常常守望那一轮圆月，在如水的月色中释放自己的想象。知道桂花能泡酒，我就尝试着去做，一发而不可收，年年都要泡上几瓶。把洗净的桂花放入酒中，那酒就慢慢地变成了淡黄，一星期过后，整个瓶中就成了金黄的玉液。令人难以想象的是透明的琼浆与金黄的桂子竟是这样毫无缝隙地融为一体，"金风玉露一相逢，便胜却人间无数"。就好像《射雕英雄传》中郭靖与黄蓉的结合，令无数青春男女羡煞不已。独处的时候，一杯桂花酒是那样的让我开怀，让我陶醉。

每天清晨，我骑着单车，在清凉的秋意中，穿行在繁忙的中山西路上，悠悠的花香，让上班之路变得短暂而又惬意。一路花香，真美。

木　香

我小时候，没有见过木香花。最早见到木香花是在母校海州师范读书的时候。一排老房子后面，有一簇攀援状藤本植物，用钢筋支架支起来，远看如一个大大的绿球。支架上挂着一个小牌子，上写木香花、蔷薇科等字样。每次做操都要经过树下。直至有一天，她开花了，好像事先没有感觉，她就突然开了。那香味紧紧地牵着我，吸引着我。我记住了，这花叫木香。

后来，我在一所学校当校长。春天来了，卖花人推荐了木香，我一下子买了四株，栽在操场东边的院墙边。没想到，她的生命力那么旺盛，一个暑假过来，就那样繁茂，修长的枝条在风中摇摆。有的枝条蹿得比我还高。第二年春天，她就开花了。

我现在工作的这所学校，也有一株经年的木香，枝繁叶茂，楚楚动人。她生长的地方正对着办公楼，老师们每天上班都要经过她的旁边。现在正是木香盛开的季节，花香悠悠地飘在校园中，女教师们喜欢得不得了。每次经过，总要习惯性地深呼吸，让花香浸润。

"人间四月芳菲尽"，可木香还在盛开。木香花打花苞的时候很有趣，那一个个白色的小花苞如星星点点，掩映在绿叶之中。看到了花苞，就期盼着花开。你留心去观察的时候，她是一朵一朵地开。这边开了一朵，那边也开一朵。但是，不经意间，一夜过来，竟然繁花似锦了，拥挤的花团中，每一朵都想尽情展示自己，都想舒展自己的花瓣。玲珑的花朵，如一个个玉雕。木香花的花瓣有好几层，一下子还数不清有多少片花瓣。往往是几朵花共用一个花柄，很和谐地在一起。张爱玲说过："多一点枝枝节节，就多开一点花。"木香的枝节、藤条是很多的，因而花开得密集而烂漫。宋朝王珪有一首赞美木香的诗："六宫春色醉仙葩，绮户沈烟望翠华。琥珀盘生山芍药，绛纱囊佩木香花。"我喜欢静静地看着木香，喜欢坐在她的边上。看得时间长了，忽然感觉世界一尘不染，美得只剩下满树繁花。

木香的香味很特别，很浓郁的那一种。当你站在花边，那香味会"倏"的一下钻进你的心窝，香得你心疼。再仔细去闻，花香好像失去了踪影。不一会儿，那花香就像针刺一样，不住地扎向你的每一个器官，整个人都被花香包围了，让你躲也躲不开。索性眯起了眼睛，在花香中沉醉。

宋代张舜民认为木香可与牡丹一争高下，他在诗中写道，"广寒宫阙玉楼台，露里移根月里栽。品格虽同香气俗，如何却共牡丹开。"诗中赞赏木香洁白如玉,颜如明雪。形容此花只应天上有,可与雍容华贵的牡丹花争艳。

汪曾祺先生也有一首咏木香花的诗,意境非常美,"莲花池外少行人,野店苔痕一寸深;浊酒一杯天过午,木香花湿雨沉沉。"浊酒一杯,在微微春雨中陪伴木香,多么令人难忘。

木香花开得最盛的时候,也是即将花谢的时候。当那漂浮的一片片宛若白色精灵的花瓣静落尘土的时候,她是怀着爱与凄楚的,不忍离去却又被风轻轻揉碎。记不清在哪里看过这样一段文字:"有些心情你永远不会懂,只过了五分钟,心情就完全不同了。生命中的很多事,你错过了一小时,就很可能错过了一生了。"感觉到看木香,有时就是这样。

我不是唯美主义者,但是看木香,却是心灵散步时的小憩。

桐　花

桐花一般都在三月底四月初开。

桐花开时,颜色绛紫,中部微微泛白,花完全绽放的时候呈喇叭形,那时候桐树的叶子还没有长出来,每一个枝头都盛开着桐花,灿若云霞,一朵一朵簇拥在一起,成了一座座美丽的花塔。她们开得是那样的繁盛,那样的热烈,那样的烂漫,令人激动而向往。桐花的花蕊有甜味,站在桐树下,清香阵阵传来。白居易酷爱桐花,他在《初与元九别后忽梦见之。及寤而书适至,兼寄桐花诗……此寄》写到桐花,"夜深作书毕,山月向西斜。月下何所有,一树紫桐花。桐花半落时,复道正相思。殷勤书背后,兼寄桐花诗。"白居易在《和答诗十首·答桐花》中更是对桐花进行了由衷的赞美:"山木多蓊郁,兹桐独亭亭。叶重碧云片,花簇紫霞英。是时三月天,春暖山雨晴。夜色向月浅,暗香随风轻。"那一簇簇紫色的花朵,如天边紫色的云霞，花香随风轻漾，令人神往，让我们领略了"花簇紫霞英"的曼妙意境。

桐花除了美丽，还有药用价值。年轻人青春期，易长"青春痘"，据说用泡桐花可治愈。春天桐树开花时，采摘一把鲜桐花。晚上睡觉时，先以温水洗脸，取桐花数枚，双手揉搓至出水，在患部反复涂擦，擦到无水时为止。连续使用，"青春痘"很快便会消失。

我喜欢桐花落花时那轻柔地声响，喜欢在桐花盛开的时候在桐树下走过。但是，在经历了本地春季少有的持续两天的狂风暴雨袭击以后，大部分的桐花被吹落了。只剩下几朵傲立枝头，继续骄傲地开放着，让我在遗憾之余略有欣慰。

元稹有诗写桐花："去日桐花半桐叶，别来桐树老桐孙。城中过尽无穷事，白发满头归故园。"能有桐花相伴，真好。

山海相拥凰窝情

凰窝古称皇窝。传说汉昭帝始元三年（前84年），凤凰聚集在东海，就是现在的凰窝。《汉书·昭帝纪》中载："始元三年，凤凰集东海，谴使者祠其处。"说的就是这回事。

凰窝在很长的一段时间内还被称做黄窝，或许是与海边的沙滩有关。凰窝湾内的沙，色黄沙细，海水清澈，日光充足。沙滩长约600米，聚沙成窝，叫黄窝也不难理解。

凰窝是个好地方。凰窝有龙潭，有龙潭涧，有皇古洞，这些都与龙有关。凰窝有凤凰，是传说中凤凰聚集的地方。因此，凰窝与凤凰有关。凰窝有龙有凤，龙凤呈祥，是个吉祥如意的风水宝地。

每次去凰窝，感觉总是那样一致。面对凰窝，是在面对久别的恋人。和凰窝亲近的日子，是和亲密的恋人在散步；走过的每一级台阶，是和亲密的恋人在缠绵。那高高的山，那密密的林，那悠悠的水，那深深的洞，那黄黄的沙，那蓝蓝的海，还有那千奇百怪的石头，带给我无尽的依恋。

难忘凰窝的森林。凰窝森林中的树是神奇而又充满爱恋的，好像每一棵数都在述说着爱的故事。树木以楸树为主,密密麻麻的都是参天的大树。人常云,楸树不会一棵树独自活着。有楸树的地方必是树林,可见楸树的忠贞与执着。他们是为爱而生,为情而成长,为追寻生命的真谛而相依相拥。来过凰窝的人,总会记住那株情侣树。枝叶相抱,树根相连,数十年、数百年的深情对视,丝毫也不倦怠。那份爱意,会在人的心灵上打上深深的烙印。这样的树,在凰窝还有很多。有的甚至在一棵树根上长出三棵树来,倒像是手牵着手的三口之家,其乐融融。更为奇特的是,有一种长得近似于"S"型的树,在它的脊背上生出许多枝条,簇拥着生长,竟然成林,那么亲密地在一起,让人的目光久久不愿离去。

难忘凰窝的石海。有人说,"天若有情天亦老。"其实不然,天对凰窝有情,天恩赐凰窝这一片石海。一块块巨石,不知从何而来,而又青睐凰窝这个位于海边的小山谷。那一大片的地方,石涛滚滚,气势磅礴。如果不是那片森林,这些石头不知要滚向何方。许多石头都是一块搭在另一块石头上,虽然支点很小,千百年来,却岿然不动。有些石头相拥在一起,有的石头却是傲然独立,默默地望着远方,好像在等待远方恋人的归来。漫步在石海中的林荫小道,那种与情人幽会的感觉总是一阵阵袭来。摸一摸这些充满灵性的石头,似乎在与恋人牵手。或许这就是"情人谷"地名的由来吧。

难忘凰窝的山洞。凰窝有情,山洞有情。走在山间,随处都有遮风避雨的地方。山洞不大,但是到处都是。最为奇特的是皇古洞,传说唐皇李世民东征曾在此留宿一晚。洞分上洞下洞。上洞三面皆有出口,踏着台阶上下可以穿行。下洞的门楣上刻有"皇古洞"三个正楷大字。下洞又有两层。沿石级到上层,可以看到四平方左右平坦的地方,这大概就是唐皇歇息的龙床吧。洞前地势平缓,有一个不大的院落,周围树木参天,环境幽雅,倒是恋人幽会的好地方。

在凰窝的山间散步,一路有潺潺的涧水相伴。走累了,随处都可小憩。那林、那石、那洞都可依偎,都可流连。哦,凰窝,恋人般的凰窝。

夏日的凰窝是让人思念的。那份思念的情愫,总是不停地在身边萦绕。那种依恋的感觉,好像延伸到身体的每一处神经末梢。

我喜欢走在凰窝的林荫小道上。在夏日,一个人漫步在石板铺就的小路上,清新的东南暖湿气流轻轻地吹过,空气中弥漫着凉爽宜人的气息。树林很茂密,那一个个庞大的树冠是一张张伞,遮住了天空,看不到什么阳光。那种在别的地方受到夏日骄阳炙烤的感觉在这儿全然没有。林荫下的石板路湿漉漉的,像刚下过小雨。有的地方还长出了青苔,要小心翼翼地迈出脚。走累了,小道边有不少石板搭成的石凳可以小憩。石凳阴凉,走热了的身子乍一坐上去,丝丝凉意便很快流遍全身。这时候还能听到小鸟的歌唱,小虫的演奏。有时候响彻林樾,有时候低音环绕,有时候寂寞无声。有时那边的小鸟偶尔练习一两声,就没了踪影;有时这边的知了会一呼百应,练起了单调的齐唱;有时只剩下不知名的小家伙在"唧唧"的哼几声小曲……

我喜欢走在凰窝金黄色的沙滩上。沙滩上的沙白里透着金黄,很细,也很柔软。赤着脚走,脚底酥酥的,麻麻的,好像在做自然的按摩。如果是午后,那是太阳烘烤过的沙,走在上面又是另一种感觉,疲惫的身心会随着缓缓的脚步渐渐地放松,暖气从脚底逐渐上升到五脏六腑。这时候,你就想躺下来,想让全身体都要与这片沙有亲密的接触。如果是赤脚走在海水里,那种感觉就更美妙了。海水轻轻地摇荡,轻轻地吻着你的脚,每一根毛孔都浸着凉爽。蹲下身子,拍打着海水,好像回到了无忧的童年。

凰窝的海边是开阔而又没有遮挡的,远处烟波浩渺,海天一色。

目光的尽头，是水与天相接的地方，也是引起人们遐想的触发点，那是大海的深处，充满着神奇，充满着奥妙。那些驶往目光尽头的轮船不知道要驶向何方？

我喜欢走在凰窝水库的大坝上。凰窝水库是藏在深山中的一颗璀璨的明珠。站在大坝上看水库里的水，那么清，那么绿。近处是浅绿，稍远一点是碧绿，再往远处，就是墨绿一片。水面上一点杂物都没有，只有蓝天、白云和森林的倒影。

我喜欢在夏天的每一个日子，在凰窝走走。

北固山上三奇石

镇江有北固山，连云港也有北固山。镇江的北固山位于长江边，连云港的北固山位于大海边。这两座山都是当地的名胜。

连云港的北固山上怪石嶙峋，瑞石窝、灯盏石和剑石，形态各异，号称北固山三奇石。

瑞石窝

从墟沟海棠路乘车北行，过陇海线，只见右前方一片葱茏的绿色，在这片绿色下，有一座灰白色的小山头，山头上有一块近似于乌龟的巨石，头朝东，尾向西。这里就是连云港海滨的一处胜境——瑞石窝。

瑞石窝是一个天然的山洞，由三个支点撑起两块巨石。两块石头一大一小，石面布满龟背纹。瑞石窝三处支点如一发千均，南侧是一陡坡，给人以摇摇欲坠之感。洞不长，三米有余。洞中有一块平石，游人至此，如遇斜风细雨，可以坐之小憩。

瑞石窝东侧有一座小山包，可以见到许多海蚀的痕迹。沧海桑田，原来海水直抵山下，如今，已远在500米开外。

坐在瑞石窝旁，墟沟繁华街市尽收眼底。山下的海棠路上车水马龙，陇海线上喷着漂亮颜色的机车不时从远处驶来，海棠路农贸市场人声鼎沸，城中高楼鳞次栉比。真是一处闹中有静的所在。

瑞石窝西南不远处，就是民国的海州镇守使白宝山的私人庄园——乐寿山庄的山门。庄园已人去景非，只留下一座石头拱门，拱门全部由石头建成，庄重古朴。门前古道依旧，车辙印痕依稀可辨，足见当年山庄的繁华。

紧挨瑞石窝北侧的一座小山包上，有一个八角亭，亭名"向若"。"向若"典出《庄子·秋水》，"若"为海神，河伯（河神）"望洋向若"，才知海的博大。站在亭中向东远眺，海州湾秀色一览无余。巍巍云台山，滔滔黄海水。天堂美景也不过如此。亭下有一光滑石壁，原国民党一级上将、抗日名将黄杰初次来墟沟写的一首诗就刻在这里："我来黄海听渔歌，初次瞻韩瑞石窝。喜上云台观浴日，闲从北固看回波。与人增寿山弥静，把酒言欢颊自酡。老去廉颇犹健饭，还当为国整金戈。"该诗见景生情，借景抒怀，不失为一首好诗。

瑞石窝西边是一片茂密的树林，沿着林中的小径西行不远，就会看到一个八角形雕石砌成的荷花池，石喷头立于荷花池中间，池中几朵睡莲正在娇艳地开放。

心情不快时，来瑞石窝小坐，心中郁闷会一扫而光。瑞石窝，会带给人们一个好心情。

灯盏石

灯盏崖在北固山胡坡头南山坡，是北固山三大奇石之一。

从水产学校院墙西侧沿着水泥路一直上山，走到山脚下，过两家小楼之间的巷道，就看到灯盏崖。

从民居后面看灯盏崖，只见一块巨石，立于一块突出的山岩上，呈东南西北走向，东南低，西北高，成一个锐角。锐角有弧度，略向内凹，整块石头形如旧时灯盏，故名。灯盏崖与山体接触面很小，只有一平方米左右。向东南方向伸出的山崖长约三米，危岩飞翅，奇险万状。站在石下，寒气顿生。来到灯盏崖北侧，灯盏崖又如一个倒放的巨型哨子，由两块石头叠加而成，上石略呈平行四边形，高而阔，下石略呈长方形，瘦而长。崖下山石壁立光滑。走近细看，灯盏崖与山体只有四个很小的接触点，其中一个接触点还是人为的。人们可能是担心石块安放不牢固，后塞进一小块石头，并用水泥固定。这倒是杞人忧天的做法，千百年来，这个庞然大物都岿然不动，何必多此一举。

灯盏崖的周围疏疏朗朗地长着一些黑松，东面和南面盖上一幢幢小楼房，挡住了人们从远处观看灯盏崖的视线。灯盏崖向西北方向是一道山梁，山梁北侧是一处山坳，山坳里长满了黑松。微风吹来，松涛阵阵。山梁上也是块块奇石，形态各异。路边生长着低矮的扫帚竹。西北是一山头。山头下方有一片状巨石，尖尖地伸向西北方，形成七八平方的石棚。石棚南侧有一垒石，两石上下相垒，如人形端坐，倚在后面的石崖上，前方什么也没有，离地面是二十余米高的峭壁。近前，下面的那块石头搭在边上的岩石突出处，形成一个天然的过道，人躬身就可以钻过去。石头上有很多海蚀小洞，这是大海留下的痕迹。

灯盏崖西边原有院前水库，现已废，盖上了一排排白墙红瓦的别墅。山上高岭就是胡坡头，建有电视差转台。

剑　石

剑石，又名剑石崖，也称文笔石。在北固山疗养区公路边，胡沟沟口，胡沟水库西边。与瑞石窝、灯盏崖并称北固山三大奇石。

警备区会堂东边有一条环绕北固山疗养区的山路，沿着山路而行，一路树木葱茏。过望海楼、科技宾馆，路开始下行。至金融中心下面拐弯处，看到从北固山主峰发源而下的一条涧沟迤逦而下，穿过公路的涵洞，流入水库。这条山沟叫胡沟。张学翰先生有诗赞胡沟："烟雨蒙蒙湿绿蓑，春光明媚入农歌。一鞭犊背风声暖，十亩龙鳞土脉和。唱月吹笙新社散，耕烟菏锸晚晴多。波生水涨三篙活，柔橹音闻几阵过。"

箭石就在公路的拐弯处的下方。高有十余米，西边微坡，东边壁立，与地面成90度，拔地而起，如一把利剑，遥指蓝天。周围无其他石头，一石突兀。顶部尖尖，形如笔尖，好像要在空中书写什么。箭石周围爬满了藤蔓，好像是一只只大手，要握住这支巨笔，共同书写人生的真谛。箭石北边有一小丛竹子。涧水从南边缓缓地流过，发出哗哗的声响。

箭石西边的斜坡上，刻有"箭石"两个行书大字，另有"1994年二月廿三"、"陈春森"等字样。

《云台导游诗抄》作者张学翰先生有诗咏箭石："朝天尖石笔形收，千古文明一架留。莫说书空无妙手，淋漓大笔点奎娄。"

箭石南边是傲来山庄，北边就是胡沟水库。水库边有一块块碧绿的菜田，大坝边上许多妇女在浣衣。这个水库始建于1965年11月，总库容17万立方米。由于原来的农田都被城市建设所用，水库已经失去了农业灌溉的作用，现在改建成了漂亮的公园。

在连云港的北固山上，还有很多奇异的石头，瑞石窝、灯盏石、剑石只是其中的代表。

丹霞一片落枫香

枫树湾是海上云台山的绝佳处。

出隧道的一刹那，竟忆起了陶渊明的《桃花源记》："山有小口，仿佛若有光，便舍船，从口入。初极狭，才通人。复行数十步，豁然开朗。土地平旷，屋舍俨然，有良田美池桑竹之属。"《桃花源记》简直就是为宿城而写。清代道光年间两江总督陶澍（自称是陶渊明的后人）在海州改革盐政时，曾到宿城考察，认为宿城就是陶渊明描写的《桃花源记》所在，并在原法起寺附近兴建了"晋镇军参军陶靖节先生祠堂"。陶公祠建成后，陶澍亲撰一副楹联："此间亦有南山，看云归欲夕，鸟倦知还，风景何殊栗里？在昔曾远游，忆芳草缘溪，林花夹岸，烟村别出桃源。"陶渊明是否来过宿城，史学上还没有定论，但我们从他的诗句中能够找到一些痕迹。如在《饮酒诗二十篇》中有一首写到："在昔曾远游，直至东海隅。"东晋时的东海指的就是现在的连云港附近。

过宿城隧道，右侧涧沟即枫树涧。涧上有一拱形小桥，名枫桥。过小桥，向右一拐，就进入枫树湾景区，枫树涧因枫树湾得名。

进入景区，踏上石砌的小路，满眼都是枫树，红如彩蝶，缤纷艳丽。枫叶有的红透了，有的半红半青。忽然想起杜牧的《山行》："远看寒山石径斜，白云深处有人家。停车坐爱枫林晚，霜叶红于二月花。"此诗与此景的意境非常相近。在阵阵轻风中，枫叶纷纷扬扬地落下来。看到那片片如落英般的叶子，无声无息地飘落，顿时有一种感动，一种留恋，泪水却不自觉地潸然而下。这可爱的叶子，还没有尽情展示它的美丽，就离开了母亲的怀抱。

前方是石头铺的小路，弯弯曲曲地在林间盘旋着，伸向远方，让人总想沿着这条小路走下去，一直走向秋色的尽头。

愈往前行，枫树愈密。开始看到的是一两棵，枫叶红得也不是那么娇艳，就有人尖叫起来，惊叹它的红了，惊叹它的美了，惊叹它的奇了。现在枫树是一大片，密密麻麻，树叶层层叠叠，树叶都红了，红得似一片海，已经没有人惊叹了。众人都伸长了脖子，贪婪地注视着这一片片神奇的叶子，呼吸着林中弥漫的清新的气息。仿佛看到的不是一片片树叶，而是一个个动感的小生灵，每一片树叶都是一个红色的小人在跳舞，每一片枫叶上都有一个充满灵性的生命在颤动，这令人心仪的美丽的树。

风也喜欢光顾枫树湾，它也被这一片美景感染了。阵阵轻风吹落了一片片树叶。你是想把这枫叶带走吗？你要把它带到哪儿去呢？不行，这里的美景离不开这些可爱的叶子。哦，你又把它留下来了。留到了石板路上，留到了草丛中，留到了水面上……还有那些在空中飞舞的，我的女儿说那是飞舞的蝴蝶，在空中跳舞呢。

枫树边上有小龙潭，潭不大，水很清澈，潭面上落了不少枫叶。小龙潭向西不远，沿林中小道上行，枫树逐渐稀少。在丹桂园东门外涧沟边，有一块通体略显发白的巨石，似一条劈浪前行的大鲨鱼，头向西北，尾向东南。巨石南边刻有"巨鲨"二字。这条巨鲨不知何故落难到此。从头部往下看，那憨态可掬的样子倒像是一头眯眼休息的绵羊。鲨鱼石上边还有一块奇石,叫海狮石。海狮头向西,尾向东。头高高翘起,似乎要去吃树上的叶子。海狮身边有一块圆圆的石头,因此,此石也称海狮戏球。

海狮石南就是丹桂园。丹桂园是一处仿古建筑,四周的围墙都是青砖所砌,上部小瓦成檐。正门上方刻有"张保皋纪念园"字样。

张保皋何许人也?是韩国莞岛人。曾任唐朝小将、新罗清海镇大使,是韩国古代著名的国际海上贸易家。据说张保皋的商船曾经到过宿城,因此宿城乡政府建此园纪念他。张保皋(790年—846年)出生于"侧微"的贫寒家庭,其父张百翼是归化新罗的中国人。少年时期的张保皋喜欢舞枪弄棍,善水性,力大无比,而且侠肝义胆,心胸广阔。唐宪宗元和二年(807年),张保皋和他的朋友郑年入唐来到赤山浦(今石岛湾),后流落扬州。唐文宗太和二年(828年)张保皋回到新罗,奏请兴德王,在海上要冲自己家乡莞岛设清海镇,充任大使。兴德王允其请,拨给他他一万兵镇守,开始荡除海盗,禁止奴婢买卖。张保皋还以清海镇为大本营开辟海上贸易,建立海上贸易网络。这个网络以韩国半岛的清海镇、山东半岛的赤山村(今石岛镇)及日本的九州为基点,连接中、韩、日三国庞大的海洋贸易网,其造船术和航海术比当时中国唐朝来说毫不逊色。他们把中国生产的瓷器、丝绸、纸张等运往中东波斯和大食(阿拉伯),再把中东波斯、大食的香料、珠宝等奢侈品运往远东中、韩、日三国,开辟了古代韩国的"海上贸易之路"。

张保皋出身寒微,却担任清海镇大使,有拥兵自重、割据一方的实力,独自进行外交活动,独占国际海洋贸易,这对新罗的旧体制构成很大威胁,于是新罗王及朝臣们借口"纳妃"事件于846年杀害了张保皋。

张保皋虽被杀害了,但他的业绩永远留在人们的心中。他的家乡莞岛人民建立祠堂,把他当神一样的供奉起来,中国史书把他比作"周公之圣、邵公之贤"。日本人把他称之为张宝高,就是拔高的意思,对他也是异常景仰。张保皋远洋贸易,比哥伦布到达美洲发现新大陆早六百多年。我们可以想象,如果张保皋的事业得以延续的话,今天世界历史就得重写。近代以欧洲为中心的世界文明史,就可能会改为以亚洲为中心的世界文明史了。

进入园中,迎面是一砖砌影壁,上书一红色镂空"福"字。园中比较凌乱。水池中一滴水也没有,墙角等处杂草丛生。园正中有两棵桂花树,已有三百多年的历史,是全市最大的桂花树。每年秋季,桂花开放的时节,那一簇簇的小黄花竞相开放,数百米外就能闻到香味。园中还有三棵木瓜树,西南角两棵,北墙附近一棵,树龄也很长。那木瓜树很奇特,树皮片状剥落,遗痕明显,那斑斑点点的树皮十分有趣。每年秋天,硕果累累。在床头放一个金黄的木瓜,香味悠悠,香中透着甜蜜,沁人肺腑。

从海狮石旁的小路上行,距离海狮石约30米左右的涧沟左侧,有一块略呈长方形的石头,光滑洁白,东侧石壁有"龙床"二字。巨石东西方向,长约8米,宽约2米,高约1.5米。上部平坦如床,能容纳二三十人站立。一群游玩的中学生在爬上爬下,嬉笑玩耍。

丹桂园墙外西南侧,有一处石海奇观,千奇百怪的石头相互簇拥在一起,顺山势而下如滚滚波涛。

沿着龙床边的小路登山,前行约50米,涧左侧是一片茶园,临近涧沟的岩石非常光滑,流水无声地滑落下来。涧右侧山势险要,独一处石壁光滑,人称"无字碑"。无字碑西侧上方有一巨石,高十余米,独立成崖。崖边就是大龙潭。大龙潭约50平方米,潭中落了很多树叶,潭底石块清晰可辨。因是枯水期,潭中水量不大。龙潭上就是大龙潭瀑布。往日大龙潭瀑布壮观的景象已经雄风不再,只有一股小细流从上面的岩石上孤独的流下,那宽宽的、黑黑的瀑布水印还深深地烙在岩石上。大龙潭瀑布是枫树涧中最大的一处瀑布,每年夏季丰水期，尤其是雨后，大龙潭瀑布落差二十余米，水势汹涌，声震如雷。

　　无字碑边的这块巨石，白中泛着微黄。在这块巨石的西南方山坡上也有一块巨石，两石遥遥相对，似一对情人，默默相望。说起这两块石头，还有一个凄婉的传说。大竹园有一个年轻英俊的张生，有一次到爬山头去观海，恰遇龙王的女儿在海边嬉戏，两人一见钟情，再也不能分开。此事被龙王知道后，坚决反对，还扬言要惩罚张生。还把龙女囚禁起来。派鲨鱼和海狮看守龙女。鲨鱼和海狮非常同情两个年轻人，想方设法帮助龙女和张生，常常为两人约会提供方便。有一次，龙女和张生正在枫树湾约会，龙王知道后，大发雷霆，带领虾兵蟹将赶往枫树湾捉拿两人。鲨鱼和海狮得到消息后，赶在龙王的前面给龙女通风报信，但还是在枫树湾被龙王追上。龙王拔出宝剑，刺向鲨鱼和海狮，鲨鱼和海狮轰然倒下，化成了两块石头，至今海狮石的头部、鲨鱼石的背上还有剑劈的痕迹。喷出来的鲜血洒到了涧边的树上，树叶霎时间变得鲜红，这就是枫树湾红叶的来历。龙王继续向上寻找二位恋人，在龙潭附近发现了他们，就把宝剑向二人中间一掷，化成了一道涧沟，这就是枫树涧的由来。张生和龙女呼天抢地，欲飞向一起，怎奈枫树涧如一道不可逾越的鸿沟，他们再也不能在一起了，只能遥遥相望。龙王劝龙女回去，享受龙宫的荣华富贵，龙女就是不动心，只是静静地对着张生，默默流泪。张生也是深情地望着龙女，不愿回家。就这样年复一年，日复一日，两人就化成了两块相对的石头，龙女流下的眼泪汇成了大龙潭和小龙潭。龙王追累了坐下来休息的大石头就是现在的龙床。

　　枫树涧在大龙潭处由西涧和北涧汇合而成。西涧水量很少，源于黄毛顶下。北涧人称棺材涧，主涧发源于大桅尖西。从大龙潭西绕行至大龙潭正上方，有一梯形水潭，北头大，南头小，形似棺材，此乃棺材涧名称之由来。潭中水沿着一条二十余米长的窄窄的通道流入大龙潭。

　　沿着涧沟北行，水潭越来越多，水量也大起来，潭边长满了水草。有的水潭中长了很多芦苇，虽然已经枯黄，可芦花还在，欢快地向人们招手。不时有小鸟从身边飞过，一路都能听到他们的鸣叫声。越往上行，树木越多，认识名字的有棠梨树、栗树、橡树、檀树，不认识名字的杂木布满涧沟。行至巨石滩，数十块石头挤在一起，形成几个不大的山洞。水从洞中汩汩地流出，发出温柔的声响。巨石滩向上，树木越发茂盛。涧右侧还长了很多竹子，竹子与其他杂木混生在一起。涧沟中，树一丛一丛簇拥在一起，煞是好看。在一个不知名的水潭边，发现一棵奇怪的松树，一个树根上竟然长出四个躯干，粗细相差不大，每一个躯干上都是枝繁叶茂。

　　再往前行不远，看到了一座石砌的三孔小桥，原来已经到了盘山公路，这里离大竹园村村部很近。从桥洞下继续前行，约30米，一块大石头下面形成了一个天然的山洞，洞内有十一二平方米的面积，两头都有出口。南侧大口有石砌的痕迹。这里叫小庵，据说原来附近有一座庵堂。涧左侧是黄毛顶，涧右侧为张楼顶。从小庵往上，不远就是牛面石。有一大石头形如牛面。在牛面石附近，棺材涧一分为二，直行的涧沟当地人称大涧沟。往东方向的涧沟叫张楼涧。直行的大涧沟在枯水期水量很小，而张楼涧中的涧水一年四季都在哗哗地流着。

　　顺着张楼涧爬行，涧窄而陡。常常看到一串串的水滴从岩石上跌落下来。有的水珠一串一串，如垂着的珍珠项链一般。走累了，喝一口山泉水，饿了，叮当果、野柿子、小棠梨、野山楂随手可摘。有一块巨石扁扁如鱼，似从山上游下来。从鱼形石越过几处危岩，就到了底庵。这里原来也有一座庵堂，现在一点痕迹也看不到了，只空留下这个地名。

　　底庵向上，就是张楼顶。张楼有十来户人家，都姓张，原有一石砌小楼,现在也见不到了。在一处石墙上,还看到了"抓革命,促生产"的字样。人家边上是一大片竹林,竹林下方是一棵高大的银杏。一棵银杏分为三株,银杏叶一片金黄,耀眼得很。

在回来的路上,看到很多游客还在登山。

枫树涧旁枫树湾,是秋季赏枫的好地方。有位乡土诗人这样描绘枫树湾,"飒飒西风野菊黄,丹霞一片落枫香。满溪尽是停车客,翰墨传情剩春光。"

北固海滨十里行

从墟沟神州宾馆前行，不远就是全国拦海第一长堤——西大堤。大堤东接连岛，西连黄石嘴，全长 6.7 公里，自建成以来，游人如潮，流连徜徉。大堤北面是烟波浩渺的海州湾。我们的海州湾是一神奇之地，不仅物产丰富，还经常会出现海市蜃楼。那楼台亭榭，忽隐忽现，气象万千，吸引游人无数的目光。

从大堤西侧原驻军某部液化气站登鹰嘴山，可以沿着十里海滨，一直到达西墅。

走在蜿蜒的山间小路上，左边是城，脚下是山，右边是海，视野尽处，满目山水，海风习习，涛声阵阵，使人心情荡漾。

到达后大门山，看到一座高高的极其简陋的小木亭。站在小木亭中极目远眺，浩瀚海州湾一览无余。虽然没有看到大海"风卷怒涛、浪花喷雪"的雄壮一面，却见到了"渔舟点点，沙鸥翔集"的温柔秀色。海风轻轻地吹拂着，海面上不时传来渔船的机器轰鸣声。远处的秦山岛静静地卧在海面上，像一个酣睡的孩童。当年，或许秦始皇也看到了海雾飘渺中的秦山岛，以为那就是传说中的蓬莱仙境，即遣赣榆人徐福入海求长生不老之药。哪里有什么不老仙药，无奈的徐福只好远走海外，逃往东瀛，成为日本人的人文祖先。还有一个传说，当年秦始皇曾命人筑路，准备上秦山岛。至今，落潮时还能看到石砌神道，横亘东西，被人们称为神路，地质上称为"路道桥"，是潮流搬运的结果。

在玉枕山东侧山脚下，驻军某部东边台阶尽头，蹲着一只巨大的天然石蟾蜍，正微笑着迎着远方的客人。头向东南，尾向西北，有嘴有眼，惟妙惟肖。

这里就是人们常说的后大门所在，因玉枕山与后大门山相对如门而得名。前行约30米，来到玉枕山正东首。山上绝壁危岩，怪石嶙峋。山间一条横向的裂缝至北向南，宛如一条腰带缠在山间。裂缝的尽头下方，镌刻着"云水荡胸"四个隶书大字，下面还竖刻着几行小字，内容为："大清光绪己亥季春下瀚，海州里人黄道传登此观海，时风卷怒涛，浪花喷雪，振衣千仞，尘障一空，遂勒四字于石壁，以为雪泥鸿爪之遗。同游者邵君鸿举、姜君有珍、孙君贯英、臣、董君春成、心澄及门生李子唤藻、顾子训礼、邵子会林并其侄诗敏也。六品顶戴龚守业偕弟士业刻。"路边有一石碑，上书"连云港市文物保护单位，龙门村摩崖石刻"等字样。文中所提众人，均是当时海属名流，在海州地区影响巨大。

从龙门村石刻前行不远，左边有一块剑劈石。巨石中间有一道竖着的裂缝，如剑劈一般。剑劈石北边有一天然山洞。山洞分上下两洞，上洞大，下洞小。下洞约三四平方米。上洞犹如石棚，头顶一块圆石，可见蓝天。

山下就是小龙湾。小龙湾是砾石滩。潮水还没有涨上来，一大片的砾石挨挨挤挤，砾石上长满了蛎子。这是海州湾的特产，一年四季都可食用。海边人爱吃蛎子，因为它味道鲜美，营养丰富，得来容易。有名的大众菜有海蛎烧豆腐、海蛎粉丝汤、海蛎三鲜水饺等。海边有许多人以敲蛎子为生,虽然辛苦,但还能靠这小小的东西养家糊口。远看砾石上那些白白点点的就是被敲去蛎肉剩下的空壳。这些可爱的小生灵被人们敲了长,长了敲,默默无悔地奉献着自己的毕生。

沿海边转向西行,山上的树木渐渐多起来,裸露的山石少见了。南侧是高山,北边是大海。山上山下树木葱茏,不时有不知名的小鸟从头上飞过,洒下一路欢歌。

至一人工隧道前,山路开始崎岖起来,窄窄的小路伸向密林深处。走到林中,树木茂盛起来,小鸟也多起来,经常听到各种鸟鸣声,叽叽叽,喳喳喳,在欢迎我们这两个不速之客。林中的树木很粗壮,枝叶茂密。树木以松树居多,夹杂着各种藤本植物,互相缠绕,密林深处偶尔会见到深浅不一的山洞。这时候,看不到大海,看不到蓝天,看不到其他行人,只听到大海撞击岩石的涛声,只听到海上渔船的轰鸣声,只听到小鸟的鸣叫声,还有那偶尔阵风吹来的树叶摩擦的沙沙声。远离了都市的喧嚣,好像一下子进入了原始世界中。

小路越来越窄,宽的不过两米,窄处一米不足。这是初冬的日子,脚下的小草有的已经枯萎,那生机已随着冬天的来临逐渐远去。山坡上,树林间,有的叶子泛着微黄,有的叶子透着浅红,在青青的松树间,显得色彩斑斓。阵阵海涛声使林间愈发宁静。一路听着滔声、鸟声,如走在亘古的时光隧道中,仿佛经历了千万年。

不知过去多长时间,树木开始稀疏起来,海水看到了,竹岛也看到了,漂浮的紫菜看到了。

对面就是竹岛。这是一个满是绿色的小岛,从南面看,山体呈圆弧形,女儿子涵说那是一个巨大的面包。岛上有几户人家。清嘉庆《海州志》载:"竹岛去西石三里许,上多扫帚竹。"乡土诗人张百川有诗咏竹岛:"中央一岛望分明,四面潮来翠竹生。浪影轻筛新月碎,波翻低佛暮烟平。崖阴叶密红尘隔,石罅根穿绿荫横。此地尚堪闲眺处,渭川千亩助秋声。"

竹岛与东哨之间的海面上是紫菜养殖场。其间竹竿林立,泡沫星星点点,一畦畦紫菜随波荡漾。养紫菜的小舢板穿梭在紫菜行间。站在山坡上放眼望去,成千上万亩紫菜犹如海上牧场,蔚为壮观。

至东哨北山。路很平坦,山上树木稀少,怪石却多起来,像一个天然的奇石博物馆。有的形如裁判用的口哨,有的形如圆圆的飞碟,有的如正在爬行的乌龟,有的如远眺的雄狮……这里的石头除去形状奇特外,还有一个共同的特点,那就是一律向着大海方向前伸。据说这也与徐福东渡有关。当年,徐福带走的三千童男童女有不少就是西墅渔家的孩子,船载着孩子们离开了故乡,也带走了父母的心,他们年复一年地站在海边,期盼孩子们能平安回来。可是,看到的还是那周而复始的潮汐,听到的还是那熟悉的涛声。时间长了,他们就化成了一块块石头,倔强地遥望着远方的海面。

山南即是东哨庄。清朝时盐务驻有哨卡在此,又在西墅之东,因名东哨。民国时两淮盐务管理局局长缪秋杰先生看好东哨依山傍海的美景,曾在小佛头南侧建花园,可惜花园已经不在。现在的东哨还如世外桃源一般,一户户人家依山而建,村前平原上,一片片绿油油的蔬菜田在阳光下散发出诱人的光泽,一派田园风光。

我们从小佛头山走上海边,这个海湾名白沙湾。白沙湾的东部也是砾石滩,滩上多鹅卵石,大小不一,颜色多样。海湾的西、北两面是沙滩。沙很细,也很白。沙滩有三三两两的游客在漫步。

白沙湾紧傍西墅半岛。半岛上都是渔家住宅。明潘琪有诗写西墅:"竹暗渔腥海市凉,蚌壳成堆乱补墙。"这句诗形象地描绘了旧时西墅渔村的落后景象。而今日的西墅半岛上,一幢幢造型别致的别墅式楼房错落有致,白墙红瓦,绿树成荫,一栋栋厂房机声轰鸣,一派新渔村的繁荣景象。

半岛西侧，是连绵数十里的泥质海岸。这里就是规划中的连云新城所在地。在不远的将来，这里将成为沿海地区又一座繁华的大都市。

在西墅，晚霞最为有名。每至晴朗的傍晚，红霞照耀，掩映人家。站在西墅半岛上西眺，海面上波光粼粼，满海金银。明代顾乾把"西墅晚霞"列入云台三十六景，有庐桂《西墅晚霞》一诗为证："斜日消残雨，红霞映晚村。画图开碧落，绵绮照衡门。近水近千缕，遥山点一痕。随风还五色，恍惚梦昆仑。"

北固海滨绵延十余华里，人迹罕至，海岸原始风貌保存完好。有长堤、有奇石、有怪洞、有沙滩、有海湾、有森林、有岛屿，是一处不可多得的休闲胜地。

大竹园里寻古庵

　　大竹园位于连云港市宿城乡，是江苏省海拔最高的纯林业行政村，因遍生竹林而得名。张学翰先生在《云台导游诗抄》中云："绿竹满山，不见岩石。"有诗赞曰："修竹重重绕屋边，四围浓绿映窗前。磴盘门外疑无地，路转山中别有天。云护树阴千嶂合，月明花梦一床圆。数声啼鸟催人起，多作新诗好句联。"

　　早就想去拜会这座深山中的悟正庵，一直因琐事未能成行。终于有了一次与之亲密接触的机会。是日，从墟沟出发时小雨淅淅沥沥。车转过平山，天空忽然放晴，阳光执着地透过云层，众人的心情也一下子轻松起来，车厢里弥漫起活跃的空气。车进宿城，山峦云雾缭绕，宛若画卷。此时太阳又羞涩地躲入云中，可能是怕晒着这一群在崎岖山路上踌躇前行的人，而收起了她那骄人的一面。

　　去悟正庵，要经过大竹园。

　　来大竹园不可不看竹。大竹园的竹子品种丰富。毛竹、水竹（毛毛竹、扫把竹）、金镶玉竹、乌鸡哺竹、箬竹、黄纹竹都成片生长。有意思的是长八节竹（篌竹），节长，韧劲足，是制作钓鱼竿的好材料。悟正庵附近有数十亩的乌鸡哺竹林，疏可走马，密不透风。
最珍贵的是金镶玉竹，竹身劲直，金黄色镶嵌一条玉带，相互交错，
秀丽可爱。宋代许观《东斋纪事》中说："竹之异品对青竹，竹黄而
沟青。"说的就是金镶玉竹。1993年6月国家邮电部发行一套《竹子》
特种邮票，其中第二枚就是金镶玉竹。《西游记》中"万节修篁，含
烟一壑色苍苍"说的也是金镶玉竹。大竹园的竹林分布广泛，在上
洞、黄毛顶、张楼等处都有生长。有的茂密为林，有的散布路边，
有的簇拥涧边。家前屋后，随处可与竹子亲密接触。大竹园人爱竹，
村以竹得名。"宁可食无肉，不可居无竹"。大竹园人对这一点理解
最为深刻，竹子已经成为大竹园人生活中不可或缺的一部分。他们
的性格也如漫山遍野的竹子一样，耿直而又随和，谦逊而又含蓄。
他们每个人都视竹如己出，对每个来大竹园游玩的客人，都要劝告，
不要折竹。折竹，有损的是品格；不折，留下的是风景。

　　来大竹园不可不品茶。大竹园山高林密，四季常有云雾缭绕。
所产云雾茶是茶中之珍品，为江苏三大名茶之一。《宋史·食物志》
记载："海州之利，以盐、茶为大端。"云台山茶以大竹园为最，大
竹园茶以黄毛顶为最。黄毛顶有悟正庵，庵附近有明代茶树，所产
茶叶最为珍贵。"岁可一二斤，山僧秘之。"《云台新志》载："茶，
出宿城山，形味似武夷小品，性克削，以悟正庵者为最。"又载：
"细篓精采云雾茶，经营惟贡帝王家。"宿城云雾茶以绿润多毫、叶
韧耐泡、香味持久、汤色清明著称。随便走入一户茶农家，他们都
会用山泉水泡一壶新炒制的云雾茶招待客人。开水冲入杯中，只见
茶叶渐渐舒展，如晨起之少女，轻歌曼舞。微微茶香随漫漫雾气轻
轻飘荡在空气中。再看杯中，起先是清水，逐渐由清变绿，最后杯
中成了一汪晶莹的翡翠。轻轻地抿一口茶，春日提神，伏天去暑，
秋日醒脑，三九升暖。

　　来大竹园不可不尝果。大竹园一年四季，水果、干果不断。甜

津津的樱桃、酸溜溜的山楂让你尝个够。常见的还有有杏、李、桃、梨、苹果、枣子、柿子、石榴、葡萄、杏梅等。有一种叫胭脂梅的水果，颜色粉红如胭脂，外皮圆润，肉质细腻，味如杏梅，甜中略略带着酸，是大竹园特产中的精品，产量很少。冬桃是桃树中的稀有品种，在大竹园也有分布。树体与一般桃树相同，但花期较晚，果实霜降后成熟，大小相似于黄桃。冬桃果实生长期长，含水分少，甜度高，闻之有香气。到了秋天，板栗、白果等干果陆续成熟。大竹园的板栗因为山间小气候的原因，甘甜可口，干而不腻，可炒食、煮食，也可炖鸡烧菜。白果在大竹园比较常见，以悟正庵前银杏树所产最佳。悟正庵前有两棵古老的银杏树，枝繁叶茂，每棵银杏能产果五六百斤。白果吃法多样，但大竹园人最喜欢把白果放在炉火边烤着吃，剥去白色外壳，果肉碧绿，香中带着微苦，去火生津，止咳化痰，老少皆宜。

漫步于大竹园的条条小径，闻到的是花香，看到的是风景。无论是看竹，还是品茶、尝果，都会给你留下深刻的印象。

悟道庵，就掩藏在大竹园黄毛顶的密林中。原名三教寺，老百姓也称悟正庵。

渐入山中，路越难行。忽又滴起了几点小雨，给汗流浃背、气喘吁吁的我们带来一些舒适的凉意。峰回路转，山中草木茂密起来。野花也多起来。野蔷薇开得烂漫，灿若繁星。白里透着微红，多么迷人的小花，醉人的芬芳飘洒在山间，忽淡忽浓，一路同行。

跨过几条山涧，路过几户人家，竹子渐渐多起来。越往前行，竹林愈发茂密。在一岔路口，右侧有三间破旧房屋，无顶。墙壁上竟然镶有两块雕有花瓶的长方形条头，线条粗犷简洁，惟妙惟肖。此物不知从何而来，又何以大材小用，屈居这残墙之上。

再往前去，不远处，两块巨石相对，形如石门，浑若天成。石门南侧有明万历四十三年（1615年）立"了空碑"，碑上字迹模糊，依稀可辨。

　　进石门，地势忽然开阔，真乃一好去处。周围修竹丛生，满目苍翠，清风吹拂，绿涛阵阵。眼前一块数百平方米地方，地势平坦，长着数不清的小草小花。南侧几块巨型卧石，错置其下，磊磊落落，光滑如镜。其中一块略朝东斜，上面能容二十余人。山门前（东西两边）长着两棵巨大的银杏树，树龄久远，不知何日所成。树上钉一破旧白牌，说此树树龄有千余年。冠如华盖，遮天蔽日。枝干遒劲，如若天生。树围肥大，五七人不至周遭。每棵银杏树周围各生有数棵小银杏树，如怀中抱子。盘根错节，蔚为壮观。近处万籁俱寂，远处群山环绕，好一处幽邃所在。

　　终于来到这个藏在深山中的破败古刹。放眼看去，只剩断墙残壁，瓦砾成堆。上一台阶，门前杂草丛生，几不能入脚。山门正中上方，镶嵌一长方形白色条石，上书"三教寺"三个正楷大字。进山门，为一过道，两边各有一厢房。脚下乱石遍地，杂然无序。小心翼翼地探头进入西厢房，房屋已经无顶，几棵青竹顽强地生长出来，傲首蓝天。东侧墙壁上嵌有《东海悟道庵碑记》石刻，为明万历四十二年（1614年）海州知州杨凤等立，黄宣泰撰文，清顺治十二年（1655年）重刻。过过道，至天井。中间有一块长石，上有烧香的痕迹。看来，此处还常有信徒前来祈祷。大殿也已破败得不堪入目，经年的沧桑尽显眼前。同行永祥君不住地拍照，似乎要把这岁月的记忆化成现实的永恒。

　　三教寺周围遍生茶树。据说，此处所产茶叶是云台山最佳。因三教寺所在的黄毛顶山高林密，常年云雾环绕，茶树受雨露滋润最多，因而此处所产云雾茶形味色泽俱佳，广受欢迎。据《云台新志》载，"云雾茶，性克削，形味似武夷小品"，"上贡帝王"。嘉庆《海州志》载，"茶出宿城山，以悟正庵者为最。"《云台山续志》记述："悟正庵在宿城山顶，庵多茶树，风味不减武夷小品也。"百川先生

《云台导游诗抄》云:"庵有茶树,岁可一二斤,山僧秘之。"据说附近还有明代茶树20株,寻了半天,未见。

原路返回,忽见来时的天然石门内侧刻有四个大字"念佛成佛",一字在左,三字在右。众人见此,均若有所思,默默无语。是啊,做什么事都要有"成佛"的境界,事情才会做好。

东西连岛连东西

连岛是江苏省最大的海岛,东西长9公里,又称东西连岛。

有一年,陪同著名钢琴家刘巍女士和画家王烈先生前往东连岛参观。那一天,天空灰蒙蒙的,一丝阳光也没有。

东连岛,这个江苏省渔业风貌保存最完好的海岛渔村,默默地坐落在平静的东连岛湾里。背依高高的连岛大桅尖,面向烟波浩渺的黄海。海面在连岛的最东端划了一道漂亮的弧线,留下一个海湾,留下一片静寂,留下一片美丽。

小渔村是整洁的。家家户户不论楼房还是平房,都是白墙红瓦,依山而建,错落有致。干净的石板路一直通向沙滩。沿着石板路向海边漫步,海风中带着丝丝咸味。愈往海边,空气中愈弥漫着海的气息。小院子里,有的晾着虾皮,有的晾着红虾,有的晾着渔网。院门都没有上锁,显示着渔村人的粗犷与质朴。停下脚步,弯下腰,捏几个虾皮放在嘴里,鲜!那新鲜的滋味立刻充盈着全身。轻轻地咀嚼,余味经久不息。真是羡慕这些海边的人们,有着这些人间美味相伴。

小渔村是安静的。百余户人家卧在山间,听波涛拍岸,没有一丝喧哗,没有一声嘈杂。擦肩而过的几位渔家大哥只是友好地朝你一笑,就匆匆地离去了,肩上的绳索在不住地晃动。海面上微微泛着波浪。港湾里,有规律地停泊着几十艘渔船,随着波浪有节奏地轻轻地荡漾。偶尔传来轮船的汽笛声在山间飘荡,更显出山村的宁静。

小渔村是艺术的。站在灯塔山下凝视,天空是灰色的,海对面的云台山是灰色的,海水也是灰色的。突然从海边走过几个敲海蛎的渔家姑娘,头上围着黄色的围巾,臂弯里挎着盛牡蛎的竹篮,脚步轻盈。那几点黄色在灰色的背景里显得那样得亮丽,色彩对比是那样得强烈。画家激动了,对着钢琴家不住地比划着一高一低的手势,说:"多像跳动的音符呀,多像跳动的音符呀。"钢琴家也激动了,不住划动纤细的手指,说:"这多像一幅凝重的山水画呀。"

离开东连岛的时候,众人还是回头眺望,依依不舍。画家流连地说:"夏天我一定要再来,在这住一段日子。"

可惜的是,这个渔村已经整体拆迁,不复存在了。画家再想来,已经看不到了。

东连岛在连岛的最东端,西端是西连岛。

西连岛由东山、西山两个村组成。东山与连岛主体连在一起,东山与西山、西山与小西山之间原来各有一道浅浅的海峡,交通很不方便,人们在两道海峡上筑起两道堤坝,现在就连为了一体。当地的人把东山与西山之间的堤坝称为大桥,到西连岛,一问大桥在哪里,人人都知道。

小西山与西山之间经过人工抛填建成了渔码头。许多美妙的海浪石都没有保存下来,但有一块石头却没有被填埋。这块石头长长的,尖尖的,成45度角翘向前方。周围围成了一个圆形的水池,涨潮时水满,落潮时无水。因为长时间在海水里浸泡,这块石头浑身黑黑的。咋看到这块石头，总有一种莫名其妙的神圣感。听西山的渔民们讲，这块石头很有讲究。人们叫它"石干大（dā）"，渔民家里遇到大事小事，总要到这里祈祷。比如家有夜啼婴儿，只要抱到这儿叫一叫，绕着"石干大"转几圈，据说很快就不哭不闹了。不知道是否真的这样灵验。虽然是一种迷信的做法，但却寄托了渔民许多美好的愿望。

西山的最高处是气象站，上面有一块面积不大的平地，摆放着许多测量气象的仪器。这里是观看日出、日落的好地方。站在这里远眺，烟波浩渺，水天一色，心胸顿时开阔起来。

西山是连岛的独立的一个小山包，狭义上的西连岛指的就是西山。清代嘉庆《海州志》云："西连岛即鹰游山西岛，居民稠密，渔舟多泊于此。"远跳西山，如一只巨大的海龟。小龟山是头，西山是龟身。岛上高低错落的房屋似龟身上的片片鳞纹。如果单看西山西侧的小龟山，更像一只匍匐前行的乌龟。那只龟使劲地伸出头来，在海面上寻找着什么。

西山与东山之间原有一湾浅浅的海峡，潮涨两山相断，潮落两山相连。后来为了方便两山交通，修筑了石坝，时断时连的奇妙自然景观从此消失。

西山人烟稠密。谢元怀《登鹰游山》曰："渔庄聚西岛，层叠自为村。"张学翰《云台导游诗抄》中也写到："居民多住半山，重重叠叠，屋上加屋。"有《西连岛》一诗："人家半住小龟山，二水相逢交合间。茅屋层层岩上住，柴门隐隐夜中关。鱼虾满市闻腥味，蛤蚌为墙露藓斑。我到此方留不得，趁潮归去夕阳殷。"该诗形象地描绘了20世纪二三十年代西山的风貌。但诗中把西山误写为小龟山，恐是笔误，因为小龟山至今无人居住。

走进西山，只见户户人家顺山而建，过去的"茅屋层层"已被幢幢楼房所取代。房子挨挨挤挤，家家比邻而居，锅碰碗响，皆能听到。常会看到相邻的女主人边做家务边聊天的情景。楼房之间有小路,伸直手臂,能触到两侧的墙壁。在西山,泥土是稀罕物。偶尔见到,上面总是种了一些小菜,绿油油,亮晶晶,在海风中透着清香。

沿着小路,拾级而上,缓缓而行,眼中一座座别致楼房掩映在夕阳的余晖中,晃若到了厦门的鼓浪屿。但是西山很安静,路上很少见到人影,没有鼓浪屿那些喧嚣的人群、拥挤的游客,没有琳琅满目的旅游纪念品,也听不到小商小贩此起彼伏的叫卖声。听到的永远是那呼呼的风声,还有那倏然滑过的喳喳的喜鹊声。

西山不高,海拔只有 38.4 米。几分钟就能走到山顶。最高处有一块五六百平方米的较为平坦的地方,是气象台的观测站。站在一块巨石上眺望,东、北两面是一望无垠的海面,西面隔海与海头湾相望,南面是东山。正是落潮时候,满潮时不见的小孤山露出了真容,似静静憩息的鲸鱼。

海面上,一只只海鸥随波荡漾,在波浪中如闲庭信步,自在悠闲。忽然有一两只腾空而起,在空中煽动有力的翅膀,划了一道优美的弧线,又落到了海面上。再远处,还有一群海鸥,随着波浪起伏,那一个个小白点,宛如跳动的音符。

海边的岩石上,站了不少等待渔舟归航的渔家妇女,肩头的扁担撅着箩筐,那箩筐轻轻地摇摆着。不时有渔船靠泊岸边,船上岸边洋溢着欢快的气氛。渔船越来越多,海滩上顿时热闹起来。

在连岛,经常会闻到三种味道。一曰鲜味,二曰腥味,三曰咸味。非久居连岛之人,不易体会其中之味,或只对其中一两味留下印象。

连岛的鲜味最为有名。连岛四面环水,紧邻丰饶的海州湾渔场,盛产鲈鱼、黄鱼、对虾、梭子蟹、乌贼、章鱼、扇贝、虾婆等海珍。每一位到连岛来的游客除了对连岛的美景流连忘返外,对这里的海鲜更是竖起了大拇指。吃海鲜最好是在连岛渔民自己开的小饭馆里，海鲜是自家的渔船捕上来的，又是按照渔家传统的方法烹制的，鲜味原汁原味地保留。活蹦乱跳的各式海产送入锅中不久，鲜味就开始悠悠地传来。起初，游人只是本能地嗅了嗅鼻子，后来就迫不及待地张大了嘴巴，恨不得把鲜味全部嗅入嘴中。等到整盘整盆的海鲜端上桌来，各人的眼睛、嘴巴、手就不够用了。风卷残云过后，桌上留下了堆得像小山一样的虾头蟹壳。嘴中还连呼："鲜，鲜，过瘾，过瘾。"

连岛的腥味让游人的嗅觉器官最为敏感。这种腥味在东连岛、水岛、西连岛的东山、西山较为明显。捕鱼的网具、晒着的鱼虾，把它们的原味毫无保留地扩散到空中，在海风中飘溢、回荡。乍来的游客闻到这腥味很不习惯，总是掩鼻而过。但是，你无论走在小路上、山坡上，还是海滩边，这腥味总是伴随着你，挥之不去，躲也躲不掉，藏也没处藏。这腥味在空气中轻轻地荡漾，弥漫在每一个角落。你只有慢慢地习惯它、适应它。待得久了，腥味反而不那么强烈，不那么讨人厌烦了。如果你在连岛住上一两天，就会感觉这样的气味很正常，就是渔村该有的气味。

连岛的咸味往往是人们不易察觉的。它不像腥味那样明显，那样张扬。海水是咸的，你需要去尝一尝；虾皮等腌制品是咸的，你需要去品一品。而更多的咸味隐藏于呼呼的海风中，隐藏于飘渺的海雾中，隐藏于海燕那沙哑地叫声中……

连岛三味需要久久地去品位，品得时间长了，就会觉得连岛处处都充满着悠远的韵味，推窗见海，卧床听涛。早观日出，晚眺夕阳。时而海风习习，波澜不惊；时而狂风怒号，浊浪排空。连岛三味给连岛标上了记号，那充满浪漫的、回味无穷的记号。

东西连岛连东西，现在，连岛已经是闻名遐迩的度假区了。

风送涛声拍枕听

我喜欢在炎炎的夏日,一个人,在凰窝的山涧边行走。

凰窝,亦名黄窝。崔应阶《云台山志》载:黄窝山"在宿城山东北"。吴铁秋《苍梧片影》载:"黄窝山俗呼保驾山,一名笔架山,在宿城东北十六里,山有皇古洞,俗传唐太宗东征经此驻跸处。"

游客来凰窝一般都选择先上山后下海的旅游线路,我们也是先上山。景区的大门就在山脚下,大门由全石筑就,为一牌坊式大门,大门正中门楣上镌刻"凰窝"二字,左右各有"藏幽"、"蕴绿"的题刻。大门上的一副对联给我们描绘了凰窝的诗意境界:"登临神山龙凤苑中龙凤舞,漫游仙境杏花村里杏花飞。"大门背面的一副对联再次为我们阐释了凰窝景区的神韵:"蓬莱阆苑参禅悟道仙佛地,水府洞天修身养性桃花源。"

游凰窝山有两条线路,一为南线,以游龙潭涧为主。一为北线,以游石海为主。两线之间有数条小道相通,南来北往,逍遥自游。龙潭涧线是凰窝景区的主线,龙潭涧有龙凤阁、小花鞋、龙潭、皇古洞、石门、楸树林等景点,每个景点都有一个美丽的传说,唐皇李世民、凤凰仙子都是这些传说中的主人公。在皇古洞东侧不远，有两处题刻，被列为连云港市文物保护单位。一处是乡土诗人张百川描写凰窝风光的一首诗，诗前有小引，"民国十年夏，咏龙潭飞雪。"诗云："山势崔巍列画屏，龙潭飞雪偏玲珑。浪翻瀑影如烟挂，风送涛声拍枕听。梯路云封千树里，石门雨过万峰青。凰窝仿佛桃源境，赏月看花且诵经。"另一处是新县乡张恩沛所题："民国辛酉设帐黄窝二年，于兹暇与居停张翁履之，邻人胡维忠等陟游泉石，睹龙潭飞瀑，漪寒浸日，浪激喧雷。时值盛夏，一经枕漱，凉彻心脾，相与流连，因以赋之。"诗曰："为爱仙源水一方，龙潭幽曲午风凉。渊含鱼跃腾云气，树带蝉鸣掩日光。蹑尾定依梯路显，攀髯直觉石门昂。泉声远接潮声壮，添助波澜稳泊航。"

一条龙潭涧带给凰窝无尽的神韵，曲径幽幽，涧水潺潺，伴着秋风中轻舞的黄叶，在层林尽染中流出了诗，唱出了歌，绘成了画。让每一位游客流连忘返，如醉如痴。

北路景点以观音像、石海、梯路、山间民居为主，尤以石海著称。石海，石头的海洋，数不清的石块，说不清的形状，气势磅礴，惊心动魄，如千军万马一般。只要有人号令，就会从山上汹涌而下，势不可挡。从石海中让人感受到震撼、雄壮、伟岸、壮观，让渺小的心灵变得高大起来。

山间几户人家掩映在绿树之中，每当冬去春来，杏花盛开的季节，这里就成了名副其实的杏花村。粉红的杏花，翩翩的蝴蝶，忙碌的蜜蜂，使山间充满了生机。三三两两的游客流连于花下，痴迷于山间，是凰窝那灵动的雾霭为每位游客沾上了仙气，进凰窝如同进入仙境一般。

游完了山，再去观海。凰窝湾东临黄海，视野开阔。湾内沙滩长约600余米，沙粒金黄细腻，滩缓水清，是游泳的胜地。沙滩北侧有几块巨大的礁石，上面布满海蚀洞，这都是海水的杰作，让这些光滑的石头变成了奇特的艺术品。

凰窝景区兼具山海之胜，山下有海，海边有滩，滩上有沙。山上有林，林中有涧，涧上有洞，洞边有泉。既可观山，又可览海。

凰窝给我总体印象有三奇，一奇在石，二奇在树，三奇在泉。

凰窝石奇。凰窝有石海，数不清的石头挨挨挤挤，你不让我我不让你。从山下往山上看，如浪卷波涛，滚滚而下，那壮观的气势摄人心魄。山中奇石会给人带来无尽的遐想。在皇古洞右上方有两块垒在一起的石头，上面的一块肥头大耳，形似猪头。下面的一块上宽下窄，犹如马头，这就是猪头石和马面石。沿着景区南侧的山路向上攀登，在一处绝壁上方，一块石头如长长的鳄鱼伸出头来，朝你龇牙咧嘴，猛不丁地会吓你一跳。有一块石头，黑黑的身子，卧在一株樱桃树下，如一头偷懒的眯着眼睛的小野猪。在皇古洞北侧不远，有一巨石，通体灰白，南小北大，形如巨龟，人称万年龟。在万年龟西，还有一块巨石，高大如一面墙壁，光滑如一面镜子。巨石左边竟有一观音，虽有人工雕琢的痕迹，却也惟妙惟肖。只见观音菩萨手捧玉瓶，轻洒甘露，目视远方，神态安详。

凰窝树奇。进入凰窝景区，过涧上小桥，有两棵树，当地人称"龙凤树"。龙树古老苍劲，虬曲多姿，如一头蛟龙。根在涧南侧，而整个身子却蜿蜒在涧沟上，显示出坚韧而不屈的美。龙树学名朴树，又名格木树，是一种较为珍贵的树种。在龙树边上依偎着一棵凤树，此树高大秀美，亭亭玉立，树冠犹如展开的凤尾。凤树其实是枫香树，"枫"、"凤"谐音，故名凤树。传说海中的龙王太子与山上的凤凰仙子相恋，这儿是他们经常约会的地方，每一次相会他们总是依依惜别，时间久了就化成了龙凤树，永远相偎在一起。有一棵楸树，高20多米，树径80多公分，树冠直插蓝天，笔直的树干到10多米处才分枝杈，是这座山中最大的一棵楸树，号称"镇山楸"。有的树远看是两株，近看却是一棵树，如紧紧相拥的情侣。

有的树从石缝中顽强地钻出，根能在石块上爬行一两米，才直立生长；有的树霸道得很，枝条总要压在别的树身上；有的树弯曲成一道优美的弧线，似在微风中跳舞……

凰窝泉奇。有一处泉水叫"小花鞋"，听这名字就让人感觉很稀奇。传说凤凰仙子经常在龙潭涧边洗脚，会脱下她那漂亮的小花鞋。久而久之，放小花鞋的地方就成了一汪泉水。凰窝的姑娘们最爱到这里来洗衣服，一方面在这里衣服洗得最干净，另一方面在这里洗衣服也能沾上凤凰仙子的喜气。在张学翰诗刻西北侧小路边有一月牙泉，泉口弯弯如一弯新月，水很清，一眼就能望到底。皇古洞下有一泉水，旁边刻有"灵泉"二字。这眼泉水四季不干，甘甜可口。传说凤凰仙子最爱喝这里的泉水，用这眼泉水洗脸，能把脸洗得洁白洁白，姑娘们都爱到这里来洗脸，据说灵验得很。

"风送涛声拍枕听"，坐在山间，隐隐听到海浪拍岸的声响。美丽的凰窝，奇妙的凰窝。写不完的凰窝，唱不尽的歌。

曲径穿溪万寿涧

　　万寿涧位于宿城万寿山东南，涧以山得名。

　　从桃园路前行里许，至万寿涧。

　　万寿涧当地人亦称里涧，发源于大桅尖和围屏山。在悟正庵附近由四条涧沟汇聚而成，因此，也称悟正庵涧。涧沟全长约3公里，经万寿山北蜿蜒而下，至保驾山附近与西山龙湫涧汇合，于大板桥嘴入海。该涧上游，树木茂盛，植被良好，是云台山自然保护区的核心部分。每逢雨季，涧沟内水势暴涨，汹涌澎湃。山涧两侧，随处可见飞瀑悬挂，奔流而下。

　　进入涧沟，只见树木葱茏，满目苍翠。涧沟两侧，树木密密麻麻，从山坡到山顶一层叠着一层。涧沟边，不时看到一片片的茶园。有几个采茶姑娘背着竹篓欢快地从我们身边跑过，竹篓里装满了刚采下来的鲜嫩的茶叶。穿过一个楸树林，就到了倒崖门。

　　倒崖门原有两块巨石相对如门，因此而得名。可惜左边的石头已经被人们开山时炸掉，现只剩右边的石头。右石通体洁白，圆润光滑。在倒崖门右首山坡峭壁处，有一突出的石头，人称鹰窝。据说，以前这里是老鹰经常出没的地方，现在已经很少见到了。倒崖门右石下方，有一不大的水潭。潭水清澈，潭底杂物依稀可辨。周遭青树翠蔓，蒙络摇缀。

续往前行，一路闻水声，听鸟叫，如鸣佩环，心旷神怡。洞边的野桃树上，一个个毛茸茸、白嫩嫩的小桃子如一个个可爱的小精灵，隐没于桃叶之中。远处的树林中，偶尔会发现奇形怪状的马蜂窝，有的挂在树枝上，有的悬于岩石之下。各种色彩的蝴蝶在身边翩翩起舞，山间到处都盛开着不知名的野花，空气中弥漫着淡淡的香气。

很快，就来到了倒崖。倒崖位于万寿洞右侧，是云台山上又一处裂石奇观。我们走过草丛，侧身穿过一个窄窄的山洞，眼前是一处天然的石棚。突出的岩石长约7米，宽约2米。石棚呈东西方向，北边是一小块开阔地，宛如人家的天井。南边是石壁，石壁泛黄，爬了不少爬山虎。石棚东边下方有一S形山洞，洞中光线不好，匍匐可以进出。石棚边长着三棵槭树。坐在石棚边小憩，阵阵花香袭来。石棚南边有三块巨型的石头，光滑壁立。东边的巨石旁长着一棵臭椿树，令人称绝的是，巨石切入树内，而树还在顽强地生长，其生命力让人叹为观止。西边的一块巨石像和尚披着袈裟，在缓慢登山。

沿着与石棚相连的大石头涉险爬过。这块巨石顶如刀刃，上窄下宽，长约4米。众人手脚并用，爬到石棚顶。发现这是一块巨大的近似于三角形晶体的巨石。顶上略尖，面积不大，能站立五六个人。北、南两边是光滑的斜坡，上面爬满了爬山虎。石棚西又是一块三角形巨石，通体洁白。坐在石棚顶远眺，满山皆是绿色，随着山势起伏，如绿色的海。

在石棚正北方，有一巨洞，此为倒崖洞。洞中乱石丛生。最大的一块石头形似乌龟，头向西，尾部与山体连在一起。洞中还长着一棵树，树身细长，叫不出名字。奇特的是，树梢竟然伸出洞外。洞中有很多洞口，可以爬到别的洞中去。从洞外西侧登上突出的山崖，只见倒崖洞顶上的巨石如同一头巨象，卧在山坡上，头向东，尾向西，惟妙惟肖。

倒崖洞周围是一处山洞群，真是洞中有洞、洞洞相连。从站立的地方下来，又是一处山洞。沿着此洞下山，比洞外的路好走得多。洞下还有洞，真是层层叠叠，别有洞天。至洞外，我们如猿猴状吊树攀岩，寻找行走的路径。

此处倒崖奇观的形成还有一个美丽凄婉的传说。宿城万寿山下住着一对青年男女，自小青梅竹马，长大了更是形影不离。谁知女孩的美貌被南山湾的墨鱼精看好，要强娶为妻。无奈，这对恋人逃入万寿涧中，藏在一个隐蔽山洞中。墨鱼精大发雷霆，请来雷公把山洞附近的一座山崖劈开。只听轰隆一声巨响，山崖崩塌下来。就在这时，人们看到两只白鸽腾空飞起，双双对对，飞向东南。据说，这一对白鸽就是那对恋人变的。倒下的山崖就形成了倒崖这处景观。

离开倒崖，沿着万寿涧继续向深山进发。我们穿梭在森林中，森林愈发茂密。空中的阳光好像在和我们捉迷藏，只能偶尔透过树叶看到它。小溪水在不知疲倦地流淌，小蝴蝶在不知疲倦地跳舞，小虫不知疲倦地一路为我们奏乐。同行的李亚林先生手持木棒，在杂草中开道。路过一处蓄水坝，水势逐渐大起来。南侧林中有几颗盛开的大米花，在林中煞是耀眼。仰首向西望去，一块巨石伸出头来，给人以摇摇欲坠之感，人称招头崖。崖下峭壁处隐约有一山洞，洞口一棵小树随风摆动。

至"九层楼"，山势愈加险峻。西边山崖壁立，高耸入云。这就是殉情崖，传说是一位美丽的采茶姑娘殉情的地方。遥望多情的山崖，倾听动人的传说，万寿涧总是有那么多让人回味无穷的故事。

我们从涧沟中间行走，到处都是树，到处都是清香，到处都是蜜蜂嗡嗡的声响，到处都有清清的小水潭。不经意间，忽然见到一大片的槐树林，山下的槐花早就谢了，而这里的槐花还在盛开。不禁让人想起"人间四月芳菲尽，山寺桃花始盛开"的名句。

过了槐树林，又是一片楸树林。树上开满了粉红的小花。林中的小径落满了花瓣，真的不忍心去践踏这些可怜的花瓣，"零落成泥碾作尘"，而花香依旧。一条充满花香的迷人的小路。

我们离开涧沟，从一片楠木林中穿过，前往悟道庵。林中很静，偶尔听到一两声鸟鸣。树木高大修长，亭亭玉立。从楠木林向上不远，是一片竹林。楠木林中、竹林中不时会看到由石头垒成的石堆。与北固山（碱厂生活区后）上的石室相比，这里的石堆偏高，石块偏小，而北固山的石室大多由条石砌成。北固山人为破坏的多，而这里由于人迹罕至，石堆大多保存得很完好。

出竹林，就是悟道庵。庵门前两棵高大的银杏树还在默默地守护着这座破败的深山古刹。真的不想再打搅它们了，我们从庵前的小路北行约200米，来到老和尚洞。所谓洞，无非是一块突出的石头形成一个遮风避雨的石棚。石上有"老和尚洞"和"一心念佛"两处题刻。传说这里是一个老和尚面壁打坐修行的地方。

老和尚洞紧傍万寿涧，与围屏山遥遥相对，远处玉女峰也隐约可见。眼前的万寿涧在不远处由四条涧沟汇合而成，如四条青龙一泻而下。

每逢春季，万寿涧上及悟道庵附近，常常云雾缭绕，气象万千。有时是漫天雾气，山上都被雾气笼罩；有时宛如轻纱，山上草木依稀可辨；有时细如玉带，蜿蜒缠绕于山间。"人在云上走，清泉石上流"的优美意境在万寿涧是可遇可求的。

连岛胜迹天下奇

在连岛金圣禅寺开光的日子里，我们去连岛。

天气真好，难得一个吹着微风的春天的日子，阳光很妩媚，与海面上的微波一起带给人们美好的春的气息。小船悠闲地在海面上飘荡，繁忙的港口在这种日子里显得那样的安静、有序，偶尔的一两声汽笛倒像是春天的口哨，召唤人们到郊外去。

车过西大堤，长长的大堤像一条笔直的玉带漂浮在海面上。

从水岛上山。水岛是连岛的一个自然村落，静卧在偏僻的海湾之间。山路很陡。不时看到山间盛开的野桃花，在早春时节，开得那么娇艳。虽然无人欣赏，却把它的美好尽情的展现。

到达水岛水库，各个汗流浃背，纷纷要求休息。由于久旱少雨，水库里的水已经很少。巍峨的水库大坝矗立山间。大坝上浇筑了一些类似藏传佛教寺庙外转经筒似的建筑，显得不伦不类。大坝下塑了一尊观音的塑像，慈祥地望着远方。这样一位万人景仰的菩萨却委屈地坐落于水库大坝之下，令人难以理解。如果把这尊佛像塑在水库上方，应该是更便于人们的瞻仰与膜拜。水库边几间废弃的房屋改建成了一座小的庙宇。据说在这里准备重建镇海寺。

沿着山路继续前行,山上的植被很好,树木茂盛,道路也很平坦。走了不到半小时,就到了苏马湾。

今天是苏马湾金圣禅寺开光的日子,金圣禅寺供奉的是地藏王菩萨。我们到来的时候,正是开光大典进行的时候,山下人声鼎沸,鞭炮齐鸣。约十分钟后,只见一行人从长廊蜿蜒而来。走在前面的是四个手捧鲜花的少女,后面有十数僧众。其中一位年龄约有七十多岁的和尚,左手端碗,右手拿着似是松叶状的东西,不住地把碗里的水洒向各个方向。虔诚的诵经声飘荡在山间。不一会儿的工夫,烧香的烟雾就从金圣禅寺前袅袅上升,各样的信男信女陆续从山下攀登上来。

顺着山路来到沙滩,就是美丽神奇的苏马湾。这个宁静的海湾宛如一颗珍珠镶嵌在黄海岸边,那样的温柔,恬静。又像一位羞涩的少女,静静地注视着远方,在等待出海归来的情郎,含情脉脉,执着坚定。

沙,金黄而灿烂,水,碧蓝而致远。驻足于汉代琅琊郡界碑石刻前,感悟着历史的沧桑与久远。石刻很模糊,看不清楚。如果不是旁边的介绍,真不知道,苏马湾还有这么一段厚重的历史。风轻轻地吹,海浪轻轻地拍打,历史在无声无息中默默地经历着每一个空隙,经年的岁月能磨灭人们的记忆,历史却还在岩石上静静地昭示着人们。

苏马湾浪平沙细,海水清冽,山高林密,涧水潺潺。此处亦奇、亦秀、亦险,令人游而忘返。

苏马胜迹首推奇。在苏马湾沙滩两侧,遍布着千奇百怪的海蚀景观,形态各异,气象万千。在沙滩西北侧,被海水冲刷过的岩石层层叠叠,岩石立面布满了横向的道道沟痕。远看,就像是一块块石头垒起的工事。有一处被人们称为晒经台的巨石,突兀于海边,身上的印痕有几十道之多，如层层经书叠放在一起，不得不让虔诚的信徒顶礼膜拜。说起晒经台，有一个传说。当年普受和尚立志建设镇海寺，光大佛法。从南方运来了很多木材建寺，同时也带来了许多经书。由于走的是海路，经书受了潮。普受和尚就把经书放在苏马湾边的岩石上晾晒，一夜之间，化作了晒经台。苏马湾的东南侧是有名的龙后宫。每当落潮时，几道突起的岩脊如几条石龙从海中跃起，向山坡上爬去，龙脊起伏，曲折盘旋，栩栩如生。与沙滩西北侧的海蚀石不同的是，东南侧的海蚀石以纵向为主，周围分布着数不清的海浪石，有的形如巨鳄，有的宛若石龟，有的恰似金刚……大的如磨盘，小的如拳头，皆布满一个个石窝窝，其形之奇、态之怪，世上难寻。

苏马胜迹二推秀。海面上，沙鸥翔集，有的展翅高飞，有的随波逐流。月牙形的沙滩小巧玲珑，宛如一位俊俏的小姑娘，青春活泼。浪白沙细，柔软如缎，沙中贝壳，光泽熠熠。在微微的海风中，海浪轻轻地亲吻着岸边。山坡上，茂密的森林，一眼望不到边。林中一条条铺着鹅卵石的小径游弋山间。在小径上漫步，常常要绕过盘根错节的藤蔓。在静谧的森林中，不时传来海浪撞击岩石的声音，是一曲曲美妙的音乐。

苏马胜迹还在险。金圣禅寺高高悬于绝壁之上，令人惊叹。从沙滩向上，登数百级台阶，过盘山公路，会看到迤俪于丛林中的一道长廊，直通金圣禅寺。金圣禅寺坐落在一处突起的山崖上，三面悬空，站在大殿前向下看，竟有摇摇欲坠之感。金圣禅寺来源于一个传奇的故事。唐朝时，新罗国太子金乔觉信仰佛法，乘一叶扁舟渡海来华，历尽千难万苦，在惊涛骇浪中安然抵达连岛。后至安徽九华山，苦心修行，终成正果，建立地藏菩萨道场。

在连岛游览，有时间的话，可以住在连岛，观赏海上日出。

我为了观日出，又一次，专门住在了连岛。

心中想着观日出，五点钟就起了床，沿着崎岖的山路来到卧龙嘴。风不大，海浪轻轻地撞击着岸边，发出哗哗的声响。

远处，水天相接的地方，黑黑的云层宛如连绵的山岭，围绕在天边。开始，东方泛着微白，几只海燕在视野中高低盘旋。渐渐的，那乌黑的云层开始泛红，青褐色的海面上也起了一些红晕。因为云层的关系，我没有看到太阳从海面蹦出的一瞬间。但在黑色的云层中，太阳隐约从海面上升起。后来，云层变薄了，太阳如巨大的气球，缓缓上扬，上半部分火红火红，而下半部分呈淡淡的青红。云彩一道道横映在太阳中间，如静止的五线谱。忽而，太阳像顽皮的孩童，一头钻进了云层，与人们捉起了迷藏，只隐隐看到它的身影泛出的彩色的光晕。

海面上，早起的渔民驾着一艘艘渔船，赶着春汛，劈风斩浪，向着太阳升起的地方驶去。船上的红旗迎风招展，机器隆隆的轰鸣声飘荡在海面上。

太阳慢慢地升高。突然，云层中的太阳似乎破碎了，散射出微弱的光，是几块黑云挡住了他的脸庞。太阳生气地躲进了云层中，褐色的云层外，发出五彩的光芒。那羽化的云层边缘，宛如一朵朵秋日芦花。空中一大片大瓦云如飞行的凤凰，姿态婀娜，振翅飞翔，似乎在欢迎东升的太阳。

在云层的空隙，太阳又露出了他的小半边脸，比先前耀眼得多。海面上波浪微涌，也渐渐地发起光来。云层上方越来越光亮，太阳刹那间跳出了云层，射出刺眼的光芒，使人不敢直射他，周围的云一下子由黑转灰。海面上，波光粼粼，如洒落了一页页金片。

太阳越升越高。海面上，顺着太阳方向，那粼粼的金色碎片，已经连成一体，如一条金光大道，闪闪发光，从太阳底下一直延伸到岸边，延伸到我的身上。

连岛的春天，不是看日出的最佳季节，因为春天风大雾多，很少看到令人心仪的海上日出。今天，虽没看到太阳跳出海面的一刹那，但也没有留下什么遗憾。大自然给予的，哪怕只得到一点点，也是一种幸福。

连岛满眼尽风光，处处现神奇。

宿城幽幽桃花源

"山不在高，有仙则名，水不在深，有龙则灵"。宿城保驾山就是这样一座很有名气的小山。

山位于宿城水库边上，是宿城水库的天然屏障，山不高，海拔只有46.2米。保驾山与传世名君李世民有密切的关系。传说唐皇李世民东征高丽国盖苏文，曾经在此山留宿一夜。此山因保驾有功，被称为保驾山，山上有很多与李世民有关的名胜。

沿着水库大坝前行，从保驾山东麓拾级而上，至半山腰，右侧绝壁上刻有"保驾山"三个隶书大字。再往前不远，只见两峰对峙，形成一天然石门，人称天门峰。左峰薄而壁立，高约十余米，右峰依山，中间有台阶或人工雕琢的石级可上。走在中间，可见蓝天一线。门不宽，双手可撑，宽处不足2米。此门天成，扼进山要道，有"一夫当关，万夫莫开"之险。

出天门峰，很快就到山上。山有南北两峰。南峰略高于北峰。登上北峰，山脚下，一湖清水，水光潋滟。水面上有一群群的野鸭，不时飞来飞去。周围群山环抱，修竹密林，好一幅天然山水画。

两峰之间有一六角小亭，曰四望亭。此亭红色亭柱，白石栏杆，金黄色琉璃瓦顶，六角高翘。栏杆间条石上雕刻着一些精美的图案。站在亭中四望，宿城山壮美画卷尽入眼帘。此亭又为清风亭，在亭边瞭望，清风徐来，波澜不惊。也有人称此亭为望海亭，站在亭中，东南方的海隐约可见，故名。

四望亭西侧，巨石层叠，形成了几个曲折相通的天然山洞。最有名的是"唐王洞"。据说是唐王李世民驻跸宿城留宿的山洞。洞口上方刻有"唐王洞"三个正楷大字。洞口成三角形。洞不高，躬身可入。洞东西两边可通，长约2米，面积3平方左右。

唐王洞北侧山崖上，有一拳头小洞，洞下方刻有"玉玺洞"三个篆书大字。传说这是唐王存放玉玺的地方。洞颜色发黑，好像是烟熏的痕迹。洞深约30公分，洞后有一裂缝，两侧可通。

山西坡有几株赤松，传说是唐王和几个部将拴马的地方，称为拴马松。

山顶巨石遍布海浪冲刷的遗痕，树木很少，大多是后人栽植的。只有一棵楝树，顽强地挺立山巅，成熟的果实撒满山间。

离开保驾山，去仙人屋。

仙人屋在保驾山北，宿城水库边，万寿山半山腰。

沿着台阶向上，山道曲折，树木茂盛。行人的嘈杂不时惊醒林中小鸟。

天气很好，初冬的阳光照在身上，暖洋洋的。一丝风也没有，树木、野草都肃立不动。走不远，就到了仙人屋。

呈现在眼前的是一个宽敞的天然山洞。这个传说中有仙人住过的地方在阳光的照耀下，显得是那样的安详与宁静。

我们姑且把这个山洞叫做"屋"。屋子东西方向。大门面向西方。门前有一块30余平方米的场地，摆着两个石桌，几个石凳，很像是一户人家的院落。不远处有一眼泉水，旁边竖着一块石碑，上刻"留仙泉"三字。泉水不是很清澈，有几片树叶落在上面。蓝蓝的天空倒映在洞天之中，白云朵朵，让人感觉到天的遥远，世界的博大。

洞前北面是一面峭壁，光滑如一面镜子。似一块天然屏风，阻挡着北来的凛冽寒风，让这方风水宝地静静地享受着冬阳的呵护。

洞口很宽阔。洞口南侧有一块锥形石头，高约1米，像一个忠实的护门仆人。洞口北侧是一块近似方形的石头，卧于地上，似替仙人看门的仙犬。两块石头一左一右，是天然的守护神，照看着这一片天地，让人由衷地感叹他们的虔诚。

进得大门，室内空间东小西大，形状如同古人舀水的瓢，难怪当地人称此处为瓢崖。房间整洁有序，鹅卵石铺地，北边有一块长约3米的条石，像长龙静卧于地上，中间是平坦的过道，行人很容易经过。南侧有一天然石床，该是仙人休息的地方吧。南面墙上有一洞口，如一扇天然的窗户，高50余公分，长约2米。从窗口望去，窗外郁郁葱葱，树影婆娑。钻出窗外，只见洞口上方刻有"玉女窗"三字。

屋内北墙上题刻众多，清晰可辨的有法起寺主持裕通题"半半居"，清代两江总督陶澍题"仙人屋"，另有陶澍五言绝句四首。

我在默默地寻觅着仙人的足迹。山下的水库波光粼粼，周围树木茂盛，微风阵阵。日日与青山为伴，朝朝与涧水为邻，好一处人间仙境。

从仙人屋下山，往西行，穿过大片的茶园，沿着虎口岭古道，不远，就到子午亭。

虎口岭，是以前人们进出宿城的交通要道。又名湖口岭、留云岭。湖口岭名字的由来是因为五羊湖成陆前，正对五羊湖，所以称湖口岭。留云岭的名字与清代道光两江总督陶澍有关。1832年（道光十二年孟夏），陶澍巡历海上，驻节宿城法起寺，经过虎口岭，觉得"虎口"名字不雅，改名留云岭。

岭上有子午亭。

子午亭，是一座四柱正方形纯石亭子，每根柱子都是由近似于圆形的石头砌成。此亭设计精巧，就地取材，简朴实用，庄重大方。东边两根柱子各由五块石头垒成，西边两根柱子各由七块石头垒成。亭顶有八级，每级都由石块呈斜梯塔形向上缩小。顶部葫芦形，由一块微白色的石头雕刻而成。

古人以"子"为北，以"午"为南。子午亭建在虎口岭上，位于南北交通要道上。小亭正对南北，所以叫子午亭。地理学上把经线（通过地球上某一点的南北线）也叫做子午线。陕西有一条从关中到汉中的南北通道，被称为子午道，是三国时魏蜀两国交锋的要道。海州桃花涧将军崖岩画中也有一条子午线。

子午亭始建于1924年，为当时宿城法起寺主持振亚所建。亭东边门楣上刻有"丙寅年"、"瞻云就日"、"振亚题"字样，西边门楣上有"民国第一丙寅"、"子午亭"、"振亚建"等题刻。亭西路南边有两块石碑，一块刻有"威振海隅"，一块刻有"海邦砥柱"。这两块石碑均是1923年苍梧北乡绅学农商以及法起寺公立的，其目的是颂扬振亚和尚振兴法起寺的业绩。在子午亭北边，路对面，也有一块石碑，刻有陶澍记留云岭的一首诗："为霖四海心，处处望之驻。仙山海气生，此是留云处。"

站在子午亭旁，风很大。这座简易的石亭历经80余年风雨而岿然不动，足见建筑技艺之精湛。

"宿城清幽地，船山佳绝处。"船山飞瀑是宿城标志性的景点。

船山位于宿城东崖屋村。船山一名有两说，一说是因山上有一巨石形如行船而得名；二说是此山如一倒扣的船。船山最有名的风景是瀑布。每到雨季，特别是暴雨过后，三级瀑布从天而降，声若惊雷，响彻山间。如白练腾空，银花四溅，蔚为壮观。

离开子午亭,去船山景区。过小桥,沿着山边小路走向景区,路边杨柳依依,涧水悠悠。走不远,就会看到一座高大牌坊,上书《连云区志》主编张树庄先生的一副楹联:"太白吟佳句,观此间,始信飞流直下三千尺;少陵吐华章,究其往,方知门泊东吴万里船。"这副对联巧妙地引用李白、杜甫两位诗坛大家的佳句,此联此景,令人叹为观止。

过牌坊,有两条路可以上山。一条从左侧的小桥通过,至观瀑亭,再前往滴水崖。另一条路直接前行,往滴水崖。前者路途较远,山路陡峭,不过能够看到三级瀑布的全貌。后一条路稍近,但很崎岖。

最先来到的第三级瀑布——滴水崖。只见无数道珠帘从崖顶直挂下来,帘高6米多,横跨约15米。风吹帘动,如万缕银丝,喷金漱玉。水珠滴落在岩石上,在阳光的照射下,泛起一道漂亮的彩虹,绚丽夺目。珠帘后是一个天然的大山洞,呈"人"字形。看到此洞,让人一下子联想到《西游记》中描绘的水帘洞。传说当年吴承恩来宿城游历,寻觅写作的灵感。到滴水崖,思路大开,把这里描述成了孙悟空的老家。我们也当一次孙大圣吧,众人抱起头,穿过水帘,跃入洞中,身上已是湿漉漉的一片。山洞较大,但是地面不平整,成一面斜坡。从洞中向外看,洞顶无数涓涓细流,珠抛玉撒,晶莹夺目。

山洞左侧是一线天,向上看去,一线蓝天,遥远深邃。向左前方看去,石壁上突现一狭缝,缝中有一眼深洞,洞的周围长着小草、青苔,游人还可以从小洞爬出。

继续沿左侧的山洞往上,竹子逐渐多起来,穿行在竹林中,风涛阵阵,泉水淙淙,清风竹韵,鸟语呢喃,如诗如画。拐过一个弯,就是第二级瀑布——碾洞。碾洞右侧的瀑布,如一条卧龙,蜿蜒盘旋,向下而去。碾洞分上下两洞。上洞长约10米,宽8米,高2米。

里面有石桌石凳。靠近里边，还有一眼泉水，泉水清澈，甘甜可口。洞后有一小洞可通下洞，从小洞弯腰可以钻过去，出口就是瀑布。碾洞外石壁上，刻有张树庄先生的一首诗："叠嶂重峦远，青山汇百泉。银帘洞外挂，白练壁前悬。虹影随风舞，水声逐浪喧。松歌琴瑟韵，诗酒绕潭渊。"

一般的游客到第二级瀑布就因山高路险而不再前行。继续向第一级瀑布攀登，路越发难走。第一级瀑布叫阎王壁瀑布，听其名而闻起险。瀑布宽约3米，落差20余米，从山间缺口一泻而下，匹练悬空，喷云吐雾，惊险异常。"一派白虹起，千寻雪浪飞"。四周群山环抱，苍松挺拔，修竹茂密，云海飘渺。

船山瀑布古称瀑布泉，清代诗人李大全把它列入宿城八景，有诗赞曰："山泉日日生，瀑布自空泻。凉彻沁人心，坐令神清暇。"

自古以来，人们不断寻觅海中仙山，终于明白蓬莱、方丈只是虚幻的仙境，而风景如画的宿城就是人间的仙境，船山就是人间的仙山。

平顶山上莲花开

平山，古称平顶山。古时是进出北城墟沟的必经之路。宽阔的新墟公路如一条长龙蜿蜒在五羊湖盆地上，穿过平山脚下。

友人介绍"石干妈"，欣然前往瞻仰。自城雕处折向南，约500米，路南侧有一水塘，水塘边有一块奇怪的石头，人称石干妈。此石上细下粗，上部平圆，下部为方行柱体，酷似男性的外生殖器。据专家考证，石柱学名叫石祖，又叫始祖石，是原始社会石祖崇拜特别是性崇拜的遗存。

转往去看汉墓。位于几户人家之后，从前方看倒像一个山洞，里面有水。洞右前方有几畦菜地，菜地中有一块龟形石头，中间有一长方形坑，听说是墓前放石碑用的。有人传这是"二疏"墓，不知真伪。此汉墓区志、市志均无记载，不知何故。

回首西望，山下一马平川。近处是农田，远处是工厂林立的开发区。这里就是云台山三十六景之一"平野春耕"所描绘的地方。然星移物转，沧海桑田，庄稼地已经成为经济开发的热土。在不久的将来，平山脚下将会是繁华的都市。

平山传说是"二疏"故里。汉代疏广、疏受叔侄品德贤良、名播天下，后辞官归乡，广散金银。现在，散金台与景疏楼（均为纪念二疏的建筑）都已不在，但人们景仰"二疏"的心情永远不会变。正如乡土诗人张学翰先生在《二疏故里》一诗中写的：

二疏孤立暮云横，遗址遍寻辨不明。
白首同归偕隐愿，黄金散尽故乡情。
公卿门外高车送，父老筵前置酒迎。
未买田园知足戒，高风自古好声名。

平顶山南麓，有老君堂。

张百川先生在《老君堂庄》一诗中这样描绘："天开胜境卜清幽，为爱林泉愿未酬。拍水鹭鸥飞渡口，浣衣儿女坐滩头。风来杨柳三声笛，月照芦花两岸秋。帘外岚光青入户，此间烟景足勾留。"

穿过一排排的小楼房，到达涧沟边，过小桥，就是老君堂。明末顾乾在《海州志》中记载："北老君堂在万金湖北，沃壤山下，清幽邃丽，万木丛生，湖北一仙境也。"老君堂在云台山区有南北之分，南老君堂在花果山下，大圣湖旁。万金湖也叫五羊湖，在中、北云台山之间，沧海桑田，现已经成为陆地，只留下"五羊路"一地名。老君堂是供奉太上老君的神观，可惜已经被毁，现在是云山小学的校址了。

进入校门，两棵高大的银杏映入我们的眼帘，两树相距约十来米，一树在东，一树在西。与云台山上众多古老的银杏树相比，这两株银杏树清瘦了许多。在两树正前方，有一口古井，井沿呈圆形，是一块整石雕琢而成。井沿上留下了一道道深深的印痕，显示出这口井的古老。在学校东面的院墙上，有一块石头，上刻"东道院"三字，应该是老君堂的遗物。

沿着云山小学北边的涧沟向上，不远处就到了蔡庄。蔡庄的人家都搬到了山下，一幢幢的房子全部废弃了，只有那房子周围一棵棵粗壮的樱桃树还在诉说往日的热闹。穿过蔡庄，山势陡峭起来，路也崎岖起来。当我们正埋怨山路难行时，裂石奇观已经呈现在眼前了。

真的是裂石。一块块石头从山体上裂开，形成了奇形怪状的石头的世界。有的如奔跑的猎犬，有的像竖起的拇指，有的相搭成桥，有的簇拥如人……有的卧，有的立，有的斜，有的是圆柱，有的又是棱柱。有的巨石拔地而起，看上去似乎根基不稳，让人不敢靠前。有的巨石，石上垒石，层层叠叠。那一道道裂缝，横的、竖的、宽的、窄的，像那雕刻的捉刀，把一座山崖雕成了一朵盛开的莲花。裂缝宽的就自然形成了洞，洞连洞，洞套洞，洞下还有洞，大的洞如堂屋，能容下数十人，小的洞一个人才勉强通过。真是一处大自然的造化。

因裂石远看如莲花，形成的山洞就叫莲花洞。说起莲花洞，与《西游记》还有一段不解之缘。唐僧师徒去西天取经路过平顶山（三十三至三十六回），为山上莲花洞中的金角大王、银角大王所绊。原来这金角大王、银角大王就是山下老君堂中太上老君的两个童子所变。好一个孙悟空多大本领，都奈何不了金银二大王，最后还是在太上老君的帮助下才脱身西去。

一朵盛开的裂石莲花，一段精彩的神话传说，造就了老君堂裂石这个奇异的自然景观。

蟹脐沟上黄和洞

蟹脐沟在云山乡黄崖村。《云台导游诗抄》载:"蟹脐沟石蹬盘空,万树参天,修竹周环,小桥流水。四周筑以石城,门前菰蒲凝碧,居民十余户,皆以鱼蟹、芦苇为利。"

现今的蟹脐沟人烟稠密,楼房遍遍。从公路边向山上望去,只见发源于烟墩炮台顶和黄崖山的两条山涧在一个圆弧形山崖处汇合成一条山涧,这就是蟹脐沟。在山麓处,有一块巨大的岩石,形如蟹脐,这就是蟹脐沟的来历。

沿着蟹脐沟向上步行不远,看到一处破败的院落。院前的石板路很平坦,也很光滑。门前一座小桥,正架在沟上。小桥两侧各有一个安放石狮子的平台。平台依旧,石狮子已经不知去向。这是张氏故宅,不知是否是《云台导游诗抄》中提到的石城。房子都由长方形条石砌成。门虚掩着,推门进入,只见两进院落。第一进院落损坏得严重一些,西边杂草丛生,碎石遍地。院墙边爬着一棵紫藤,藤蔓环绕。向东有石板路,可以出这个院落。进第二进院落,天井中稀稀拉拉地长着几棵树。北边还有一盘石磨,磨盘跌落在地上。

正房门紧闭着,看样子无人居住。门两侧各有一个石头砌成的花坛。花坛上雕刻着精美的图案。东边花坛雕有鲤鱼跳龙门的图案,西边花坛刻有蝴蝶万年青的图案。院子后面的山坡上有一环绕院落的高大围墙,全部由石头砌成。墙头东端是一个炮楼,也都由石头砌成。炮楼有两层,楼顶已经不在。墙头的西边原也有一个炮楼,比东边的炮楼小,已经倒塌。该处建筑特别是炮楼如不再进行修葺,恐也支持不了多久。

从炮楼边继续往上,很快就来到蟹脐山头下。山脚下是一处黄泥塘,长着一片芦苇。芦苇丛中有一池塘,水很清澈,四季不干。附近山坡只有这里是黄泥山地,又位于蟹脐之下,当地人就把这处黄泥称为蟹黄。蟹脐下还有一个天然的山洞,面积有三四十平方米,是由一块突出的巨大崖石形成的,外边用石块垒成。

从蟹脐东边登山,会看到左右各有巨石,东边的略尖,形成石门,如一关口,人称鬼门关。西侧石壁,光滑壁立,中间却挂着一个马蜂窝,有碗口大小。不知这些马蜂为何选择在这儿做窝。鬼门关东侧岩石上,有一形如龟头的石头。从鬼门关向上不远看见两块大石头并列一起,中间隔有三米距离,形如两只巨大的蟹壳。到了蟹脐上面,涧沟东侧,有七八块石头,好似尖尖的石嘴伸向西方。沟西侧半山腰三块石头组成一个乌龟,龟头、龟身、龟尾均有,活灵活现。越过蟹脐沟往西,穿过一片荆棘丛,只见一块石头,中间凹下去,有民间的六印锅大小,人们就把这块石头称为六印锅。我们来的时候,锅里积了不少雨水,还结了冰。

至二层台,穿过一片茶园,一路小鸟鸣叫,从烟墩炮台顶西侧上山。只见一块巨石,形如豪猪,嘴巴微微翘起,目视西方。至山顶,看到有人工修筑的烟墩遗址。遗址呈圆形,全部用石头垒成,已经坍塌。残留的遗迹还依稀看得出当时建筑的雄伟。故这个山头称烟墩炮台顶,简称炮台顶。山顶北侧是悬崖峭壁,山下就是宿城水库。水面波光粼粼,在此越冬的水鸟在水面上游来游去,不时从水面上飞过。

蟹脐沟是个人杰地灵的好地方。讲风水的人都说这儿的风水好,所以出人才多,其实是勤学苦练的结果。蟹脐沟以张姓人居多,光张氏一门,就出了近二十位教师。以前从远处看山上,能完整地看到蟹脐、蟹腿。可惜蟹腿已经被西边的采石场开山时炸掉了。我们失去了一处很好的寄托人们美好愿望的自然景观。

蟹脐沟附近的山上,有黄和洞,黄和洞位于黄和顶。

去黄和洞要路过一片麻栎树林,地上落满了黄黄的树叶,走在上面,软绵绵的,发出沙沙的声音。穿过一片茂密的竹林,前方不远处有一处山崖,宛如母子相拥,情真意切,这里就是母子崖。至母子崖回首西望,只见半山腰一块石头,恰似鱼儿的脸,有嘴巴,有眼睛,正在向南游去,好像还悄悄地瞟我们两眼。

从黄崖山东坡向下,穿过一片荆棘丛,到达一处平坦的山岭,视野开阔起来,北能看到宿城的南山湾,南能望到山下的麦田、远处的盐田。走着走着,下起了一阵小雨,空气也湿润起来。

穿过山岭,黄和顶近在眼前。一路上,披荆斩棘,艰难前进。险要处,抓住藤蔓,手脚并用。翻过几块巨石,终于来到黄和洞前。

这是洞吗?只见一道巨大的山间裂缝把黄和顶一分为二。朝下望去,洞很窄,最宽处两米有余,窄处仅几十公分,高约二十多米,很是险峻。

我们从中间一处平台处进洞。平台离最近的洞底也有五六米高。洞两边都是绝壁,无法直接下去。因为洞窄,只能脚蹬背倚手撑,双脚交替,缓慢下行。脚踩到底,一颗悬着的心才落了下来。洞细长,近似南北方向,穿越整个山体。洞壁陡峭光滑,顶部有数块巨石遮掩,石上有海水冲刷过的痕迹。石块只遮住了部分的天空,我们还能看到几片蓝天。洞上部狭窄处,有几块巨石好像随时会掉下来。洞底部有一七八平方米的平地，地上都有碎石，其他地方崎岖不平。洞南边的出口比较窄小，我们同游的三人想从这个出口处出去困难很大。因此，只能选择从北边出口出洞。洞口悬挂着丝丝藤蔓，像洞口的门帘。至洞口回望，整个山洞成一个巨大的圆弧形，洞上方雾气蒙蒙，石壁忽隐忽现。出洞口，乱石丛生，少有人迹，多种不知名的藤本植物爬满山间。

听同游的当地人讲，黄和洞有一个神奇的传说。古时候黄和顶山下住着一个黄姓后生，叫黄和。人很勤劳，每天都要上山打一担柴。这一天，又来到山上打柴，看到山洞前有两个白发苍苍的老人在对弈。小伙子也略通棋道，就在边上津津有味地看起来。不知不觉，太阳快落山了，才想起来没有打柴。连忙找斧头、绳子，可斧头柄、绳子都已经腐朽了。再回头看两位老人，也不在了。小伙子才知道遇到了仙人。下山回到村子里，房子变化不大，人却一个不认识了。打听自己熟悉的人，都已经是几代以前的人了。小伙子又回到山洞，并且在山洞住了下来，苦心修行，后来也得道成了神仙。所以人们就把这个山洞叫做黄和洞。

听神奇的传说，探神奇的山洞。既锻炼了身体，也满足好奇心。

云山一线尽风光

云山乡位于北云台山西麓。从平山至大板桥,号称云山一条线。一条线上,景点众多,风光无限。

老君堂村后的涧沟有红石峡。过云山小学不远,就到了三涧汇合处,拐向右行,很快就进入红石峡。

峡口处山势高耸,涧水湍急。由于涧水清澈,有很多浣衣的人在此浣衣,"咚咚"的捶衣棒声在峡谷间回荡。

进入峡谷,两侧山高林密,飞岩如削,峦壑竞秀,流水潺潺。涧沟中石头光滑圆润,小如鹅卵,大如磨盘。大小龙潭,泉水叮咚,水清如镜,高低错落。

至红石崖,只见山崖陡峭,危岩耸立。崖高二十余米,长约二十余米,东北、西南走向,上部微倾,壁立如削,布满纵向纹路。颜色奇特,有别于普通岩石,呈红褐色。崖底部呈断面,形成半开放式洞穴。断面平坦,洞穴高约一米,深处约有三四米,略有积水。此峡因此处布满红色岩石,故名红石峡。

在峡谷中蜿蜒前行,没有现成的路可行,只能如猿猴状攀岩越石，一不小心，那滑动的石块还会让你措手不及。在一处凸起的巨石上，回首眺望红石崖，在夕阳的光辉中，红石崖上隐隐发出红色的光芒。在蓝天白云下，在青山幽谷中，似有蔼蔼雾气，袅袅升起。那云蒸霞蔚的气象，令人心动。

继续往前，有青石窝。青石窝在涧中，与脸盆面积差不多。那一汪清水中，数块鹅卵状青石挨挨挤挤，看似排列得不规则，却又那样得恰到好处。最奇的是那几块青石，与周围巨大石块极不相称，与遍布红石的山谷也不协调。走遍云台，极少见到这样几块小东西，他们静静地藏在深山，唯我独尊，不与世人争俗，真是好性情。

过青石窝不远，峡谷拐向东行，山势略为平缓一些，水潭却多起来。这些没有名字的水潭各自展示它们的秀色。有的大，有的小，有的深，有的浅。有的水潭中长着几丛芦苇，在轻风中摇曳；有的水潭浮着很多水藻，寂寥地漂浮于水面；有的水潭清澈见底，潭底石块清晰可数。上游水潭不住地向下游补充水量，发出"汩汩"的声响。

遗憾的是，因开山取石，红石峡风光已被破坏。

下山，向东，抵达李庄村。李庄村有风门，也是一处名胜。

从乡政府东边的小路上山，约二十分钟，到达山边的一个小村庄，经过打听，这个小村叫仙人洞庄。因紧邻当地的一处名胜仙人洞而得名。村庄有十几户人家，不规则地散居在山间。有两位老人坐在屋边的大石头上一遍聊天一边晒太阳。

我们穿行在村子中间，在一处破败的庭院中，发现一颗树桩的四周，竟然生出了几株灵芝。灵芝呈灰白色，大的有成人张开的手掌大小，小的也有攥紧的拳头那么大。

过仙人洞庄，是一片栗树林。栗树林边有一块天然的石碑。穿过栗树林，风越来越大。刚才登山时出的汗水很快被吹干，感觉有丝丝凉意。我们加快了步伐，来到一大片竹林前。竹林中间，有一条石阶小径，幽静而深远。小径两边的竹林茂密的很。走在小径中，感觉不到一丝风，只听到远处风吹的声响。小径曲折盘旋，脚下的石阶很光滑，看得出经常有人走。走出竹林，就到了风门。

风门，两山头对峙，形成天然石门，又因此处常年风大，因而得名风门，也叫风门口。抬头仰望风门，山峰屹立，忽然有到家的感觉，浑身疲劳一扫而光。风门东侧的山崖上，孤立一棵赤松，高大挺拔。树冠西南侧枝叶繁茂，像伸出的巨大的手掌，在指引着我们，在欢迎着我们，宛若黄山的迎客松。我们来到迎客松旁，抚摸着树干上那皲裂的树纹，感激之情油然而生。在这个荒凉的山间，它常年地经受风吹雨打，毫无怨言，默默地守护着这个山口，为打柴游玩的人遮风挡雨。耐得住寂寞，耐得住风吹，耐得住雨打，不知世上能有几人能够做到。

迎客松西侧、两山之间，是一大片光滑的山崖。山里人把这种山崖叫滑皮崖。这片滑皮崖约有六七十平方米，大部分都呈灰白色，只有流水经过的地方流下了黑色的印痕。众人躺倒在滑皮崖上，休息一下，放松一下。

从迎客松处继续登山，路上残雪还未消融。一处处积雪被枯黄的小草托起，如朵朵硕大的白莲花，让人不忍心用脚去践踏她。到了山口，山下还是呼呼地风吹，到这里却是凉风习习了。看样子，有名的风门口还是特别照顾我们几个游人，在这个早春的季节来亲近它。

风门东侧是一大块较为平坦的台地，树木不多，有的只是一两米高的幼松。台地西侧，有块一平方米左右的石块，下面有几块小石头支撑，宛如石桌一般。传说这是山下仙人洞中仙人饮酒下棋的地方。

过风门是一山间洼地，从风门过去的小路一直延伸到群山之中。

从风门下山往南，就是以白果树闻名的白果树村了。

村庄的得名是因为村中有一棵古老而又高大的白果树。听说过

"三棵树"、"七里松"、"黄果树"等地名，但是以白果树为村名的恐怕国内仅有此一处。

很多人慕名去看白果树。从白果树站下车，一问当地的老百姓，人人都会告诉你白果树的具体位置。

白果树周围是居民的幢幢小楼，但是那茂盛的枝叶远远就能看到。到白果树跟前，那壮观的气势一下子就会给人以震撼，一种敬仰之情会油然而生。远看是一株，近看是丛林。这棵树根部粗壮，占地约12平方米。根部周围，长出无数棵小银杏树，是一片小树林。自根部向上，约1.5米处，生出五株枝干。其中最大的两株树围约3米，另两株树围2米有余，最小的一株树围也近1米。树高20余米，冠幅东西约20米，南北21米，如一把巨大的伞。向上望去，枝干没有一根是直着生长的，都如蟠龙般向上。整棵树体态高大，身形优美，盘根错节，冠如华盖，美不胜收。据当地的居民讲，丰年的时候，能收上千斤白果，以前收下的白果要用拖拉机才能拉走。

在白果树树根正南侧，摆着一座香炉，里面积满了香灰。这棵树由于年代久远，在人们的心目中已经被神化了。周围的百姓经常来此烧香，祈求千年古银杏保佑他们平安幸福。

白果树北原有一座庙宇，早已废弃，现在已经盖上了民居。

香炉南边立有一块石碑，上面刻有一首诗《题白果树》，诗云："寺旁果树不知年，种植之人想似仙。钟秒凌云吞白日，双根抱子映蓝天。纸图花萼成精实，那问沧桑有变迁。可恨森林不共处，一身惯立大山边。"

白果树，学名银杏，又叫公孙树，为我国特产。因为银杏挂果迟，爷爷辈栽种的银杏树，要到孙子辈才能吃到白果，所以叫公孙树。现在嫁接的银杏树三年就可以挂果了。银杏属于裸子植物门银杏目，是古代孑遗植物，有"活化石"之称。我市云台山银杏很多，现存800年以上的古银杏有22棵，其中千年以上有10棵，白果树村的银杏就是其中之一。这棵树属国家级保护的古树名木,为一棵雌银杏树。

这是我国距离海岸最近的一棵银杏,离古海岸只有几十米,屹立海边千余年,不能不说是个奇迹。

高公岛纪行

高公岛位于云台山的最东端，三面环海，是一个半岛。

吴恒轩《云台新志》载，"明代有高孝女之父溺于海，孝女求只七日。夜，遇老人，引至其处，引以名岛。"民间传说这位高孝女求父遗体，想用瓢将海水舀干，因此又叫高姑舀。高姑舀与高公岛音近，就称这里为高公岛。

高公岛有柳河。

柳河背倚云台，面向黄海，是一个幽静的海边小渔村。

到柳河，一眼就看到文笔峰。好一块奇异的石头。孤零零的一块巨石立在距公路不远的一个院子里。奇峰突兀，直指蓝天。巨石上尖下粗，像倒放的一支饱蘸浓墨的毛笔，似乎是胸怀四海文章，欲书写遥遥蓝天。

这座文笔峰名字的来历有一个美妙的传说。相传《西游记》的作者吴承恩在写完巨著《西游记》后，心情非常高兴。带着书稿继续在云台山游历。这一天，来到柳河山上，被这里山清水秀的美景所吸引，流连忘返。走累了，在一块大石头上躺一躺，不知不觉睡着了。这时，有一群猴子跑过来，其中两个猴子看到毛笔，感觉很好玩，还有几只猴子去翻看吴承恩的书稿，看到书中写到了猴子，非常好奇。玩毛笔的两只猴子不小心，将毛笔掉到山坡上，骨碌碌滚到山脚下，一下子化作了文笔峰。几只看书的猴子一看非常害怕，扔了书就跑，书稿也化作了一块大石头，在半山腰上，形如数卷书叠在一起，后人就称这块石头为"万卷书"。

　　万卷书在路边也能看到，但是不够明显。在当地人的指引下，我们沿着小路向万卷书进发。山上的植被非常好，针叶、阔叶混交，间或也能看到一些竹子。地面落叶很多，踩在上面，软绵绵的，像走在地毯上，只是多了沙沙的声音。看得出，平时上山的人很少，小路只是依稀可辨。这里远离城市的喧嚣，山林茂密，空气清新，难怪众人的兴致都很高。

　　路越来越难走，前面荆棘丛生，渐渐地已经无路可寻，只得逢山开道，踌躇前行。突然，同行的韩老师惊奇地叫了起来："灵芝，我发现了灵芝！"激动的声音感染了每一个人。大家纷纷聚拢来看，真的是灵芝，棕红色，扇子形，大家再熟悉不过了。《白蛇传》中的人间仙草竟然在这儿被发现了。柳河山，真是一座充满仙气、充满灵性的神山啊。众人的情绪马上被调动起来，寻找灵芝草成了大家必须要实现的愿望了。功夫不负有心人，很快又发现一处，十几株灵芝散落地生长在约一平方米的范围内，小心翼翼地把它们拔起来，仔细地端详，愉快的情绪让周围的空气都颤动起来。

　　终于到了万卷书，这里树木茂盛，人迹罕至。巨石高耸，万卷诗书，层层叠叠。边上还有一块小一点的石头，也像是一本一本的书叠放在一起。大家嚷着让孩子们去摸一摸万卷书这块大石头，好让他们从小就沾到"读书破万卷"的灵气，将来也能成为万卷诗书的大家。

　　柳河，地处海角，藏在深山人不识。但愿这份宁静与安逸不要被我们这些不速之客所打破。

离开柳河，游羊山岛。

羊山岛位于连云港市高公岛乡政府东南方约 300 米的海中，传说羊山岛的山肚里有一头三条腿的金羊，羊山岛由此得名。现有一道海堤与高公岛半岛相连。海堤长 100 余米，堤东是大海，落潮时会现出大片的沙滩。堤西侧就是高公岛渔港。乡土诗人张学瀚有《羊山》一诗："羊山两面隐帆墙，一望茫茫接大荒。浪涌高腾天咫尺，峰回低彻水中央。风吹莫辨烟云色，潮起难分日月光。但见轮船崖下泊，运盐来往出东洋。"

羊山岛的主峰当地人称羊山头，海拔 60.4 米。在一位渔家大嫂的指引下，我从羊山头西北侧登山。从几片菜田中穿过，踏上了水泥修成的台阶。拾级而上，小路两侧，野草已经开始泛黄，野花开得还很烂漫，那种黄色的小花在草丛中很耀眼，很亮丽。

至主峰，可以清楚地看到岛的全貌。岛北坡缓，南坡陡。西、北两面住着五六十户人家，红瓦白墙，在蓝天下，惹眼得很。岛东、南两面面海，山坡上有一片青翠欲滴的松林。岛西侧是渔港，码头像一条白色巨龙延伸入海。港内帆樯云集，红旗招展。

岛上有移动通信公司的基站，两座高高的铁塔如巨人屹立。主峰有国家土地局立的一块标志碑，上书"国家测量标志，2006 年 9 月市国土局"等字样。在联通基站正南方，有一块巨石，像一只翘首西望的海龟，头向西，尾向东，好像在默默地护卫着渔港，保佑出海的渔民平安归来。

岛的东北部有一伸向海中的岬角，通体呈灰白色。从西南方向远望，这个岬角好像一头回首的巨鲸。岬角上有许多人在钓鱼。这里也是观看火星潮的绝佳处。火星潮是因为海水中含有大量浮游生物鳞甲所致。每到春夏之交，傍晚时分，可以观到火星潮奇观。坐在海边，只见海面上蓝光点点，那一点点跳动的蓝光带给我们无尽的遐想。

　　羊山岛的居民以惠姓居多，原大部分以捕鱼为业，现在已经有多户渔民转产，从事紫菜养殖这个新行当了。